| 主编·汪剑钊 |

"俄罗斯文学译丛"系
"金色俄罗斯丛书"平装版

拉甫罗夫一家

Ναλροβω

[苏] 斯洛尼姆斯基 / 著

穆馨 / 译

四川人民出版社

图书在版编目（CIP）数据

拉甫罗夫一家/（苏）斯洛尼姆斯基著；穆馨译.
—成都：四川人民出版社，2024.1
（俄罗斯文学译丛 / 汪剑钊主编）
ISBN 978－7－220－13487－6

Ⅰ.①拉… Ⅱ.①斯… ②穆… Ⅲ.①长篇小说－苏
联 Ⅳ.①I512.45

中国国家版本馆 CIP 数据核字（2023）第 199227 号

LAFULUOFUYIJIA

拉甫罗夫一家

［苏］斯洛尼姆斯基　著　穆馨　译

责任编辑	张　丹
责任校对	王　雪
装帧设计	张迪茗
责任印制	祝　健
出版发行	四川人民出版社（成都三色路 238 号）
网　　址	http://www.scpph.com
E-mail	scrmcbs@sina.com
新浪微博	@四川人民出版社
微信公众号	四川人民出版社
发行部业务电话	（028）86361653　86361656
防盗版举报电话	（028）86361653
照　　排	四川胜翔数码印务设计有限公司
印　　刷	成都东江印务有限公司
成品尺寸	140mm×203mm
印　　张	8.75
字　　数	210 千
版　　次	2024 年 1 月第 1 版
印　　次	2024 年 1 月第 1 次印刷
书　　号	ISBN 978－7－220－13487－6
定　　价	59.80 元

金色俄罗斯
Золотая Россия

致敬"金色俄罗斯丛书"译介团队，感谢所有参与者为传播
俄罗斯文学、增进中俄两国人民文化交流而做的努力！

飞　白　云南大学外语系教授，浙江省比较文学与外国文学学会名誉会长。

黄　玫　北京外国语大学俄语学院教授，博士生导师。

杨晓笛　北京外国语大学博士，太原理工大学教师。

李玉萍　洛阳理工学院副教授，文学博士。

王立业　北京外国语大学俄语学院教授，博士生导师。

邱　鑫　黑龙江大学俄语学院文学博士。

郭靖媛　北京大学比较文学专业博士在读。

薛冉冉　浙江大学外语学院副教授，博士。

温玉霞　西安外国语大学俄语学院教授，博士生导师。

潘月琴　北京外国语大学俄语学院副教授，博士。

余　翔　北京科技大学外国语学院师资博士后，文学博士。

李春雨　厦门大学外文学院助理教授，博士。

董树丛　北京外国语大学外国文学研究所硕士。

冯昭玙　浙江大学外文系教授。

杜　健　北京师范大学俄语语言文学专业博士。

韩宇琪　北京师范大学俄语语言文学专业博士。

苏　玲　《外国文学动态研究》主编，博士。

颜　宽　国立莫斯科大学语言文学系博士。

马卫红　浙江外国语学院教授，文学博士。

王丽欣　哈尔滨师范大学斯拉夫语学院副教授，文学博士。

于婷婷　西安外国语大学俄语语言文学博士在读。

王时玉　华东师范大学俄语语言文学博士在读。

穆　馨　哈尔滨师范大学斯拉夫语学院副教授，翻译硕士导师。

徐　琪　厦门大学外文学院教授，文学博士。

徐曼琳　四川外国语大学俄语系教授，文学博士。

欢迎更多的译者加入"金色俄罗斯丛书"……

（按译作出版时间排序）

四川人民出版社　　　文学出版中心

目　录
Contents

金色的"林中空地"（总序）

汪剑钊

　　2014年2月23日，第二十二届冬奥会在俄罗斯的索契落下帷幕，但其中一些场景却不断在我的脑海回旋。我不是一个体育迷，也无意对其中的各项赛事评头论足。不过，这次冬奥会的开幕式与闭幕式上出色的文艺表演给我留下了深刻的印象，迄今仍然为之感叹不已。它们印证了一个民族对自身文化由衷的热爱和自觉的传承。前后两场典仪上所蕴含的丰厚的人文精髓是不能不让所有观者为之瞩目的。它们再次证明，俄罗斯人之所以能在世界上赢得足够的尊重，并不是凭借自己的快马与军刀，也不是凭借强大的海军或空军，更不是凭借所谓的先进核武器和航母，而是凭借他们在文化和科技上的卓越贡献。正是这些劳动成果擦亮了世界人民的眼睛，引燃了人们眸子里的惊奇。我们知道，武力带给人们的只有恐惧，而文化却值得给予永远的珍爱与敬重。

　　众所周知，《战争与和平》是俄罗斯文学的巨擘托尔斯泰所著的一部史诗性小说。小说的开篇便是沙皇的宫廷女官安娜·帕夫洛夫娜家的舞会，这是介绍叙事艺术时经常被提到的一个经典性例子。借助这段描写，托尔斯泰以他的天才之笔将小说中的重要人物一一拈出，为以后的宏大叙事嵌入了一根强劲的楔子。2014年2月7日晚，该届冬奥会开幕式的表演以芭蕾舞的形式再现了这一场景，令我们重温了"战争"前夜的"和平"魅力（我觉得，就一定程度上说，体育竞技堪称一种和平方式的模拟性战争）。有意思的是，在各国健儿经过十数天的激烈争夺以后，2月23日，闭幕式让体育与文化有了再一次的亲密拥抱。总导演康斯坦丁·恩斯特希望"挑选一些对于世界有影响力的俄罗斯文化，那也是世界文化遗产的一部分"。于是，他请出了在俄罗斯文学史上引以为傲的一部分重量级人物：伴随拉赫玛尼诺夫第二钢琴协奏曲的演奏，普希金、果戈理、屠格涅夫、托尔斯泰、陀思妥耶夫斯基、契诃夫、马雅可夫斯基、阿赫玛托娃、茨维塔耶娃、布尔加科夫、索尔仁尼琴、布罗茨基等经典作家和诗人在冰层上一一复活，与现代人进行了一场超越时空的精神对话。他们留下的文化遗产像雪片似的飘入了每个人的内心，滋润着后来者的灵魂。

美裔英国诗人T. S. 艾略特在《诗的作用和批评的作用》一文中说："一个不再关心其文学传承的民族就会变得野蛮；一个民族如果停止了生产文学，它的思想和感受力就会止步不前。一个民族的诗歌代表了它的意识的最高点，代表了它最强大的力量，也代表了它最为纤细敏锐的感受力。"在世界各民族中，俄罗斯堪称最为关心自己"文学传承"的一个民族，而它辽阔的地理特征则为自己的文学生态提供了一大片培植经典的金色的"林中空地"。迄今，在这片土地上生根发芽并长成参天大树的作家与作品已不计其数。除上述提及的文学巨匠以外，19 世纪的茹科夫斯基、巴拉廷斯基、莱蒙托夫、丘特切夫、别林斯基、赫尔岑、费特等，20 世纪的高尔基、勃洛克、安德列耶夫、什克洛夫斯基、普宁、索洛古勃、吉皮乌斯、苔菲、阿尔志跋绥夫、列米佐夫、什梅廖夫、波普拉夫斯基、哈尔姆斯等，均以自己的创造性劳动进入了经典的行列，向世界展示了俄罗斯奇异的美与力量。

　　中国与俄罗斯是两个巨人式的邻国，相似的文化传统、相似的历史沿革、相似的地理特征、相似的社会结构和民族特性，为它们的交往搭建了一个开阔的平台。早在 1932 年，鲁迅先生就为这种友谊写下一篇"贺词"——《祝中俄文字之交》，指出中国新文学所受的"启发"，将其看作自己的"导师"和"朋友"。20 世纪 50 年代，由于意识形态的接近，中国与苏联在文化交流上曾出现过一个"蜜月期"，在那个特定的时代，俄罗斯文学几乎就是外国文学的一个代名词。俄罗斯文学史上的一些名著，如《叶甫盖尼·奥涅金》《死魂灵》《贵族之家》《猎人笔记》《战争与和平》《复活》《罪与罚》《第六病室》《丽人吟》《日瓦戈医生》《安魂曲》《没有主人公的叙事诗》《静静的顿河》《带星星的火车票》《林中水滴》《金蔷薇》和《钢铁是怎样炼成的》等，都曾经是坊间耳熟能详的书名，有不少读者甚至能大段大段背诵其中精彩的章节。在一定程度上，我们可以说，翻译成中文的俄罗斯文学作品已构成了中国新文学的一个重要组成部分，成为现代汉语中的经典文本，就像已广为流传的歌曲《莫斯科郊外的晚上》《三套车》《喀秋莎》《山楂树》等一样，后者似乎已理所当然地成为中国的民歌。迄今，它们仍在闪烁金子般的光芒。

不过，作为一座富矿，俄罗斯文学在中文中所显露的仅是冰山一角，大量的宝藏仍在我们有限的视域之外。其中，赫尔岑的人性，丘特切夫的智慧，费特的唯美，洛赫维茨卡娅的激情，索洛古勃与阿尔志跋绥夫在绝望中的希望，苔菲与阿维尔琴科的幽默，什克洛夫斯基的精致，波普拉夫斯基的超现实，哈尔姆斯的怪诞，等等，大多还停留在文学史上的地图式导游。为此，作为某种传承，也是出自传播和介绍的责任，我们编选和翻译了这套"金色俄罗斯丛书"，其目的是进一步挖掘那些依然静卧在俄罗斯文化沃土中的金锭。可以说，被选入本丛书的均是经过了淘洗和淬炼的经典文本，它们都配得上"金色"的荣誉。

行文至此，我们有必要就"经典"的概念略做一点说明。在汉语中，"经典"一词最早出现于《汉书·孙宝传》："周公上圣，召公大贤。尚犹有不相说，著于经典，两不相损。"汉朝是华夏民族展示凝聚力的重要朝代，当时的统治者不仅实现了政治上的统一，而且也希望在文化上设立标杆与范型，亟盼对前代思想交流上的混乱与文化积累上的泥沙俱下状态进行一番清理与厘定。客观地说，它取得了一定的成效，虽说也因此带来了"罢黜百家"的重大弊端。就文学而言，此前通称的"诗三百"也恰恰在那时完成了经典化的过程，被确定为后世一直崇奉的《诗经》。关于"经典"的含义，唐代的刘知几在《史通·叙事》中有过一个初步的解释："自圣贤述作，是曰经典。"这里，他将圣人与前贤的文字著述纳入经典的范畴，实际是一种互证的做法。因为，历史上那些圣人贤达恰恰是因为他们杰出的言说才获得自己的荣名的。

那么，从现代的角度来看，什么是经典呢？商务印书馆出版的《现代汉语词典》给出了这样的释义：1. 指传统的具有权威性的著作：博览经典。2. 泛指各宗教宣扬教义的根本性著作。不同于词典的抽象与枯涩，意大利著名作家卡尔维诺归纳出了十四条非常感性的定义，其中最为人称道的是其中两条：其一，一部经典作品是一本每次重读都像初读那样带来发现的书；一部经典作品是一本即使我们初读也好像是在重温的书。其二，经典作品是一些产生某种特殊影响的书，它们要么自己以遗忘的方式给我们的想象力打下印记，要么乔装成个人或集体的无意识隐藏在深层记忆中。参照上述定义，我们觉得，经典就是经受住了历史与时间的考验而得以流传的文化结晶，表现为文字或其他传媒方式，在某个领域或范围具有一定的权威性和典范性，可以成为某个民族甚或整个人类的精神生产的象征与标识。换一个说法，每一部经典都是对时间之流逝的一次成功阻击。经典的诞生与存在可以让时间静止下来，打开又一扇大门，带你进入崭新的世界，为虚幻的人生提供另一种真实。

或许，我们所面临的时代确实如卡尔维诺所说："读经典作品似乎与我们的生活步调不一致，我们的生活步调无法忍受把大段大段的时间或空间让给人本主义者的悠闲；也与我们文化中的精英主义不一致，这种精英主义永远也制定不出一份经典作品的目录来配合我们的时代。"那么，正如沙漠对水的渴望一样，在漠视经典的时代，我们还是要高举经典的大纛，并且以卡尔维诺的另一段话镌刻其上："现在可以做的，就是让我们每个人都发明我们理想的经典藏书室；而我想说，其中一半应该包括我们读过并对我们有所裨益的书，另一些应该是我们打算读并假设对我们有所裨益的书。我们还应该把一部分空间让给意外之书和偶然发现之书。"

愿"金色俄罗斯"能走进你的藏书室，走进你的精神生活，走进你的内心！

"谢拉皮翁兄弟"中译本总序

中国读者对于"谢拉皮翁兄弟"这一文学团体并非一无所知。个别作家的某些作品已有过中文译本（如费定的《城与年》、伊万诺夫的《铁甲列车》等）。其中，康斯坦丁·费定、伏谢·伊万诺夫、尼古拉·吉洪诺夫、米哈伊尔·斯洛尼姆斯基被认为是苏联经典文学作家，社会主义现实主义的最佳代表，同时他们也是苏联作家联盟委员会的成员。而维尼阿明·卡维林、米哈伊尔·左琴科等则继承了俄罗斯经典文学传统。同时，他们的创作命运与 20 年代文学语境紧密相连。当时，他们视自己为一个整体，为"兄弟"，为"谢拉皮翁"。就这一关系，我们可以回顾一下该团体毋庸置疑的领袖及其代表列夫·隆茨在自己宣言式的文章《为什么我们是谢拉皮翁兄弟》中的观点："我们不是一个学派，不是一种潮流，也不是霍夫曼的训练班。我们不是某个俱乐部的票友，不是同事，不是同志，而是兄弟！"米哈伊尔·斯洛尼姆斯基也在自己的回忆录中这样描述道："我们自愿聚集在一起，没有规章和制度，我们只通过直觉来挑选新的成员。"

文学团体"谢拉皮翁兄弟"的历史可以追溯到 1919 年的夏天。当时《世界文学》出版社开设了一个工作室，目的是培养有才华的年轻人成为翻译人员。该工作室位于彼得格勒艺术之家（简称 ДИСК），在马克西姆·高尔基的领导下，这些年轻人在艺术上产生了自己的见解。但他们很快发现，自己渴望掌握的语言艺术与文学技巧不仅仅局限于翻译领域，还逐渐转向了文学领域。该工作室是为那些由著名的作家、诗人、语文学家领导的一系列关于体裁的研讨会而成立。例如，由尼古拉·古米廖夫主持的研讨会。正是在古米廖夫的课堂上出现了未来的团体成员，波兹涅尔和叶莉扎韦达·波隆斯卡娅。

叶甫盖尼·扎米亚京在"谢拉皮翁兄弟"的文学道路上起到了无可置疑的关键作用。1919 年至 1921 年间，扎米亚京开始为年轻作家们讲授艺术小说技法课程，他在课堂上表达了自己对于综合理论、创造心理学、情节与故事之间关系的理解，在语言技法方面对作家们提出了这样的要求："你们说的话越少，这些话所表达的内容就越多，作用就越大，艺术效果也就越强烈。"米哈伊尔·左琴科、尼古拉·尼基京、列夫·隆茨、伊利亚·格鲁兹杰夫均出席了扎米亚京关于"谢拉皮翁兄弟"小说未来创作研讨会，他们都来跟老师学习文学的简洁艺术。

维克多·什克洛夫斯基一段时间曾主持过研讨会。尼古拉·楚科夫斯基在回忆其中一次会议时说，会上有关文学事宜他只字未提，取而代之的是，他转述了一段第一次世界大战结束后，什克洛夫斯基本人在土耳其和波斯发生的非常有趣的冒险经历（后来成为他的小说《感伤的旅行》中情节的一部分）。

1920 年，米哈伊尔·斯洛尼姆斯基搬进了艺术之家。正是在那个时候，研讨会的参与者被划分为两个文学团体：一个是"诗人行会"，另一个就是"谢拉皮翁兄弟"。前者认为文学创作必须要依靠古米廖夫的审美标准，并拒绝撰写现代生活；而后者则恰恰相反，他们认为书写现代生活才是十分必要的。理念不同导致的结果是：社会上出现了两类和睦相处的伙伴，他们各自过着独立的生活。

1921 年，大家一同在艺术之家庆祝了新年。这也成为该文学团体形成的前兆。第二个文学团体的代表们——未来的"谢拉皮翁兄弟"们聚集在那里，其中包括阿隆季娜、加茨凯维奇、萨佐诺娃、哈里通和卡普兰，他们成为后来的"谢拉皮翁姐妹"。就这样，未来文学团体的成员之间开始建立起友好的联系。

并非所有的"谢拉皮翁兄弟"都是在艺术之家开启自己的创作之路。正如斯洛尼姆斯基所言，费定是在 1920 年首次访问高尔基之后才来到艺术之家的。什克洛夫斯基带来了卡维林，在介绍他的时候并没有介绍他的名字，而是介绍了他参加比赛的小说名字——《第十一条定律》。比赛是于 1920 年冬季在艺术之家举行的。正如楚科夫斯基在自己的回忆录中所写的那样，得益于这事件，费定和卡维林才走进了"谢拉皮翁兄弟"的文学圈（卡维林这个姓氏是作家济利别尔从 1922 年开始使用的笔名，这件事从 9 月 24 日他写给高尔基的信中可以得到证实）。获得小说竞赛一等奖的作品是费定的《果园》，获得二等奖的作品是尼基京的《地下室》，获得三等奖的作品是卡维林的《第十一条定律》。此外，被提名的作品还有隆茨的《天堂之门》和吉洪诺夫的《力量》。比赛结果于 1921 年 5 月，也就是在文学团体成立之后才公布。

"谢拉皮翁兄弟"文学团体的第一次会议是在艺术之家斯洛尼姆斯基的房间里举行的。这件事在楚科夫斯基的回忆录中得到了记载。此次会议正式宣布了"兄弟"团体成员的名单：格鲁兹杰夫、左琴科、隆茨、尼基京、费定、卡维林、斯洛尼姆斯基、波隆斯卡娅、什克洛夫斯基和波兹涅尔。斯洛尼姆斯基在自己的回忆录中也提到了关于团体成立时的情景。他写道：1921 年 2 月 1 日，一群年轻的作家在高尔基的带领下，在他的房间里相互朗读着自己的小说。从那时起，他们每周都聚会一次。费定在《高尔基在我们中间》一书中也提到了这件事："每个星期六，我们所有人都会在斯洛尼姆斯基的房间里一直坐到深夜，我们相互阅读某篇新的小说或者诗歌，然后开始讨论它们的优点或缺点。我们风格迥异，我们的作品在友好的氛围中不断得到改进。"

在所有的公开演讲中，最值得一提的是在艺术之家举行的两场广为人知的文学晚会。第一场在 1921 年 10 月 19 日，普希金"贵族学校"周年纪念日举行。在晚会上，费定、斯洛尼姆斯基、伊万诺夫和卡维林分别朗读了自己的作品。第二场在 1921 年 10 月 26 日举行，波隆斯卡娅、楚科夫斯基、左琴科、尼基京和隆茨朗读了自己的作品。这两场晚会开幕式的致辞人均为什克洛夫斯基。

什克洛夫斯基、楚科夫斯基和斯洛尼姆斯基均提供过一些关于该文学团体名字由来的信息。什克洛夫斯基写道："谢拉皮翁兄弟"这个名字很可能是卡维林所取。楚科夫斯基回忆道：在 1921 年 2 月 1 日，该团体的第一次会议上，当时德国浪漫主义者霍夫曼的推崇者卡维林提出了"谢拉皮翁兄弟"这个名字。隆茨和格鲁兹杰夫对此想法表示赞同，但是其他人却反应冷淡。这是由于包括楚科夫斯基本人在内的许多人都不熟悉霍夫曼的那本同名小说。后来隆茨在解释的时候还提到了僧侣会议——在这样的聚会上，每个人都要讲一个有趣的故事。而该文学团体的成员们同样是聚集在一起，然后相互阅读自己的作品。因为这种相似性的存在，所以这个名字是十分恰当的。

但波隆斯卡娅却坚持认为隆茨是团体名称的发起者："当列夫·隆茨建议称我们的团体为'谢拉皮翁兄弟'时，我们所有人都被'兄弟'一词吸引了，甚至都没有想到隐士谢拉皮翁。"波隆斯卡娅很可能是根据隆茨那篇著名的关于"谢拉皮翁兄弟"的文章而做此判断。斯洛尼姆斯基的版本则略有不同：这个名字是在一次会议上被选出来的，然而理由却是有其偶然性。据斯洛尼姆斯基回忆说："在我的桌子上，放着一本不知道谁带来的书，破烂的亮绿色封皮上写着：霍夫曼的《谢拉皮翁兄弟》，革命前由《外国文学学报》出版。"不知是谁（完全没人记得）拿着书高喊道："就是这个！'谢拉皮翁兄弟'！他们也聚集在一起互相阅读自己的作品！"因此，彼得格勒的"谢拉皮翁兄弟"与霍夫曼笔下主人公们的相似性也是该团体名字由来的原因之一。

　　尽管后来这个名字一直保留了下来，但是在当时大家都认为这个名字只是临时的选择。还有一个尚未解决的问题就是，为什么在小组成员会议期间，这本书会出现在桌子上，这件事又与什么有关呢？要回答这个问题，就必须要回顾一下，在 20 世纪 20 年代的苏维埃，俄罗斯霍夫曼的作品都经历了哪些事件。

　　1920 年 11 月，也就是该团体第一次会议前几个月，在莫斯科著名的塔伊罗夫剧院，举行了根据霍夫曼同名小说改编的剧本《布拉姆比尔拉公主》的首映式。此次演出给公众留下了深刻的印象，也受到了知识界的热烈讨论；第二个同样重要的事情是：至 1921 年《谢拉皮翁兄弟》最后一卷已经出版一百年了。我们相信，这也是该书在团体会议期间出现在会议室的原因之一；最后一点，1922 年是霍夫曼逝世一百周年。越接近那一天，大家对这位德国作家的作品就越感兴趣。1922 年由著名的艺术评论家布拉乌多创作的献给霍夫曼的一篇特写在苏联出版。由此可见，"偶然"出现在桌子上的书正是当时国内文化生活中各个事件的结果。

　　回到彼得格勒"谢拉皮翁兄弟"话题。该团体成员的构成是一个很有趣的问题。它在 1921 年发生变化。在 1921 年 4 月中旬，波兹涅尔移民。虽然是他父母的决定，但是由于年龄的原因，他也一同离开了自己的祖国。楚科夫斯基在回忆录中记述了他们和隆茨在华沙站为他送行的场景。

伏谢·伊万诺夫是在团体形成之后才加入"谢拉皮翁兄弟"的。据楚科夫斯基回忆，在"谢拉皮翁兄弟"们与高尔基的第一次联合会面期间，在高尔基的介绍下，他们认识了伏谢·伊万诺夫及其作品。随后伏谢·伊万诺夫就加入了兄弟团。这件事也在伏谢·伊万诺夫本人的回忆录中得到了证实。他写道，高尔基介绍他与年轻的"谢拉皮翁兄弟"们认识。随后伏谢·伊万诺夫也成为"谢拉皮翁兄弟"的一员。据楚科夫斯基回忆，吉洪诺夫加入团体是在1921年11月之后。

经过多番考量，最后我们确定了该文学团体成员的名单：伏谢·伊万诺夫、斯洛尼姆斯基、左琴科、卡维林、尼基京、费定、隆茨、吉洪诺夫、波隆斯卡娅、格鲁兹杰夫。该名单在《简明文学百科全书》、第三版《大苏联百科全书》和斯洛尼姆斯基的回忆录中均有体现。

兄弟团中的每个人都有一个滑稽的绰号。这些绰号可能与霍夫曼小说中的讲述者有关。正是在这些绰号中产生了最原始的游戏元素。作家阿列克谢·列米佐夫也参与其中，为兄弟团成员提供了一些私人绰号。弗列津斯基对彼得格勒"谢拉皮翁兄弟"的创作颇有研究，他认为这些绰号并非随机选择，它们是有据可依的，是符合作家们的行事风格的。

伊利亚·格鲁兹杰夫——大司祭

列夫·隆茨——百戏艺人

维尼阿明·卡维林——炼金术士

米哈伊尔·斯洛尼姆斯基——司酒官

尼古拉·尼基京——演说家/编年史专家

康斯坦丁·费定——看门人/掌匙者（据列米佐夫所说）

伏谢沃洛德·伊万诺夫——阿留申

米哈伊尔·左琴科——没有绰号/持剑武士（据列米佐夫所说）

尼古拉·吉洪诺夫——波洛伏茨人（只有列米佐夫这么说）

弗拉基米尔·波兹涅尔——爱吵架的人（列米佐夫也提出过绰号装甲兵，并解释说意味着"勇往直前"）

"谢拉皮翁兄弟"中唯一的"谢拉皮翁姐妹"是叶莉扎韦达·波隆斯卡娅。

兄弟团队拥有自己选举成员的方式，该方式显然是出自霍夫曼的《谢拉皮翁兄弟》一书。兄弟团队的会议和纪念日都是对外公开的，客人们可以随时来参加。客人中不乏兄弟们的导师们：高尔基、扎米亚京、楚科夫斯基。还有一些是著名的作家和诗人：霍达谢维奇、福尔什、沙吉尼扬施瓦茨、特尼扬诺夫、列米佐夫、阿赫玛托娃、曼德尔施塔姆、克柳耶夫。画家有霍达谢维奇和安年科夫。文学家有埃亨巴乌姆和维戈茨基。经常来参加会议的女客人们有阿隆基娜、加茨凯维奇、萨佐诺娃、哈里通和加普兰，她们成为后来的"谢拉皮翁姐妹"。斯洛尼姆斯基在回忆"谢拉皮翁兄弟"们在会议上讨论的场景时这样说道："兄弟们毫不留情地相互责骂着，这种相互谴责不但没有伤害兄弟间的友情，相反，还促进了兄弟们的成长。"

伏谢·伊万诺夫在自己的回忆录中详细地描绘了该团体在进行文学批评时的场景："霍夫曼笔下有些'谢拉皮翁兄弟'对同伴的作品是十分宽容的，但我们不同，我们是无情的……（进行文学批评时）在作者的脸上看不到恐惧，在其他'谢拉皮翁兄弟'的脸上也看不到同情。身为首要发言人，'演说家'尼基京非常尽责，他详尽地分析、称赞或者批评作家所朗读的作品。在现场可以听到费定的男中音，列夫·隆茨不太稳定的男高音和什克洛夫斯基恳求般的呼吸声。尽管什克洛夫斯基并没有加入'谢拉皮翁兄弟'，但却是兄弟们最亲密的监护人和保卫者……我们会残酷地指出彼此的缺点，也会为彼此的成就而热血沸腾。"

什克洛夫斯基在团体中扮演的角色需要我们更加仔细地研究。什克洛夫斯基本人曾提到，他可能会成为"谢拉皮翁兄弟"，但却永远都不会成为小说家。尽管如此，隆茨在其1922年的文章《关于意识形态与政论体裁》中指出，什克洛夫斯基确为"谢拉皮翁兄弟"的一员。楚科夫斯基也证明他确实加入了该文学团体。卡维林则认为，什克洛夫斯基是一位受人尊敬的客人，但同时他也指出，有一段时间，"谢拉皮翁兄弟"们都将他视为团体成员之一。

显然，什克洛夫斯基在该文学团体成立过程中起到的作用远不止于此。他在1921年的文章《谢拉皮翁兄弟》中首次以书面形式提到"谢拉皮翁们"，用波隆斯卡娅的话讲，这也就成为他们的"诞生证明"。什克洛夫斯基在文章中描述了这些青年文学家的真实状况："尽管他们具有写作的技能，但却没有出版的能力。"

也正是在这篇文章中，什克洛夫斯基提到了某些文学流派的起源，以及它们对"谢拉皮翁兄弟"创作产生的影响：一方面是"从列斯科夫到列米佐夫，从安德烈·别雷到叶甫盖尼·扎米亚京的文学路线；另一方面则是西方冒险小说。"

什克洛夫斯基指出，团体内部分化出东方派和西方派。后来，在同时期的一封私人信件中，什克洛夫斯基还更加确切地表明：该文学团体的成员划分为"日常派"和"情节派"。得益于什克洛夫斯基的积极干预，《谢拉皮翁兄弟（第一本文集）》于1922年出版。这也是"谢拉皮翁兄弟"唯一一本文集。随后于1922年在柏林问世的《谢拉皮翁兄弟（海外版文集）》只是俄文版的扩展本。该文集使世人开始关注作者的风格特点，以及他们在作品形式方面所付诸的努力。在这种情况下，值得一提的是已成为传统的"谢拉皮翁式"的问候："你好，兄弟！写作十分艰难。"这句话出自费定与高尔基的通信。当时，费定提到了文学创作的复杂性："每个人都曾接触过某种未经规范的学科，这门学科就是：写作十分艰难。"高尔基曾就该问题欣然回应道："写作十分艰难——这正是一个极好的口号。"后来，卡维林还以此为书名撰写了一本回忆录。

"写作十分艰难"这句话成为"谢拉皮翁兄弟"的共同口号，它反映出该团体从文学学徒到逐渐形成个人风格及职业化的转变。扎米亚京在 1922 年曾这样评价自己的学生："他们每个人都有自己的特色和风格，这都是从培训班中学习到的……对文学作品中冗余成分的摒弃，也许要比写作更加困难。"

马克西姆·高尔基支持"谢拉皮翁兄弟"的文学实验并对此给予很高的评价。这一点从高尔基与费定的通信，以及费定的《高尔基在我们中间》一书中都可以得到证明。得益于高尔基的努力，该文学团体不但正式成立，而且实实在在地生存下来。在高尔基的申请下，"谢拉皮翁兄弟"还获得了衣食供给和经济援助。最重要的是，高尔基还在国外大力宣传"谢拉皮翁兄弟"的创作，商定外文译本的修订并监督维护作家权益。除此之外，高尔基在苏联也极力保护"谢拉皮翁兄弟"，使其免受批评责难。

斯洛尼姆斯基在 1922 年 8 月给高尔基的信中这样写道："于我而言，在当代俄罗斯，该文学团体的存在是最有意义的，也是最令人愉快的事情。在我看来，不夸张地讲，您开启了俄罗斯文学发展的某个新阶段。"

文学团体"谢拉皮翁兄弟"存在的时间并不长。1924 年 5 月 9 日，23 岁的作家列夫·隆茨英年早逝，该文学团体的辉煌时期也随之终结。对于隆茨的离世，费定在给高尔基的信中这样写道："当然，我们每个人都遭受了不同的损失。但现在将我们联系在一起的，是从前的亲密友谊，而不再是为了某种能够支撑团体创作的保障。我们并没有解散，因为'谢拉皮翁'超出了我们自身之外而存在。这个名字拥有自己的生命，它使我们不由自主地，对于一些人来说，甚至是强制性地团结在一起……团体内部逐渐分化，兄弟们开始成长，他们收获了一些技能，个性也日益变得突出。我们常常聚在一起，我们也喜欢聚在一起。我们的聚会是以习惯、友情及必要性为前提，而非强制性的要求。团体的工作和生活需求随着挨饿的彼得堡浪漫主义者一同消失了。但团体并没有正式解散，直到 1929 年'谢拉皮翁兄弟'还在照常庆祝他们的周年纪念日。"团体这个概念本身已经成为过去式，文学团体的生存状况并没有随着时间而得到改善。随着统一作家联盟的出现，它们被迫彻底退出了历史的舞台。

（本文作者为俄罗斯阿穆尔国立师范大学语文系教授、俄语语文学博士加丽娜·罗曼诺夫娜·罗曼诺娃。赵晓彬译）

译　序

　　米哈伊尔·列奥尼多维奇·斯洛尼姆斯基（1897—1972）是苏联著名作家，"谢拉皮翁兄弟"文学团体成员。斯洛尼姆斯基出生于文学世家，一生著作颇丰，广为流传，数次再版，其中有长篇小说和中篇小说：《拉甫罗夫一家》《福马·克列什涅夫》《列维奈的故事》《安德烈·卡拉比岑》《箭》《工程师们》等等。斯洛尼姆斯基的小说在 20 世纪 20 年代苏联文学中占有特殊的位置。

　　知识分子在革命中的位置和责任，是新生的苏联国家面临的重要问题之一，也是这个时期文学界需要解决的迫切问题。在小说《拉甫罗夫一家》中，斯洛尼姆斯基展示了一大批知识分子的命运，在历史大潮中如何选择前进的方向和伙伴，最终走进革命人民的队伍中。

　　虽然小说的背景是第一次世界大战和俄国革命，但是这并不是一部历史小说，它更像纪实散文和日记。主人公鲍里斯·拉甫罗夫被卷入战争时，并没有自己的明确想法，只是随波逐流。不过，作者并未详细展示他思维和感情的混乱，描述他内心的波澜。我们看到的是行动和表现，就像一个旁观者在观察和记录，或者像新闻片的一个个镜头。这些行为有时是心灵混乱的结果，有时就是根源。书中还有一些那个时代特有的荒谬愚蠢的举动，奇特，毫无理由，但是的确存在过。这让本书变得更加真实，主人公的经历具有了可信性。

　　前线、战前的彼得格勒、家庭和军营，所有环节联合在一起，推动鲍里斯·拉甫罗夫走向革命，而起最大作用的，应该是鲍里斯的母亲，克拉拉·安德烈耶夫娜，一个十足的小市民。她极其虚伪自私。她的伪善融进了她的"坚强"信念里，毒害了她的丈夫和大儿子，而小儿子鲍里斯则成功逃脱。

　　小说以普通士兵角度，描写了第一次世界大战背景中的俄国革命，描写在推翻沙皇统治，建立人民政权国家的过程中，俄国普通知识分子的态度和选择。

　　小说场景生动，心理描写丰富。文字简洁，行文质朴。这里没有豪情壮志，没有英雄主义，只有普通人在身不由己的时代浪潮中自知自觉的心灵成长。这种不断反思，不断寻找，最后找到正确的人生之路的方式，这种心灵觉醒的能力，是任何时代任何人都应该具备的品质。

　　《拉甫罗夫一家》再版约 20 次。这部以真实坦诚、简洁鲜明的笔触，叙述帝国主义战争、俄国革命最初年代以及知识分子在革命中的道路的小说，永远屹立在苏联精选文学作品的行列中。

第一章

一

鲍里斯·拉甫罗夫是工程师的儿子，第四中学八年级的学生。1914年夏天，他同父母及哥哥一起住在拉兹立夫的别墅里。在这里，他辅导一位将军的小儿子，一名武备班的学生学习。

鲍里斯的法语不太好，发音不准，不过他的代数和几何都很棒。武备生脸色苍白，胆怯的眼睛下面挂着黑眼圈儿，听课认真，对鲍里斯毕恭毕敬。每当下课的时候，将军太太就会走进来。她穿着低胸蕾丝衫，披着大衣，手里拿着纸牌。她会坐下来摆一卦，有时候也给鲍里斯算上一卦。每次算完，她都意味深长地说：

"哎哟！我真想说出您将来会遇到什么事情，可是您太小了。"

将军和另外两个儿子——少尉和士官生，很少到这里来。将军虽然不睿智，却非常果断和冷酷。有一次，鲍里斯询问将军："您也用刺刀进行过肉搏战吗？"将军没有回答，只是点点头，用他绿色的眼睛，严厉地看了一眼鲍里斯。

将军家里还有一个女儿，是个甜美羞怯的少女，经常偷看鲍里斯。

战争开始，将军和另外两个儿子去前线了。鲍里斯不得不承认，这些从前让他觉得粗鲁和无聊的人，现在，在他的想象中，变得完全不同，充满了浪漫的色彩。将军太太却像什么事情也没发生一样，和她的女儿、小儿子留在别墅里生活。这让鲍里斯肃然起敬，尤其是和他母亲比较起来的时候。

鲍里斯的母亲，克拉拉·安德烈耶夫娜"英勇"地决定，无论冒着多大的危险，也要把自己的家庭和财产从拉兹立夫"救"出来。不知道为什么，她就觉得在拉兹立夫比在城里更危险。她雇了四辆马车，整整一天，从早晨到傍晚，都在往车上装那些大大小小的行李，这些东西都是春天从城里家中运过来的。

每次往别墅搬家，对鲍里斯来说都是一场灾难。他从小就特别讨厌这些东西，不知道为什么要运到别墅，堆满过道和出口，秋天再运回去。那些凳子、柜子、屏风、拖把、篮子、箱子，又沉又没用，而小小的一箱书，车里却总是放不下。

"我受够了你们的书！"母亲喊道，"烦死了，没有比你们的书更烦人的了。"

这是第一次，克拉拉·安德烈耶夫娜在夏天就离开别墅。此刻，所有东西在她严格的监控下，一件一件地往车上装。她得意地炫耀着自己多么勇敢，沉着冷静，能找到车，把全家从战争的不幸中拯救出来。她大声指挥着儿子们，紧紧盯着车夫。在她看来，所有车夫都是小偷和强盗。

鲍里斯向将军太太辞行，说他要走了，不能再继续上课。将军太太的回答意味深长："噢！你们害怕战争。"

"我会上前线。"

鲍里斯想都没想就脱口而出，只想尽快摆脱母亲和满载无用之物的大车给他带来的羞愧，远离这些荒谬可笑的废话和忙乱。

"噢!"将军太太用赞许的语气说,"我会给将军写信,让他把您安排到自己的队伍里。"

她朝鲍里斯靠近,鲍里斯却慌忙躲开了。

将军的女儿和他当武备生的小儿子站在栅栏外。少女的眼里充满忧伤,想说心里话却说不出来。她不敢看鲍里斯,她的脸、脖子、耳朵、裸露的肩膀都羞红了。武备生倒是很勇敢,他对鲍里斯说:

"请您方便的时候,再来看看我们。"他朝妹妹点点头,"维拉,她也希望您来。"

鲍里斯明白,这个沉默的笨姑娘早就喜欢他了。

鲍里斯走到家门口,马车还在装乱七八糟的东西。

鲍里斯的哥哥尤里是一个大学生,正捧着大柳条筐,用膝盖一下一下顶着,吃力地往马车这边走来。

"你快过来,帮帮这个孩子!他搬的东西太重了!"母亲喊道。

母亲招呼帮忙的人,叫尼古拉·茹科夫,是一个铁路维修工。鲍里斯认识他,他们一起在湖里游过泳。他比鲍里斯只大一点,鲍里斯却觉得他像个大人,也许因为第一次遇见时,他明显比鲍里斯更强壮。那时他们在湖里游泳,你追我赶,往岸边游的时候,鲍里斯精疲力尽,差点呛水。茹科夫看到了,向他伸出手,拉他上岸。后来,鲍里斯去探望过茹科夫,还见到了他的父亲,一个司机。不过,他们最终没有成为朋友,只是偶尔会在湖里游泳时碰到。

这时,茹科夫正往家里走着,听到拉甫罗夫家别墅这边吵吵嚷嚷,就拐了过来。鲍里斯的母亲就冲他喊帮忙,还称呼他"你"。

"受不了了!"尤里扔下了柳条筐。"既然说我还是个'孩子',那就见鬼去吧!"

他朝车站走去。

尤里总是有办法摆脱任何境况。现在他就装出被羞辱的样子，轻松摆脱了搬运的琐碎活儿。

"只有我这种冷静的人，才能驾驭这样的混乱，"克拉拉·安德烈耶夫娜说，"当然，他已经忍耐到极限了。"

这些场景对鲍里斯来说熟之又熟，早就让他厌烦透顶。他突然想起自己对将军太太脱口而出的话。"我要逃离，逃离，"他想，"要不，真的上前线，参军，当兵？"

他跑向茹科夫，抓起他的手，问道，"您是不是要上前线？"

茹科夫什么也没说，转身走了。

鲍里斯虽然难堪，但是很理解：母亲对茹科夫太粗鲁了。

他追上去，"妈妈对您没有礼貌，对不起，我也讨厌她这样。"

"我都没听见。"茹科夫说。他看起来真像没有听见克拉拉·安德烈耶夫娜的喊叫。

夜幕降临，马车终于驶上公路，满载物品的大车排成长长的一队，挤满了道路。当然，鲍里斯必须护送车队回城。他走在路边。前方，彼得堡亮起了灯火。鲍里斯心里一直在想："逃离，逃离，随便逃到哪儿，哪怕去战场，一定要逃离。"

二

圣彼得堡失去了美妙的色彩。从利西诺斯村一路过去，在很多街道和广场上，常常有人用马鞭抽打着行人，而在监狱里，警察的皮靴也在随便乱踢。城市用武器控制着手无寸铁的人们。彼得大帝的青铜雕像沉默不语，同样骑在马背上的亚历山大三世，漠然挺立在尼古拉耶夫斯基火车站前的兹纳缅斯克广场上。

1914 年 7 月，战争开始了。到处在高唱"上帝保佑沙皇"。

战争是沉重的一鞭，鞭打着圣彼得堡工人区。真正的爱国者戴着枷锁，穿着监狱服去做苦工。谎言毒害着生活。"在春天给河床带来山谷潮湿的气息之前，我们的军队将攻占傲慢的柏林……"在盛大的晚会上，衣着笔挺、胸前戴着钻石的社会人士朗诵着诗歌，预测胜利将在三个月内到来。普通人的吟诵更加简洁："迷雾缠身，主啊，救救你的人。"马厩大街上的近卫军经济协会生意兴隆，肩章、穗带、军服热卖，所有盟国的大旗小旗都被抢光。街头，突然出现了大量的矮小的日本人，吸引了人们的目光。各种各样的外国人像赶集一样涌入圣彼得堡，而俄国士兵已经被赶到马祖里湖附近，去拯救巴黎。

1914 年冬季的一天，在马厩大街和涅瓦大街交叉路口，鲍里斯·拉甫罗夫遇见了尼古拉·茹科夫。自从夏天过后，他们再也没有见过面。现在，茹科夫身上穿着士兵服。鲍里斯奔向他。

"您参军了，我说过的。您好，您还记得我吗？我是鲍里斯·拉甫罗夫。我就住在马厩大街这儿。"

尼古拉皱起眉头，说：

"我记得您。"

"我也要参军，我交申请了。"

"您能干什么？还是我们为您作战吧。"

"为什么为我作战？是为所有人，为整个民族……"

"您是要当军官吧？"

"不，我只想快点参军，要是当军官，就得上军校，时间太长了。我想马上去前线。万一战争很快就结束了呢？到时候怎么办？我已经被批准在一月份提前毕业了。您也去前线吗？"

尼古拉回答道：

"我和后备营一起走，今天自由活动一天。"他看了看自己的脚，笑了笑："鞋子像纸糊的一样，穿一脚就坏了。近卫军商店卖好的，可是不让士兵进去……"

尼古拉从兜里掏出钱，在手里拽来拽去。

"为什么？"鲍里斯很奇怪，"这怎么可能？"

"这样吧，"尼古拉没有回答鲍里斯的问题，他说，"请您拿上钱，帮我买双靴子，41号的。我在这儿等你。"

鲍里斯接过钱，看着这位士兵，困惑不解。"我们一起去吧。"他建议道。

尼古拉克制着自己，说："我跟您说了，不让士兵进去，那是军官的商店，懂了吗？您能不能帮我买？不能的话，请把钱还给我，我找别人帮忙。"

"我能帮忙的，我这就去……"

不到十分钟，鲍里斯就给尼古拉带回一双新鞋。尼古拉接过来，晃一晃，用手指敲敲鞋底，谢过鲍里斯，和他告别，转身走了。鲍里斯追上他。

"尼古拉·德米特里耶维奇，您为什么……您有什么不愉快的事情吗？现在可是到了这样的年代，人人坚决一致，全民族……"

尼古拉停下脚步，从头到脚打量一下鲍里斯。

"您不明白吗，"他说，"我们的命运不同。"

尼古拉说完，头也不回地大步走了。

鲍里斯一直看着他的背影，直到他拐弯看不见了。"他怎么回事呢？总是不太友好。"不过，鲍里斯很快就不再想着尼古拉·茹科夫的奇怪表现，因为他最终也要像茹科夫一样上前线了。他已经迫不及待，期待尽快通过毕业考试。

家里没有人阻拦他去前线。母亲用庄重的口吻说：

"作为一个公民，我为你骄傲，准许你去，但是作为母亲，我感到痛苦。"

哥哥像往常一样，开始长篇大论：

"鲍里亚（注：鲍里斯的小名）是一个普通的、平凡的人，而这正是他的幸福。至少他能找个普通的工作，结婚……"

他的话语一如既往，充满了对普通、平凡的鲍里斯的鄙视。而尤里本人，则被家里公认为未来做大事的人。

父亲低声说：

"你真的想上前线？"他也像往常那样，又重复一遍："想上前线？"

母亲立刻呵斥了一声，他马上沉默了，好像做错了什么事一样。

尤里直到现在还靠着父母生活，而鲍里斯从 14 岁起就开始挣钱了。去年，他赚了一大笔。他辅导饭店老板的两个蠢儿子学习，还在那儿吃午饭，一个月赚了 30 卢布。他把钱都交给了父母。他这样做被认为是正确和理所当然的，因为鲍里斯不能跟尤里相提并论，鲍里斯只是个普通人。

鲍里斯没有对家人说起和尼古拉·茹科夫碰面的事情，他一般很少在家里讲什么。

应该尽快去前线，当士兵就当士兵。他的同学谢廖沙·奥尔洛夫上军校了，这位要当军官的同学已经急不可待，早就在学生帽上戴上了军官徽章。鲍里斯跟其他所有自愿上战场的同学一样，并不担心考试。当然，老师们会尽量给大家最高分。考试会很轻松的，就是越快越好……

三个月，是被预测的胜利期限。可是，三个月过去了，胜利的喜讯没有传来，前线却流传着这样的消息：萨姆索诺夫将军的部队全军覆没，连年坎普夫上将的部队正在从柯尼斯堡撤退。满载伤员的军用列车，纷纷开到彼得堡。军官中已经有人醉醺醺地唱起来："车夫，不要赶马了，我再也不急着去哪儿了……"所有发生的这一切，鲍里斯毫不知情，他正在准备参加一月份的毕业考试。

一月份的一天，尤里扔给鲍里斯一本杂志，里面有个故事《奇怪的法则》。作者认为，多数人一生下来就是从事低级活动的，也就是参加劳动和战争，只有少数人是为崇高的思想而存在的。多数人应该为少数人服务，因为正是在这少数人中，存在着杰出的领袖，优秀的人物和更高尚的群体。尤里推崇这类故事。

这里说的就有鲍里亚，他是为战争而生的。

尤里，当然是为崇高的思想存在的。

扯淡！鲍里斯不想争论。他一思考将来要做什么，思维就混乱。他只知道一件事——活着，像他的同胞一样，他也做不了别的。他要走出去，亲自体验一下战地通讯里写的内容。让他做个普通人吧，他自己也想成为跟大家一样的普通人。

三

1915年4月2日，在奥赫塔火车站，管乐队吹着欢快的乐曲，欢送第一后备步兵团后备队奔赴华沙火车货运站。鲍里斯告别了父亲、母亲和哥哥，坐上了取暖货车（注：战争年代生火炉取暖运输旅客的货车）。4月17日，鲍里斯所在的分队到达奥尔日茨河岸边的克拉斯诺谢列茨村附近。波兰的天空晴好，温暖和煦，俄国士兵沉重的军靴踏过沙土路，飞扬的尘土，落到他们的脸上、手上和肩膀上。

他们在这里并未停留太久。后备队接到指令，向传来零星枪声的地方继续前进。距阵地五俄里①时，年轻的准尉小声命令："不要吸烟!"像准尉一样对战争危险保持高度警惕的士兵们，立刻扔掉烟头。

鲍里斯所在的军团占领了叶吉诺洛日茨村阵地。这个阵地距离普拉斯内什 18 俄里，距离德国边境 7 俄里。这个军团从军用列车上一下来，就被编入保卫华沙的部队，直接参加作战。之前参加华沙战役的士兵，有的在华沙附近牺牲，有的在罗得兹战役中阵亡，幸存者已经很少了。

鲍里斯根本没有感到劳累或者恐惧。他确信，子弹和炮弹打中谁，都不会打中他：他才刚满 18 岁。他也没有想过参军的原因和目的，能远离家庭的琐碎已经让他很幸福了，至于参军的意义，他对官方的解释非常满意。

6 月 1 日静静离去了。这天，部队在德军猛烈的炮火下撤离叶吉诺洛日茨，退到第二防线。之后，德军加强了空中侦察。德国飞机在俄国阵地上空盘旋，狂轰滥炸。在猛烈的炮火攻击下，阵地里很多人受伤，俄国医生、医护人员和卫生员忙个不停。俄军 6 月 12 日和 13 日反攻失败，德军依然占领着阵地。

在德军的猛烈进攻下，俄军从喀尔巴阡高地撤离下来。6 月 29 日，德军再次进攻普拉斯内什。6 月 30 日，冯·卡里维茨将军的师团进入前沿阵地，鲍里斯就在其中。清晨，炮兵连的弹药很快用光，先行撤退。步兵坚持战斗。傍晚时分，包括鲍里斯在内的五十五个战士，只剩下了三个。三个人钻进树林。炮弹扫荡着树林，树干纷纷摇晃、断裂、倒下；黄烟升腾，弥漫空中。当活着的两个人（第三个被打死了）走出树林，走向熊熊燃烧的沃里基－德伦日村时，他们似乎安全了。但是，如果把一个从来没有经历过战争危险，预测胜利的彼得堡人士放到这

---

① 1 俄里等于 1.0668 公里，编者注。

里，他会被吓得发疯。

烟雾遮盖了天空和大地。烟雾中红黄色的火焰噼啪作响，撕扯着农舍的房顶和墙壁。弥漫天地的灰暗色调中，无数前所未见的色调冲击着两个士兵疲惫的双眼。

这一天震撼了鲍里斯。这一天之前他所熟知的一切，似乎成为遥远的过去。他一头栽倒在克拉斯诺谢列茨桥下，立刻睡着了。然而，第二天早晨，他仿佛又回到了习以为常的昔日，昨天发生的事情从他的记忆中消失了。他觉得难忘的那些经历，此刻在记忆中似乎和他毫不相干。那些事情是发生在别人身上的，而不是他，鲍里斯·拉甫罗夫的身上。

部队朝着拉让地区撤退，来到纳雷夫河附近，占领了奥斯特拉列克公路阵地。炮弹跟往常一样，并不充足，炮兵连无法发挥作用。奥斯特拉列克——马尔金铁路段的路基隔开了德俄阵地。部队在这里停留一周后，德军主力发起进攻，俄军阵地前的田野上，每一平方米都落下成百上千发炮弹，平整的田野被炸成一块块，那些幸运的生存者，从光秃秃的田野奔向一个半俄里外的小树林。

在密集的炮弹下，人们纷纷被打死，土地被炸毁。周遭的一切恐怖至极，足够让一个最强大的人失去镇静。可是，鲍里斯却突然觉得非常平静，意识甚至比以往更清醒。他觉得，强大的毁灭力量已经把他抛到了生命之外，现在，他已经死了，正在从另一个星球看着地球上发生的这一切。他看见军团的牧师，没有戴礼帽，头发飞扬，坐在马鞍上，根本不躲避飞旋在他身边的死亡。牧师用宽大的手掌抚摸着饱受惊吓的马，平静地大声祈祷，似乎在说服所有活着的生物都不必反抗，都来迎接死亡。眨眼之间，他和马都被炸成了几块。

人们被抛在没有任何防御的荒野上。刺刀怎么能抵抗炮弹？鲍里斯眼前发生的事情，和报纸上描述的截然不同。

鲍里斯没有考虑，直线跑向树林。他突然失去了信心，不再相信他不可能被打死。他现在确信，他一定会死，必死无疑，只是他不想现在就死。

　　突然，他身后的爆响中钻出一声鸣叫，清晰尖锐，专门为他，鲍里斯·伊万诺维奇·拉甫罗夫呼啸而来。这发炮弹就是为了打死鲍里斯才发射的。鲍里斯猛然冲向一边，扑倒在地。下一个瞬间他又飞起来，爆炸波把他掀到空中，又抛到了地上。

　　鲍里斯知道，按照宣传册和军事报道上所描述的，此刻人应当失去知觉，但是他还清醒着，这太可怕了。他喊起来，就像要死的人无论如何也不想死那样，拼命地喊叫着。

　　一个正赶着轻便双轮马车往树林飞奔的机枪手听到了喊声，他勒住马车，抓起鲍里斯，扔到车上，又赶马向树林疾驰。

　　林中的一棵树下，鲍里斯躺在军大衣上。

　　机枪手走到他跟前，站了一会儿，不知道说什么，最后低声说：

　　"是我救了你。"

　　"谢谢。"鲍里斯回答道。

　　机枪手走了，从此以后，鲍里斯再也没有见过他。

　　树林里聚集了部队的幸存者：一个指挥官、一名医生、两个军官和三十六个士兵。其他人都被打死、俘虏或者受了重伤。

　　鲍里斯左手轻伤，一小块弹片钻进肉里，没有伤到骨头。他还受了震伤。救护车把他送到师部医院，医生吩咐把他送到奥斯特洛夫市的后方医院。医院和克拉斯诺谢列茨村一样，都坐落在洛姆日茨省。鲍里斯在医院躺了一周后，被允许走动，一开始在病房里蹑步，接着可以上街散步了。

四

郊外的田野上，管乐队正在演奏着乐队指挥自己谱写的进行曲。演奏吸引了很多人，大家都听得热泪盈眶。

鲍里斯也在旁边静静地听着音乐。一瞬间，这座住着波兰人和犹太人，此刻拥堵着军用辎重车队的荒凉的小镇，也让他觉得重要起来。周围的一切，还有鲍里斯自己，都变得不同寻常。没有什么比活着更幸福的了！尤其是在这充满了危险，无眼的子弹随时可能落到你头上的时候。

乐队演奏结束了，鲍里斯转过身，慢慢地走回医院。

两天前，他给家里写了信。为了不让亲人担心，他没说自己作战受伤。他撒谎说自己被派到后方，非常安全。不过在信的末尾，他稍微暗示了一下：他不是故意隐瞒实情，只是不想让父母担心。回到医院，他收到了回信。他觉得毫无疑问，家人会明白他的暗示，他甚至后悔没有把谎言坚持到底。他拆开信封读了起来。母亲写道：

"亲爱的鲍里斯，上帝保佑，你平安无事。你懂得为母亲着想，保护自己，远离危险。我不担心你，你很聪明。可是尤里却太让我操心了。他想去前线给士兵送慰问品。这太危险了，比参加战斗还危险，大家都这样说。我请你给他写封信，劝劝他。你知道他很容易冲动，他一定会钻到枪林弹雨中的。他哪怕有一点你那种明智，我也放心啊……"

信很长，鲍里斯没读完就塞到枕头底下，出去散步了。他的双脚带他直接走向市场的甜品店。那里的女售货员杰莉莎，把他当作受伤的英雄，总给他巧克力饼干吃。

这一次，鲍里斯的话特别多。他一直给杰莉莎讲打仗，讲得就像播报新闻一样，仿佛一切都跟他无关。杰莉莎没注意听他说什么，盯着他的脸，若有所思。鲍里斯一直在讲个不停。

要下班了，杰莉莎关好甜品店的门窗，邀请鲍里斯去自己屋里坐坐，她就住在店里。她的房间不大，但是非常干净，到处轻纱妙曼：窗户上挂着轻纱窗帘，沙发上铺了轻纱布，一条轻纱裙挂在衣架上。一张小圆桌上铺着花纹桌布，摆着饼干盒。杰莉莎没有开灯，她倚靠着小圆桌，看了看鲍里斯受伤的手，问他还疼不疼。

鲍里斯弯弯手臂，说：

"一点儿也不疼了。"

杰莉莎凑近他：

"那先生能伸直它吗？"

"当然能了。"鲍里斯回答，他完全没有意识到什么。他把手从绷带里拿出来，伸给她。"我的伤口在胳膊肘下面一点，差不多都好了。"

杰莉莎的脸都快贴上鲍里斯的脸了，鲍里斯突然明白了。他脸红了，呼吸急促，努力控制着自己的冲动。不过，杰莉莎知道该怎么做。当鲍里斯用健康的右手抱住她的时候，她紧紧地贴着他，并小心地尽量不碰他的左手。一切就这样理所当然地发生了。当鲍里斯走出甜品店时，杰莉莎已经睡着了。这是她连续两周失眠后，第一次睡得这么香。

早晨，医士在给鲍里斯换药时很吃惊，为什么长好的伤口又开始出血了。过了一周，当鲍里斯出院的时候，他和杰莉莎都非常难过，他们舍不得分开。从此以后，他们再也没有见过。

又过了一周，德军占领了奥斯特洛夫。俄军丝毫没有进攻和向前挺进的消息，最高指挥部似乎决定不再抵抗。每一个撤退的人都看见并且意识到，1915 年战事注定失败。

深秋，撤退终于停止。部队撤到波列谢村过冬。在这座白俄罗斯的村庄里，生活是枯燥、艰苦的。这里连干净的水都没有，水井的地势低，四面八方的脏水都流到这里来。军官们喝着红酒，那是军官协会的会长从很远的车站一箱箱运过来的。

鲍里斯得了痢疾。

他连续几天无法入睡。第五天晚上下雪了。部队医疗站所在的农舍窗外，雪花迷漫。四周安静漆黑，像在坟墓里。房子被白雪压得更低了，污迹斑斑的顶棚上布满裂痕。值班的医士和卫生员脸色阴郁，默默地玩着牌。上了年纪的医士胸前挂着圣乔治十字勋章，脸上没有胡须，皮肤干裂，跟顶棚一样。卫生员脸上蓄满胡须，满头乱发，看起来很久没有打理了。医士赢了50戈比，开始收拾桌上的牌。他看看窗户，看看顶棚，故意绕开那个臭气熏天的角落（鲍里斯躺在那儿）。他寂寞难耐，想聊点什么。他在自己的大脑里翻找，找不到任何有趣的事情。他问：

"你生过疮吗？"

"没有，"卫生员回答。"我得过纠发病，没生过疮。"

"我生过疮，"医士说，"我两年前生过疮，那时我在波切杰里叶工作。"

"我没生过疮，"卫生员接着说，"我得过纠发病，看来，我们都够倒霉的。"

说完这些话，他们似乎轻松点了，仿佛有了心灵的沟通。

鲍里斯躺在角落里，心想："我为什么要上前线？"

周遭的一切，他觉得都是毫无意义的扯淡。审视自己的行为，他发现里面绝对没有任何意义，或者有过，可是失去了？

鲍里斯并没有死，他痊愈了，获得了三个月的假期。

五

　　一个瘦高的白俄罗斯人拉着鲍里斯去车站。爬犁在冰冻的路面上滑行，周围是冷寂的白色森林，天空犹如巨大的冰场。夜晚，森林上空，明月高挂，繁星点点，白俄罗斯人把头转向鲍里斯，讲述起他永远忘不掉的往事。他的故事也像他的人一样，干枯瘦长。20 年前，他五岁的儿子在玩耍的时候掉进了井里，淹死了。就是这么一件事，但是白俄罗斯人接着开始不停地描述，他怎么在林子里砍柴，孩子妈怎么没有看好孩子，然后，他怎么无法忍受痛苦，跑到城里四处乱逛，观察形形色色的人，可是仍然无法接受事实。一年后，老婆也死了，留下他一个人孤零零地活在这个世界上。白俄罗斯人没有抱怨，他只是在叙述，停不下来。终于说完了，他又重新开始讲，添上新的细节，还原他生活中的所有无望和不幸。他讲得如此平静和专注，甚至没有发现陡坡，没有及时勒住马。爬犁急速下滑，等白俄罗斯人转身拉起缰绳的时候，已经晚了，爬犁翻了。

　　鲍里斯被甩进一个深不见底的坑里。他努力想抓住什么，不让身体往下掉，手臂都被冰划破了。当他摔到了坑底，手脚并用开始爬的时候，他感觉自己还在往下掉。

　　白俄罗斯人的声音从上面传下来：

　　"你还活着吗？"

　　"还活着。"鲍里斯回答道。他抓着坑壁，慢慢地攀爬上来。

　　白俄罗斯人正在修爬犁，几下就修好了。他的前额划破了，血流向鼻子，但他似乎没有发觉。鲍里斯重新坐到爬犁上，白俄罗斯人赶马上路，再也没有说过一句话。

傍晚，他们到了车站。鲍里斯有优待票，直接从这里经波洛茨克去彼得格勒。在车站有一个厉害的警卫长，不论军官还是普通士兵都怕他：他盘查每一个从前线回来休假的人，对任何一个逃兵都决不手软，直接逮捕，但是他从不去盘查那些重返前线的人。鲍里斯在三等候车室躺着，嚼着从小卖部买的法国面包。候车室的地板上，长凳上，来自各个部队的士兵横躺竖卧。空气中散发着烟味、汗味和臭烘烘的包脚布味儿。

火车进入站台。鲍里斯走进车厢，迎面碰到了他们军团的中尉，身上散发着一股酒味儿的五连连长。鲍里向中尉立正敬礼，中尉抓住他的肩膀。

"我在哪儿见过你的脸，"他说，"你跟我来。"

"是。"鲍里斯回答。

中尉把他带到了一等车厢。这里坐着一个穿着军大衣的胖子，肩上戴着五品文官的肩章。

"自己人，"中尉说（不知道是对文官还是对鲍里斯），"给他拿酒。"

他把一瓶白兰地放到了鲍里斯面前。

"对着瓶口喝，"他命令道，"一口气干了，要不我打死你。"

鲍里斯顿时惊慌失措。醉醺醺的中尉真的从皮套里掏出手枪。五品文官看到手枪，想站起来，不过，最后只是稍微动了动，哀怨地嘀咕了一下。

"我们的皇后是个废物。喝，不喝我打死你！怎么你都得死。"中尉把貌似没有关系的两句话连在一起说了出来，感到十分享受。

鲍里斯拿起瓶子，塞进嘴里。白兰地灼烧着他的喉咙，他开始觉得暖和、舒服。他竟然喝高兴了，不过却没能高兴多久。灌了半瓶后，他再也喝不下去了。但是他必须喝，他开始感到恐惧。在痛苦中，他看到枪口正对着他的脸，可是瓶中的酒还有很多。终于，鲍里斯喝完最后一口，扔掉了空瓶子。

这手指不是他的，是别人的，什么都拿不起来。他从柔软的沙发上站起来，不，这也不是他站起来，是两只脚自己举起了他的身体。他的腿、手和头全都脱离了他的意志，他无法控制自己的身体。他的意识完全清醒，却飘荡在身体之外。鲍里斯听到一个声音，像透过消声器和丝绸传过来的：

"您脸色太苍白了……"

五品文官很惊慌，甚至称呼士兵为"您"了。听到这声"您"，鲍里斯心想："我要死了"。

鲍里斯站到挂在门后的镜子前，看见了自己浅绿色的脸。

接着，他不知道包厢里怎么来了列车员，列车员又怎么把他拖到了站台上。估计是中尉和文官不想看到士兵死在自己面前，影响他们的心情。在站台上，鲍里斯在波列谢地区夜晚的黑暗中蜷缩着。列车员把鲍里斯的两根手指塞进了鲍里斯的嘴里。过了一会儿，鲍里斯就感到了手指疼痛，他很高兴：生命又回到他的身体里了，他得救了。接着，他顺从地跟着这位善良的列车员，回到了火车包厢，躺下睡着了。他醒过来的时候，已是清晨时分。他走到站台上，火车钻进原野和森林之间的白色旷野中，飞奔而去，站台在鲍里斯的脚下剧烈颤动着。

在博洛茨基火车站小卖部，鲍里斯在长胡子服务员惊异的目光下，一口气吃完了三份午餐。然后，他坐上了开往德维斯克的火车。

从德维斯克到彼得格勒，有个后备军官生一直缠着他问东问西，让他无法休息。军官生面颊黧黑，胸前戴了两枚乔治十字勋章。他问鲍里斯：

"您看，我的照片能登上《星火》杂志吗？两个乔治勋章，还有伤疤，啊?"

"我不知道。"鲍里斯回答道。

"您到底怎么想的嘛?"军官生仍旧追问着。

晚上，他又有了新的问题。他捻着黑色的小胡子，若有所思。他问鲍里斯:

"那彼得格勒的姑娘们怎么样，啊?"

"我不知道。"鲍里斯回答道。

"您不知道!"小黑胡笑了笑，"我不相信。您自己说过您是彼得格勒人，就是说，您知道的。我呢，我不是彼得格勒人，我去那儿的巴甫洛夫斯基学校。"

鲍里斯不由自主地想到，要是这个小黑胡已经从巴甫洛夫斯基学校毕业了，恐怕就不会这么说话了，只会把他这个士兵直接赶出包厢。

在彼得格勒车站，鲍里斯走向电话亭，他要给家里打电话，告诉他们自己回来了。听到母亲问"你是谁?"，他突然用很正式的声音回答说:

"我是您的儿子。"

听到"您"这个词，话务员转脸看他，十分惊讶，从头到脚打量他。

在回家的路上，鲍里斯想起那个话务员，不禁耸耸肩。实际上，他也不知道为什么突然就说"您"，难道是因为他参加过战争了? 他随即明白，不是，这跟战争毫无关系。

三个月的假期救了鲍里斯一命，他所在的军团在纳罗奇湖附近全军覆灭。古拉潘特金将军把队伍聚集到纳罗奇湖边，准备突破德军战线。战斗一开始，俄军各部分便失去联系。俄军第一次进攻就攻占了德军的阵地。在这个阵地上，无法接到指挥命令的俄国炮兵连，对后续进入阵地的俄国士兵开炮，连续 12 次的猛烈射击，杀死了这个军团的所有士兵。

六

鲍里斯回到家里，没有发现任何变化：还是那样的日子，还是那类人。只有在市联盟工作的哥哥，穿起了士兵制服，军用裤子和高筒靴。母亲听到鲍里斯有三个月的假期，立刻松了口气：

"你不用再上战场了，那你劝劝尤里，让他也打消这个念头。为什么你不给他写信？我让你写的。他去前线了，差点被烧死。"

尤里打断了她：

"得了，你别想象了！我只是到了战场第二道防线那儿。晚上，那里格外美丽，信号弹发着绿光，探照灯照来照去……士兵也都那么可爱。接着，从机枪里发出来的真正的射击开始了！子弹发出尖锐的呼啸声。我整整一个小时都待在战壕里，然后我就得到了乔治勋章，你看！"他指指胸前，一枚四级乔治勋章在衣襟上闪着银光。"第二天我看到了飞机，我躲在树下，子弹就在头上飞。你呢？你信上说你没参加战斗，那你怎么会有乔治勋章？"

还没等鲍里斯回答，尤里又接着讲自己的前线故事了。

鲍里斯洗了澡，换上干净的睡衣，躺到沙发上睡着了。他一直睡到中午，当工程师的父亲从工厂回来，叫醒了他。父亲推了推儿子的肩膀，说：

"嘿，你回来了？真是太好了。"

吃午饭的时候，尤里赞叹道：

"生活突然变得妙趣横生。战争终究是对人们大有益处的，它用某种方式震撼人心。"他把盘子递给母亲，母亲给他放了两个最好的肉饼。

"非常有趣，"尤里一边吃着肉饼，一边说，"我一定要再去前线。一定……"

母亲听了，脸上的表情变得严肃起来：

"不行，"她用毋庸置疑的语调说，"不要再说这些话了，你需要读完大学。你的才华和能力适合用于比战争更重要的事情上。打仗，总会有人去的。"

"我一定要去，"尤里坚定地说，"肯定去！大家都参战，我留在家里不好。"

父亲吃完了肉饼，推开盘子，摸着花白的胡须，腼腆地笑着说：

"我现在还记得，在俄日战争时期……"

母亲严厉地打断他：

"吃完饭你去躺会儿。"

"我不想躺着，"父亲歉疚地回答道，"我想聊聊天。"

母亲更加严厉了：

"你没什么好聊的。你自己非常清楚，饭后交谈有害健康。去躺会儿，我们可没钱请医生。"

工程师站了起来，温顺地看了看妻子，走向卧室。他脱掉靴子和外套，躺到床上。他一点都不困，可是他应该睡觉。挂着海报的墙在他眼前轻轻晃动着，渐渐变成蓝雾，消失了。过了一会儿，工程师醒了，回想着，他是不是喊出声了？刚刚，他看见了自己。43岁的他无家可归，抱着光秃秃的杂种狗，在桥下睡觉……眼前，天花板、地板、大瓷砖炉子、椅子、窗前的桌子、铺着弹簧床垫的床、羽毛褥子和三个一个比一个小的绒毛枕头……墙壁一动不动，海报上一个高大的俄国哥萨克用长矛穿起一串儿德国人。

工程师又开始昏昏欲睡，他又感到周围都在摇摆和颤抖，被长矛穿透的德国人也在晃动着。开门的声音惊醒了工程师。他睁开眼睛，看清楚站在床边的是鲍里斯。

鲍里斯说：

"我把你吵醒了？没关系吧？"

"没关系。你真的回来了？真是太好了。"

"没什么，"鲍里斯回答道，"我还没来得及细说呢，我去过哪儿，发生了什么事。其实我经历了很多可怕的事情。我那时写信说被派到后方，那是撒谎，我直接到的前线。我的手受过伤，我还被震伤过。不过这样也好，不用参加撤退了。我的圣乔治十字勋章不是白得的，我参加过战斗。"

父亲从床上坐起来，他的脸显得苍老消瘦。他说：

"珍惜你的妈妈吧。你能好好活着回来，她多么高兴。她想让你快点忘了那一切。她一直为你担心啊！整晚都睡不着觉。她故意什么都不打听，不想知道，好让自己平静。她希望你也快点忘了这些可怕的印象。她真是紧张得要命呢。"

"可是我忘不掉。"鲍里斯反驳道。

父亲一动不动地坐在床上。他的背心和短裤跟他的胡须一样发白。他的身上散发着巧克力味道。他突然露出慈爱的笑容。

"瞧，你回来了，"他说，"真是太好了。你休息休息，不要再上前线了。"

晚上，当他在床上搂着妻子的时候，他很骄傲，能和这样一个聪明漂亮的女人躺在一个被窝里睡觉（这种骄傲一直都在，过了这么多年的家庭生活也没有消失）。工程师说：

"鲍里亚受过伤呢，他没跟你说吧？"

"我再也不让鲍里亚上前线了，除非我死。可是你呢，从来都不理解我有多难。必须赶走马妞，她就是个脏婆子和小偷。到处都是小偷和妓女。我都三天没有仆人了，你呢，想这想那，就是一点都不替我想想。"

的确，已经是第三天没有仆人了。克拉拉·安德烈耶夫娜在"新时代"报纸上刊登了广告，家里（拉甫罗夫家住在马厩大街，与涅瓦大街只隔了几栋楼）来了很多姑娘和妇女，想在这里干活，挣五卢布的工钱。

鲍里斯对母亲如何雇用仆人很好奇，母亲走进厨房，鲍里斯也跟了进去。门旁的箱子上坐着一个女人，穿着黑色的厚呢子大衣，头上包着褐色的头巾。

"太太进来的时候，不能坐着，"克拉拉·安德烈耶夫娜说，女人立刻站起来，"你都不会做饭，你来干什么?"

"我会做饭。"女人反驳道。

"你看，还有男人来找你，"克拉拉·安德烈耶夫娜接着说，"我这是体面人家，我不能容忍这样的事情。"

女人默不作声。

母亲看了眼鲍里斯：

"你出去，你在这儿帮不上忙，这不是孩子的事儿。"

鲍里斯不想争论，他走了出来，站到门后的走廊里。女人好奇地看了看这个穿军装"孩子"的背影。克拉拉·安德烈耶夫娜压低声音，痛心地说：

"你还怀着孕，你怎么敢来体面人的家里! 我还有孩子。"

女人和善地说：

"您也做过家务，怀过孩子，太太，您能理解我的，再说我饭做得也不错。"

"滚出去!"克拉拉·安德烈耶夫娜大声叫道。

女人在箱子前站了一会儿,然后走出去,砰的一声关上了门。母亲从鲍里斯身边冲过去,差点没被刚下班的丈夫撞倒。母亲冲着那个女人喊道:

"你这个犯人!我要告诉大家,你究竟是什么样的人!"

她冲进了厨房,很快就从厨房里传来了叮叮当当的响声。

午饭前,女仆终于雇好了,是一个头发斑白,默不出声、胆小的女人。

吃午饭的时候,克拉拉·安德烈耶夫娜在餐桌边教训女仆:

"盛调味汁的碗不要胡乱放,放的动作要彬彬有礼。给你五卢布,还给你吃的,你应该对主人充满感激。"

尤里不满地打断她:

"饭都快凉了。"

克拉拉·安德烈耶夫娜看看儿子,再看看女仆,脸色温和下来。她不想现在跟儿子发生不快,现在需要先吃饭。

"可恶的女仆,"她有意在儿子面前展现自己的冷静和判断力,"我明天就把她辞掉。"

她坐在桌子首位,高大健壮,上衣胸前的纽扣没扣,褐色的衣服衬托着褐色的眼睛和头发。她长了一张男人的脸,鼻子、嘴、眉毛全都线条硬朗,棱角分明。

"你不应该这么做,"尤里生气了,"这种时候,你还为这种小事忙得团团转,真讨厌。"

对克拉拉·安德烈耶夫娜来说,她说的每一句话,做的每一件事都是对的。而且,不仅是对的,更是完美的,这是她的信念,是她生活的支柱。

她拿起叉子，敲敲桌子，教导尤里：

"你不应该评判你母亲的行为。母亲就是圣母。谴责母亲，就是侮辱你自己。"

"又来了，"尤里一边说，一边吃光煎肉。"拜托你，让我安静一会儿。"

母亲扔掉了叉子。再过一秒钟，更激烈的争吵就要来了。鲍里斯为了阻止近在眼前的冲突，在暴风雨即将来临的瞬间，说道：

"妈妈，你相信我被派到后方了吗?"

母亲立刻平静了。

"你看，"她对尤里说，"你倒是学学鲍里斯，他才是真正地爱我。为了让母亲放心，他甚至都不跟我说他受伤了。这也是'小事'吗? 上帝呀，我也想上前线，摆脱这些乱七八糟的事情。可是，请问'茶在哪儿?'这个仆人连茶都找不到，什么都得告诉她。这样的仆人应该被赶进棺材。"

她说完，感觉自己打败了儿子，可是尤里并没有让步：

"如果鲍里亚想受伤，那就让他受伤吧，"他说得比母亲还没有逻辑，"我觉得，后方的工作也不比战场上的少。要是你赶我去战场，那么好吧! 明天我就上前线。"

"你为什么这么说?"母亲大吃一惊。"不能这样胡言乱语。你自己十分清楚，以你的才华和能力，你不应该去打仗。"

"可是我受不了这样一天天的吵吵闹闹!"尤里发怒了，"每时每刻这些乱七八糟的事儿，太让人分神、太让人疲惫、太让人厌倦了……"

"你别胡闹了，"克拉拉·安德烈耶夫娜尽量心平气和，"这是第一次你冒犯我。你谴责母亲，我无所谓，这是侮辱你自己。我给你学费上大学，给你吃，给你穿……"

"别说了！"尤里悲怆地喊道："我这就上前线。你又提钱！你到底想让我怎么样？"

他抓起眼前的一个碟子，摔到地板上。碟子碎了。

克拉拉·安德烈耶夫娜非常镇定地说：

"不要摔碟子，碟子不是为了摔才放到桌子上的。"她转身对丈夫说："我跟你说过多少次，他是神经质！应该带他去看医生。你除了自己，谁都不关心。只有我这么冷静理智，才能经受得住这样的生活。"

尤里踢倒了椅子，砰的一声关上门，走出了房间。克拉拉·安德烈耶夫娜不再说话了，她开始生气，这次吵架让儿子占了上风。

"瞧！"她对丈夫喊道："你就知道吃饭睡觉！我要是早料到这样，我才不会为你受这么多的苦！为什么我要把最好的年华都浪费到你身上？"

她把碟子、叉子和刀都扔到地板上，走出了房间。

丈夫窘迫地用手擦擦脸，好像在洗脸，对鲍里斯说：

"这么说，你回来了？真是太好了。"

他习惯不着边际地重复一句话。

从卧室里传来克拉拉·安德烈耶夫娜的尖叫声和打碎玻璃的声音。

"应该是花瓶。"工程师拉甫罗夫想着，他站起来，面带歉疚地走向门口。

尖叫声里夹杂着喊叫：

"我被毁掉了！我要死了！我被折磨死了！"

这是克拉拉·安德烈耶夫娜的歇斯底里症状又发作了。

这些争吵、胡闹和歇斯底里，都是鲍里斯早就熟悉的。而且，他无法理解这样的家庭生活，就跟他无法解释战争的原因一样。战争给他的感觉也是一种无法理解的歇斯底里，只是比克拉拉·安德烈耶夫娜的规模更大而已。

七

1915 年 1 月，和鲍里斯一样，以自愿参军为条件提前中学毕业的还有四个人。鲍里斯和其中一个是好朋友。他是谢廖沙·奥尔洛夫，国家杜马成员的儿子。鲍里斯回来前不久，奥尔洛夫以军官的身份上前线了。现在在彼得格勒，鲍里斯没有一个亲近的伙伴：他的班级去年春天就已经毕业，大家四散而去，有的上战场，有的不知所终。鲍里斯还是去了一趟学校。他穿着普通的大衣，没有穿士兵服（从前线回来后，他立刻就把军装换成了普通大衣）。校长和他握了握手，跟他聊了足足十分钟。

那些天，鲍里斯经常去父亲的老朋友——日尔京家。日尔京因为同情和帮助革命者，几次被逮捕和流放。在这个家里，鲍里斯说话会有人认真倾听，还有人向他详细地打听战争，了解士兵的特殊心情。日尔京的小儿子安纳托里也刚从前线回来，他去的是卡尔巴达。他是一个坚定的和平主义者，在阵地上待了两周，一枪未发。他的脚受了轻伤，现在马上又要回前线。大儿子格里戈里是律师助理，在奥赫塔后备团当文员。女儿娜佳正在读大学。父亲日尔京研究他在流放时收集的民族志材料。日尔京的书籍卖得不错，足以养家。

日尔京家总是有很多人。这些人来自俄国各地，甚至来自国外，是各种各样身份复杂的人，有合法的、半合法的和完全不合法的人。餐桌边坐着的人通常都不少于十五个。女主人是一个头发灰白的小个子女人，不跟大家聊天，只是默默观察客人们吃得怎么样，劝大家再多吃一点。饭桌边开始的话题和争论，通常会延续到日尔京的书房，那里摆放着不少黑色皮革面的沙发和椅子，书架和书柜上放满了书。

尤里一次也没来过日尔京家。兄弟俩很少一起去哪儿。只有一次，尤里说服鲍里斯一起去奇尼泽利马戏团参加晚会。尤里穿上全套军装，胸前戴上了圣乔治勋章。走在大街上，他才问弟弟：

"你戴勋章了吗？"

"没有，"鲍里斯回答道，"怎么了？"

"真可惜，军装你也没穿，真搞不懂你怎么回事。"

鲍里斯说："我只是士兵，不是军官。一直要敬礼，问好，太麻烦了。"

马戏院挤满了人。军人很多，差不多占了人数的十分之一。尤里的勋章让普通人肃然起敬，当他走向自己的座位时，人们纷纷给他让路。

表演从唱颂歌开始，颂歌很多，观众需要站着听。每一首唱完后，观众都要喊"乌拉"，而当"上帝保佑沙皇"唱完，要连续喊五遍。尤里穿着军装，必须表现出特殊的热情，他用力发出强劲的低音，大声喊着"乌拉"。颂歌都唱完后，尤里对鲍里斯说：

"还不错……有点儿振奋人心。"

演出继续，人声越来越嘈杂。晚会快结束的时候，所有人都离开了座位，涌向舞台。在出口，人们把军人团团围住，抬起来向上抛。尤里和鲍里斯走到前厅，一群人涌过来，抬起了尤里，一边喊着"乌拉"，一边把他往上抛。鲍里斯被挤到一边，他用拳头拨开一条路，朝出口方向挤去。鲍里斯用力地往外挤，和人群高涨的热情格格不入。一个戴羊皮帽，穿羊皮领大衣的人看了看他说：

"支持德国，是不是？"

他朝鲍里斯挤了过来。可是鲍里斯已经钻出人群，跳到了广场上，快步走向西蒙诺夫桥，一直走到里杰大街上的驳船后面，他才放慢了脚步。

鲍里斯往家走的时候，彼得格勒已经进入了梦乡。右边，铁栏杆后面铺展着四方形的夏花园；左边，冰封的莫伊卡河银白一片。鲍里斯沿着平坦的大桥穿过天鹅运河，走过电车道，来到马尔索夫广场上。雪在脚底下吱嘎作响。他竖起衣领，把手放进大衣兜里。等到天鹅运河被远远甩在后面时，前方黑暗中隐约可见的，是皇室领地管理部门的砖楼。右边，延伸到首都正中心的雪野上，黄色的光点弥漫在漆黑寒冷的夜色里，那是特洛茨克大桥的路灯照耀着穿过涅瓦河的路。天上没有月亮，如大地一般漆黑的天幕上，点缀着稀疏的星星。

前面出现一个人影，朝着鲍里斯迎面走过来。原来是一个军官，左摇右晃，嘴里哼着歌儿。看到鲍里斯，军官立刻提起精神，在经过鲍里斯身边的时候，迈出坚定的步伐。他精神抖擞，严厉地看了一眼给他让路的平民。他发觉这个平民对他流露出特殊的敬意，不由得礼貌地回复敬礼。鲍里斯看着他的身影渐渐走远，直到消失在夜色中，才又独自踏上城市中心的雪野。他加快脚步，很快，茨里岑大街上的房屋遮挡了涅瓦河的辽阔。一个穿着海狸外套的人朝着巴甫洛夫斯基军营方向走着。迎面冒出一辆汽车，平稳而轻盈地驶过来，车前两束耀眼的白光照到很远的地方。白光里出现了一个矮小的女人，正匆匆忙忙穿过广场。此时，鲍里斯忘记了一切。他热爱此刻的彼得堡，这是他出生和成长的故乡。这种爱意瞬间占据了他的整个心房。

尤里给弟弟开了门，他正在等着鲍里斯回来。

"你溜哪去了？"他努力克制自己的高傲，显得平易近人，接着说："真是奇特的经历，我成了英雄，你呢，差点被抓了。我跟你说过了，让你戴上勋章。你要是戴上的话，就完全不一样了。"

接着，他又说起自己是怎么被抛来抛去的。他带着讽刺的口吻，不过完全看得出来，他心里还是很满意的。鲍里斯不得不承认，要是往上抛的人是他，而不是尤里，他的心情肯定也会很好的。

鲍里斯又被逃到前线的念头抓住了，他感觉无法在家里生活。家里人对周围发生的一切妥协，只顾眼前的平安。第二天，他在日尔京家待了一整天。他叫哥哥一起去，尤里皱皱眉摇摇头：那里让他觉得很无聊。

八

一天早晨，娜佳给鲍里斯打来电话：

"今天到我家来吃午饭吧，有一个英国人要来，是作家和战地记者，懂俄语。我们中午吃汤、鸡肉和馅饼。一定要来呀。"

鲍里斯来到了日尔京家。

英国人是在午饭前到的。他穿着燕尾服，领结白得耀眼，让大家立刻感到不自在。日尔京向这位不寻常的客人问过好，就走进卧室，别上了圆形的白色袖口。

喝完汤，日尔京首先确定了话题。他一开口便很激动，似乎在说服谁，也许只是在说服他自己，他说，在战争期间就要考虑好打仗的方法。

格里戈里立刻表示不同意。他认为，德国将发生革命，应该准备参加革命。俄国工人同德国工人联合才会取得胜利。

日尔京充满善意地微笑着，看起来胸有成竹，他深知急躁和不谨慎只能带来死亡。

一位大家都认识的客人，福马·克列什涅夫，沉着地说：

"不该指望德国工人的倡议，我们自己创造自己的命运。"

日尔京很高兴："看吧，克列什涅夫同志完全同意我的看法。"

如果没有这个英国人，日尔京是不会同儿子争论的。英国人让他感到不自在。这个人沉默地吃着饭，一丝不苟地使用刀叉。鸡端上来后，谁都不再像往常那样，伸手抓着吃。

克列什涅夫反驳道：

"我不同意您的看法，我只是反对浪漫的幻想。"

日尔京脸红了，正正领带，似乎有点困惑。他轻轻抬起宽阔的肩膀，挥挥左手（袖口滑向了手指），说话的语调也变了：

"我，当然了，不会高唱'上帝保佑沙皇'。我不喜欢正统的民族主义者，他们……"

他突然不作声了，眨了眨眼睛，脸上露出困惑的神情：那个英国人突然放下刀叉，站起身，像参加检阅一样挺胸抬头，唱起了英国国歌，声音嘶哑，让人难以忍受。他不是自顾自在唱，而是面对着大家，这个举动显然经过深思熟虑。他直立不动，表情一直不变，唱得跑调，却是高亢有力，似乎想用自己的歌声激起所有人对英国国王的尊敬。他唱完国歌，立刻坐下，一语不发，拿起刀叉开始吃鸡，表情冷漠，似乎什么事情都没有发生过。

日尔京的眼睛还在眨着，他不知所措，该怎么对待这种奇怪的举动？其他人也都非常尴尬。

福马·克列什涅夫转向客人，开始说英语，似乎他刚学会了这种语言，现在想练习一下。包括鲍里斯在内，谁都听不懂克列什涅夫和英国人说些什么。如果他们说法语或者德语，那大家几乎都能听明白，英语谁都不懂。但是所有人都从福马·克列什涅夫的表情、语调和手势中看出来，他是在让英国人丢掉古板的样子，他说话的时候非常激动，甚至有点凶狠。

饭后，英国人很快告别。日尔京送他到门厅。

这位英国记者穿好了外衣和皮靴，拿起了手杖，说：

"克列什涅夫先生是个危险人物，同这类人应该做斗争。"

其他人离开饭桌，来到了书房。日尔京仍然很激动，继续刚才的话题。

他坚持谨慎和渐进的观点。他把掉下来的袖口重新拉上，说：

"可是，谁会追随我们？各位只是一小群人，你们的思想和感觉在理论上是完美的，可能也是正确的，但是远离普通人的生活。在战争期间可以采取什么行动？你们都熟悉普列汉诺夫，都接受普列汉诺夫的观点，这完全可以理解：整个知识界人人皆知普列汉诺夫，就连鲍里亚也知道，是不是，鲍里亚？"

"不，我不知道，"鲍里斯回答得很坦诚。

日尔京笑了，抬起双手，他的左袖口已经完全盖住了手指。他说：

"是吗，这就是无知了，这是很可耻的。"

福马·克列什涅夫笑了笑。

"我跟您怎么解释呢？您很清楚我们的目的。"他的神情变得严肃起来。"列宁说，变当前的帝国主义战争为国内战争是唯一正确的无产阶级口号。这也是必然趋势。我们的代表被判苦役，但是我们的口号现在已经深入人心。我们的真理是工人阶级的真理，人民的真理……"

克列什涅夫非常激动。

鲍里斯屏住呼吸听着。他感到克列什涅夫话语中的力量，但是这些词汇离他的生活很远："无产阶级口号……""无产阶级……"。他仔细地听着，尽量不露声色。他担心，万一克列什涅夫朝他看一眼，就不会继续再说了。突然，他想起尼古拉·茹科夫。"我们的命运不同……"

当时，尼古拉是这么说的。那么，尼古拉的命运是无产阶级的命运，那他的呢？他的命运是什么样的，难道自己不能选择自己的命运吗？

克列什涅夫的语调平静下来：

"当然，这些我没有说给您的英国客人听。但是我说了，俄国人民自己会创造自己想要的命运。我说了，俄国人民不会允许其他国家来操控自己的命运，无论是德国、英国、还是任何其他国家，因为俄国是一个伟大的民族。英国人当然不喜欢听这样的话。但是您应该明白，布尔什维克就代表未来自由的俄国，不过，听您刚才说的话，似乎您还不明白这点。"

他说完靠到椅子上，仰起了头。他肩膀宽阔，结实健壮，衣着整洁，脸上刮得干干净净，不像做秘密工作的人，更像一个律师、医生或者是商人。

他把脸转向了鲍里斯：

"您刚从前线回来，鲍里斯……？"

"伊万诺维奇·拉甫罗夫。"鲍里斯提示道。

"拉甫罗夫？我知道这个姓。"克列什涅夫说，"我认识工程师拉甫罗夫。"

"我父亲是工程师。"鲍里斯说。

"是吧，不过，也许不是他，叫拉甫罗夫的人很多。"

日尔京的家，一直是克列什涅夫的避难所。每次遇到困难，他总能在这里得到帮助。他每次来这儿，都相信不会被出卖，需要的话，他也会被藏起来。他还相信，无论他发表什么言论，在本质上，日尔京都是不会反对人民的。

鲍里斯很晚才离开日尔京家。他被听到的话深深震动了。谈话的内容不知为何从他脑海里消失了，只留下一种感觉，那就是一定有什么他不明白，但是他必须要弄明白的事情。他从家里逃到前线，他当士兵，这一切都是为了什么？他到底想要什么？他想成为什么样的人？现在他给自己找到了答案，他想成为福马·克列什涅夫这样的人，坚定地信仰着什么，无论在哪里，在任何状况下都不会丧失这个信仰。也许，英国人唱英国国歌是件好事，因为在座的人谁都不想赞同他！而克列什涅夫回应得无比坚决和充满信心！这就是性格。这种性格可以让周围人臣服，并且不会屈从于他所不赞同的东西。人，就应该具备这种刚强的性格，否则活着就会很无聊，也没必要活着。每个人应该成为生活的主人，掌控生活，按照自己的意愿创造生活。

此时此刻，鲍里斯的心情就像在奥斯特洛夫小镇听管弦乐演奏一样，他觉得周围充满意趣，生机勃勃。他送娜佳的朋友丹娘回家。他拉着丹娘的手，这个早就在日尔京家认识的姑娘，突然让他觉得不再是那个他熟悉的姑娘了。他想都没想，就对她提议说：

"我们到沿岸街走走吧，那儿很漂亮。"

"明天早晨我还要……"

"没关系的，"鲍里斯打断她，"走吧！"

一个小时以后，站在冬日的涅瓦河围栏边，鲍里斯说：

"我很久以前就喜欢您了，今天感觉更强烈了。我要听到您的答复之后，再回家。您应该现在就告诉我：您爱我吗？"

丹娘对这些突如其来的话大吃一惊，她拿出一个一年级女生所能有的全部诚恳，试图搪塞过去，最后还是说：

"对不起，鲍里亚！我一点也不爱您，连您的脸我都不喜欢。"她脸红了，担心自己过分坦白了，"您不生我的气吧？"

这个回答对鲍里斯来说，完全出乎意料。丹娘这个默默无声、谦逊文静的女生应该顺从他的一切意愿，这是他十分笃定的，可是她却这样回答！鲍里斯笑了笑，用平静的声音说：

"我们回家吧，太晚了。"

他送她回家，一路闲聊。他平静地讲述自己在前线的感受，似乎刚才什么都没有发生过。在她家门口告别，鲍里斯也没问可不可以进去坐坐，就走了。独自走在空旷的大街上，鲍里斯心想，如果他真的爱丹娘，就不会这么轻松了。他还想到，丹娘有可能很满意他没有再提，不过，她那么快往家走，是不是担心他再提这个话题呢，这可真是让人懊丧。

第二天，鲍里斯从娜佳那里听说，丹娘很快要嫁给一个铁路工程师了。

"她特别爱他，那也无可厚非，因为他特别聪明英俊。"

"嫁就嫁吧，"鲍里斯心想，"关我什么事？"但是扪心自问，他觉得被羞辱了。他有点发蒙。他想起跟丹娘表白爱情的时候，自我感觉多么漂亮、聪明、潇洒。那一时刻他非常确信，他，圣乔治十字勋章获得者，前线归来的英雄，做任何事情都会如愿以偿。鲍里斯开始憎恨丹娘和她的铁路工程师，因为他在表白那一刻原来是那么愚蠢。

九

鲍里斯的父亲工程师拉甫罗夫，上班的地方不在城里，恰好在拉兹立夫的别墅区小镇。所以拉甫罗夫一家每年夏天都到那里度假。当初，厂里建议工程师拉甫罗夫到这里工作，他立刻就同意了。他喜欢郊外生活，可是克拉拉·安德烈耶夫娜坚决反对，但他无法收回自己的决定了。在工厂里，工长克里格雷很快就取代了他在车间的地位。拉甫罗夫的工作并不繁重，他不用赶最早的火车去工厂，在下班时间到之前也已经早早回到家。

1916 年早春的一天，工程师拉甫罗夫的车间发生了不幸。一个工人没来得及用虎钳夹住烧红的钻杆，钻杆飞过来打倒了他，他浑身着火，在血泊中打滚。这是一个没有经验的年轻人，前不久刚刚进厂。

发生这种事故的时候，克里格雷总是表现得理智平静，像在战场上服役多年的士官。应该尽快清除事故现场的痕迹，恢复有节奏的噪音，让车间继续顺畅运作。克里格雷喜欢这些轰鸣、火花和金属的光泽，看着型材从加热钢坯中诞生，逐渐成型，他心中充满了柔情。他热爱这个工作，喜欢工作中的井然有序。如果谁应付不了自己的工作，谁就要自己承担责任。克里格雷同样做了多年的机床工，也不是一下子就当了工长。他对正常的节奏被破坏很不满，朝着事故发生的地方走去，准备恢复秩序。

拉甫罗夫也跟在他后面走着。克里格雷用尊敬的语气，对工程师低低地说：

"您有什么事情，等等再说，等我一下，工人都有点粗鲁。"

拉甫罗夫走到一边。在自己工作的地方，他也感到完全是多余的。这不是第一次了，总是有这种可怕的感觉，自己同周围发生的一切都毫无关系，仿佛他什么时候摔断了脊梁，便永远动弹不得。

克里格雷认识这个垂死的年轻人。还知道他结婚了，刚生了孩子，好像是个女孩。克里格雷作为工长，早就习惯了尽可能多地了解每一个工人，在关心他的手下人这方面，他无可指责。

"散开！"他严厉地命令，"谁不熟悉自己的工作，谁就会这样。"他抬起粗短的手指，指指站在旁边的两个工人，"你们，把他抬到医士那里。其他人都干活去！"

在这样的呵斥下，人群也没有完全散开，还是有人执拗地站在那里。经验丰富的克里格雷阴沉着脸，浓眉下射出严厉的目光，看了看不听话的人。

卡什林，一个脸颊被烫成紫红色的高个子说："不管在战场还是在这里，灾难都一样。人死了，发给老婆三卢布，要不就一卢布，然后，钱没了，老婆孩子就等着饿死。三卢布能让人活多久？"

"你闭嘴，"克里格雷平静地说。他很少发火，"赔偿多少，这不关你我的事，有雇主管。"

突然，他听见有人说：

"浑蛋，走狗！"

克里格雷压住蹿上来的怒火，环视一圈，低声说：

"谁说的？"

没有人回答。

年轻人已经被抬走了，工人们回到自己的车床边。

克里格雷用威胁的口吻，压低声音说："我们为国防工作，不该发生这样的事情。这是军工厂。到底是谁说的？"

还是没有人回答。

清洁工来清扫地面。他永远掖着脏衣襟，面无表情，似乎不过是谁在地上洒了格瓦斯饮料。轧钢机有节奏的噪音重新响起来了。

克里格雷站着，矮小、黝黑、阴郁，默默盯着干活的工人们。

他总是努力认真地完成交给他的工作。他的父亲、祖父、曾祖父都是这么做的，他也一样。他耐心细致地辅导每一个新手，对每个人都讲得明明白白，应该用心思考自己的工作，把它尽量做好，这样生活才会如愿。现在他感到委屈和伤心。难道他自己不心疼这个愚蠢的年轻人？他今天就要去他的家里，参加葬礼，再看看能帮点什么忙，留下一个那么小的孩子！但是工作跟这个毫不相干，应该继续正常工作。

工程师拉甫罗夫摸着花白的胡须，走到他跟前。可是，克里格雷仍旧不想听工程师说话。他低声说：

"等等我再跟您细说，伊万·尼古拉耶维奇，您最好先回家吧。我在这儿盯着他们把活干完。"

话语很平常，拉甫罗夫也常常把车间留给克里格雷，自己先走，可是今天工长的话音里有点什么让他非常难堪。拉甫罗夫决定提醒一下工长，这里的头儿还是他。他咳嗽一声，说道：

"好吧，我走，我这就走，况且火车……"

火车怎么了，他没说出来，就转身走开，去车站了。想对工长说的激烈言辞，卡在喉咙里。没什么说的了，对他来说，生活结束了，早就结束了。他的事业糟糕透顶，工人们宁可跟克里格雷吵架，也不理会他。他受到的只有轻视。

克里格雷一直等到最后，等着小伙子们能醒悟，请他原谅，再告诉他，是谁说了粗话。但是，在伤者身边站过的人，谁都没有想起来对工长表示这样的敬意。克里格雷浓眉下射出的目光，越来越阴郁了。

下班了。在熟悉的夜色里，克里格雷同邻居，一个长腿车工一起往家走。两个人都沉默不语。在告别的时候，车工突然说道：

"他们说：准备武器，给敌人迎头痛击。"

没等克里格雷回答，车工就砰的一声关上大门，消失在院子里。

十

父亲是在一个阴雨的秋夜被带走的。尼古拉·茹科夫一个人留在澡堂一般寒酸的木屋。在这间小木屋里，尼古拉和父亲一起度过了最后的两个月。几天后，他被铁路修理厂解雇，派去参军。那一天，他怀着告别的心情，久久徘徊在熟悉的地方。他在这里长大，在这里开始赚钱，考进工厂当了机床工，一个月赚到三卢布。工厂距离铁路一公里，离湖不远。烟尘滚滚的庞然大物耸立在一堆寒酸破败的木房中。工厂砖房后面的沙土荒地，一直延伸到海滨公园。公园里荒草丛生，人们很少去那里。

尼古拉·茹科夫对这里了如指掌。他甚至知道，秋天的水洼大小深浅，都分布在哪里。小河弯弯曲曲，湍急险峻，穿越铁路，在渔夫的小屋间飞奔，穿过橡树林，从沼泽地直接奔进蓬头垢面、从未蓝过的大海。在这条小河的漩涡中，消失了不少孩子。在古老的彼得时代，河边环绕着小树林。尼古拉·茹科夫沿着河岸往公路走去。公路崎岖不平，对面坐落着一片低矮的房屋。两百年了，这期间，工厂吞掉了多少代住在这个潮湿海边的人们。在这两百年里，人们盖上了自己的房子，一代代人在其中繁衍生息。这些房子简单朴素，大多没有涂上油漆，简陋的菜园和小花园里，耸立着几棵白桦树、松树。

尼古拉在一座这样的小房子前站了一会儿。屋里已经亮起了灯，尼古拉的母亲看到这样的灯光，就会对父亲说：

"难道要等我们老了，才能获得平静吗？"

她没有等到老的时候，就获得了平静。因为在工段上劳累过度，她死了。她被送往高高的岸边，埋到墓地的边缘。父亲走在前面，抬着棺材，泪水沿着胡须往下流。这是一个高大健壮的男人，喜欢读大部头的书，外表看起来像个学者，不像司机。在这天之前和这天之后，尼古拉都没有看见父亲哭过。

尼古拉想起母亲，她总是安静温顺、活泼快乐，脸颊上漾着两个小酒窝。他又想起父亲，父亲在监狱的房间里，应该还是老习惯，从一个角落走到另一个角落。当远处别墅区各个窗口的灯光亮起来的时候，他会背转身，不去张望。

尼古拉走向车站。秋日的黄昏中，骤雨四处拍打，风冲过来，摇晃着光秃秃的灌木和树丛，远处，海在怒号，汽笛叫得惊慌。

这是一个糟糕的，永远难忘的夜晚。破旧的车站值班房里透出昏暗的灯光。湿漉漉的站台上，值班员走来走去，手提灯散发着黄色的光。尼古拉坐到候车椅上，一动不动。

旁边坐下一个老太太，膝盖上放了一个小筐，上面盖着黑布。

她用双手抱着小筐，自顾自说起来：

"我们粮店的费多谢伊，知道各个乡的新闻。他说：'我们在打仗，可你们呢，活着，却什么都不知道。'咳，一个大男人混在女人堆儿里，就翘尾巴了……"她停了一下，没等到回应，叹了口气，接着说："什么都不顺，我的孙子，我丈夫的亲孙子，给派到很远的地方去当船员了。他来信说，他那儿的天气好极了！可是纳斯塔西娅读了，就是哭啊哭！"

尼古拉还是没有接话，他似乎听不到有人在说话。

老太太像鸟儿一样斜着眼睛看看他，接着发牢骚：

"你看，这天儿小羊都能躲在窝里！老爷都穿上棉大衣了！"

尼古拉依旧没有反应。

老太太不高兴了，扭过头，紧紧闭上嘴巴，不再说话了。

秋天的狂风暴雨中，突然响起机车的汽笛声。一排绿色的车厢，车窗上挂着一条条亮晶晶的水流，咣当咣当冲进空旷的站台，轰隆隆一阵急刹车，停下不动了。火车像刚从海底钻出来似的，浑身淌着水。尖锐的汽笛声响过，几乎无人乘坐的火车开动了，拉着尼古拉奔向城市。

下了火车，尼古拉走向贫民区，昏暗中，充满了饥饿和贫穷的街巷静静地环抱着帝都。

他累了。他的脸上挂满水珠。细碎的雨滴钻进衣领。他冷得缩紧肩膀，手塞进大衣兜最里面。

尼古拉走进一座三层楼的大门，沿着黑暗的楼梯爬到顶楼，按了按门铃。门里传来脚步声，接着停下了，有人在听。

"是我，"尼古拉低声说，"茹科夫。"

一分钟后，他已经坐在温暖的房间里，微弓着背，两只粗壮宽大的手夹在膝盖中间。他不想说话，也不想动。一个温柔平静的声音招呼他：

"喝点茶吧，您太冷了。"

尼古拉打了个冷战，他抬起头，这才清醒，他这样湿漉漉脏兮兮地闯进了别人家里。这家人生活得也很贫苦，年轻的女人穿着普通的布裙站在他的面前，看到她褐色眼睛里的同情，尼古拉很羞愧。他从椅子上站起来：

"对不起，伊莉萨维塔·谢尔盖耶夫娜……"

"请坐，喝点茶暖和暖和吧，"女人说。

她平静温柔的声音给他注入了力量和生机。他用冰凉的手端起茶杯，茶的温暖传递过来，他感到十分惬意。

"明天我就参军了，"他说，"福马在哪儿?"

一阵阴影爬上了年轻女人的脸。她低声回答道：

"他不能待在这儿了，我也要离开这儿。"

"明白了。"

尼古拉喝光了茶。

"各个工厂都有警察。我们已经开始战斗，这好极了。敌人从外部打进来，而命令同他们作战的，也是我们的敌人。不过，伊莉萨维塔·谢尔盖耶夫娜，我们理解我们的祖国。"

女人回答得很确信，甚至有点天真烂漫：

"当然，我们理解，尼古拉·德米特里耶维奇。"

尼古拉切开面包，往上面加了一大块香肠。他粗短宽大的双手已经灵活自如。他又像往常一样，跟这个年轻的女人，福马·克列什涅夫的妻子相处自如了。克列什涅夫跟尼古拉工作过的铁路修理厂关系密切。尼古拉就从这里被派往前线。尼古拉的父亲也很尊重克列什涅夫，虽然父亲比他大了十五岁。

尼古拉的母亲死了，父亲被抓进监狱，但是很奇怪，尼古拉并不感觉到孤单。在这里，在彼得堡一个工人简陋的屋子里，他不再是孤军奋战。依旧拍打着窗户的雨声，在尼古拉听来，不再凄凉。

这是尼古拉·茹科夫参军前的最后一夜。次日清晨，他到达军营。而到前线一个半月以后，尼古拉清醒地意识到，他身处两种危险之中。让他死的，要么是德国人，要么是他的上级。

有一次，尼古拉同炮兵们一起眼看着德国炮弹在田野上呼啸爆炸，派出去的士兵纷纷被炸死。俄国的炮弹却一声不响。

"我们怎么了，孩子们，没有炮弹了还是怎么了？"年轻的指导员忍耐不住，大声喊道，"德国人的炮弹总是那么多，我们的总是不够，为什么？"

"那是因为，"尼古拉回答得很尖刻，"指挥我们的，是我们的敌人。"

没过十五分钟，尼古拉突然被派去侦察，能否在步兵连前面安置一个观察点。这个任务没有任何意义。炮弹都没有了，炮兵团正在准备撤退。尼古拉明白，这是在报复他。他利用战壕前的每一个沟痕潜伏向前，他暗下决心，"不，我绝对不让自己被打死。"当他回来的时候，炮兵团已经接到撤退的命令。他想要报告侦察结果，可是谁都不感兴趣。

指导员把他叫到一边，压低声音，嘴唇发抖，说：

"对天发誓，老兄，我可没跟人说一句你的坏话，是司务长那个狗东西偷听的，你防着他点儿。"

正是从这天开始，尼古拉跟士兵们聊天更坦诚，也正是从这天开始，他受到特殊监视，之后，他总是被派去执行最危险的任务。虽然他是炮兵，却常常被派去步兵连，掩护撤退。

整个夏天部队都在往东撤退。尼古拉·茹科夫几乎总是走在最后一排。实际上他已经被派到了步兵连，很少到炮兵连了。但是，每一次他回来的时候，大家都像迎接英雄一样，有人给他土豆，有人给他苹果，还有人从军用壶里给他倒两口酒喝。

这次，排长派尼古拉侦察部队从边上路过的村子里，为什么会传来枪声。村子在燃烧，不知道哪里来的射击声响成一片。尼古拉小心翼翼地接近燃烧的农舍，仔细观察，作战多日的经验让他立刻明白是怎么回事，这是扔在废弃小屋里的弹药夹爆炸了。排长，当然从一开始就一清二楚，还是派他来侦察，而且就派他自己。尼古拉彻底明白了，他现在无论到哪儿，都有这样的标记跟着他："这是个不可靠的人，应该杀死他。"他像一个已经被判处死刑的军人。

尼古拉从村子跑出来，追赶队伍。天已经黑了。他跑啊跑，一直跑到差点撞上铁丝网。

从哪儿穿过去？

他停下来，在昏暗中，他沿着铁丝网一边走，一边仔细寻找。也许，路已经被封上了？

尼古拉突然感到透心凉。难道战友们把他抛弃了？他又重新沿着铁丝网慢慢寻找。

往前面走？还是往回走？

天越来越黑，铁丝网长得没有尽头，而可以切断铁丝网的工兵刀，尼古拉没有带在身上。从三层铁丝网中间挤过去，是完全不可能的，那将是无可置疑的痛苦死亡。

尼古拉站住了。

无尽的铁丝网围栏穿过田野向远处延伸。围栏那边的俄国沉睡了，而在这边，在田野中间，即将由交叉火力带来的毫无意义的死亡，正在逼近尼古拉。啊！他现在多么需要帮助！

突然传来轻轻的话语声。他听清了：

"到这儿来……到这儿来……"

他跑向那里，跑向他祖国亲人的语言召唤他的方向。突然，他眼前打开了通道：有人推开了移动障碍。他飞速穿过去。一个尼古拉从没见过的年轻士兵，抓住了他的袖子：

"军官命令封道，我替你守着呢。我早就看见你了……"

尼古拉瞬间泪流满面。他抱着年轻人，摇摇他的肩膀，想说点什么，却一个音也发不出来。他们堵上通道，离开铁丝网快速走了。

十一

中尉奥尔洛夫从司令部掩体爬上来，站在地上。春天清晨的明媚清新，并没有拂去他心头的晦气。他绿色的军服领口散开，露出雪白的脖颈，浅黄色的头发衬着光滑红润的面颊。他两脚分开站稳，双手插进宽大的蓝色马裤兜里。树林里隐约传来零星的射击声。不远的地方，偶尔从炮台飞出去的炮弹，一路呼啸，钻进树林，消失在远处。

最近这些天战场颇不安静，天空常常盘旋着"taube"德国战斗机，能迅速地躲开高射炮榴霰弹。

奥尔洛夫胸前佩戴着战斗勋章，军刀刀柄上挂着圣乔治丝带。团副官的军官职位，让奥尔洛夫中尉得到不少尊重和爱戴。

但是这个早晨无论如何都是不吉利的。

奥尔洛夫中尉一夜之间输给扎姆沙洛夫的钱，多到他根本拿不出来。

扎姆沙洛夫也从掩体爬上来。他个子不高，有一头浓密的黑发。他解开绿色上衣，露出了肮脏的衬衫。

"美妙的早晨，"他说，"多么清新！"

他往林边走去，扁平的鼻子大声嗅着空气。突然，他停了下来。

"快看！"他叫道，"太可怕了！"

离树林 100 俄丈①，有一座小村庄，那里掩藏着两座大炮。绿色的山脊边，一列人马正朝着小村飞奔。一个骑兵弯腰赶着套在一起的几匹马，拉着炮兵弹药车，急速穿越空旷的田野。德军已经发现了他，开始瞄准。

第一发炮弹的呼啸声追上来，爆炸的声音不大，烟雾弥漫，像刚熄灭的篝火；骑兵拐了个弯，继续飞驰。但是第二、第三、第四发炮弹又飞过来了。

"会引爆的。"扎姆沙洛夫低声说，摇摇头。

他继续紧盯着这场可怕的游戏。

奥尔洛夫中尉也站到了他旁边，看着这场骑兵和死亡的搏斗。

"您看他能不能过去？"他说，他的目光突然变得狂热起来。

"我希望他能过去。"扎姆沙洛夫回答道。

"您把自己赢的钱全都押上吧。"中尉突然说。

_____

① 1 俄丈等于 2.134 米，编者注。

"赌什么?"扎姆沙洛夫非常吃惊。

"我建议,"中尉急不可待地说:"如果他过不去,我赢回我输的钱,一分钱不欠您。如果他能冲过去,我就输了,我付给您我现在欠您的钱的双倍。您明白了吗?赌注是您昨晚赢我的钱。"

"这太不人道了!"扎姆沙洛夫不同意,"拿人的命当赌注!"

"您的赌注很人道:赌他活。我呢,赌他死。不可以吗?可以!请祈祷上帝,让他活下来吧。"

扎姆沙洛夫耸耸肩,同意了。

骑兵是尼古拉·茹科夫。

尼古拉拼尽全力,只有一个目标:冲过去!

无数发炮弹追上他。空气中充满了炮弹的呼啸声和爆炸声。弹片四外飞射,扎向飞驰的目标。"引爆!"这两个字在奥尔洛夫脑中回荡。

"我有百分之百的机会。"奥尔洛夫低声说。

扎姆沙洛夫沉默地看着。

尼古拉骑的马直打响鼻。马车忽左忽右,曲线前进,在必死之路的田野上,人马狂奔。

尼古拉的眼睛看什么都是黑的,像蒙着灰色的烟雾。大脑里一片空白,但是手和脚的动作却无比准确。

穿越死亡:从活着冲向活着!

扎姆沙洛夫和奥尔洛夫沉默不语,被眼前的景象牢牢吸引了。

奥尔洛夫突然骂了一声:骑兵钻进了村庄。

掩藏着大炮的村庄,对尼古拉来说是世界上最安全的地方。他浑身是汗,衬衫和裤子都粘到了身上。

"您赢了。"中尉奥尔洛夫对扎姆沙洛夫说。

扎姆沙洛夫继续沉默着。

"您知道吧，现在我欠您两倍的钱?"中尉问道。

扎姆沙洛夫耸耸肩。

"是您自己提出来的。"

他们还在林边站着。

"他又回来了!"扎姆沙洛夫突然大喊道。

"是的，不过，不拉弹药了。"

的确，尼古拉交完弹药后，原路返回。

"想再赌吗?"奥尔洛夫问。

"拿命冒险!"扎姆沙洛夫这位官员的声音里透着恐怖，"现在他会被打死的! 为什么不等到天黑?"

"指挥官派他白天执行任务，就必须白天完成。拿命冒险!"奥尔洛夫模仿道。"炮兵连被发现，晚上就换地方了。到晚上就不打他了? 炮弹不长眼睛! 这不就是战争吗? 拿命冒险!"他变得怒气冲冲。"我们做的就是这个! 显而易见，根本不用费脑筋。"

说完，他走到尼古拉应该经过的树林边。

扎姆沙洛夫突然大叫一声。

奥尔洛夫回过头，看到骑兵在马背上摇晃了一下，立刻又坐稳，马也没有慢下脚步。现在朝他射击的少多了：不拉弹药，敌人便对他失去了兴趣。

冲进树林，尼古拉停下，从马上下来，坐到了地上，伸开双腿。他撕破的裤腿沾满了鲜血。他掏出莉萨·克列什涅娃给他的药包，开始包扎伤口。他偶尔停下来休息一下，自顾自笑一笑，感到无比幸福：我还活着!

中尉奥尔洛夫靠近他，紧盯着他，喊道：

"你这个家伙! 没看见军官吗? 起来，立正!"

士兵站起来，挺直身体，抬起手向军官敬礼。

"对不起，长官，"他响亮地回答，"我受伤了，长官。"

"婊子养的！浑蛋！"中尉奥尔洛夫骂道。

任何肮脏的下流话都无法安慰他。他恨这个士兵，恨不得现在就杀死他，可是这能挽回他的败局吗？

他嘟囔着最难听的咒骂，怀着厌恶透顶的心情去巡视连队。一个小时后，他鲜血淋漓，躺在担架上被抬回来了。从此以后，扎姆沙洛夫再也不跟谁打赌了。

这一天，对尼古拉来说幸福极了。他活下来了，不仅如此，因为受伤他必须撤离。最近越来越明显，司务长无论如何都要弄死他，这已经相当于直接命令了。

现在，伤口救了他。他有可能回到彼得格勒，见到同志们，给他们讲述发生的一切。

他在医疗站包扎后，躺到地上的床垫上。在这个树枝搭成的棚子里，尼古拉睡着了。这是他几周以来第一次睡的安稳觉。他不再做噩梦，不再乱动。他像一个释放了所有疲惫的人，睡得深沉，仿佛在他的生命里再也没有比睡觉更重要的事情。

第二天清晨，他被安置到医用马车上，送往后方。他旁边躺着一个军人。马车夫不时轻声吹着口哨，卫生员坐在车板上打盹。

"您是做什么的？"尼古拉问军人。

"您呢？"军人反问道。

"铁路修理厂工人。"尼古拉高兴地说。

军人费力地转过头，看了看他。军人脸上的胡须浓密漆黑，看不出他多大年纪。右手扶着左胳膊肘。左手从胳膊肘到手指都缠着绷带，手指尖那里露出夹板。

"我不明白，"军人困惑地说。"人需要什么？需要吃饱、休息、睡觉，做喜欢的事情。难道这些还不够吗？"

"您是做什么的?"尼古拉又问道。

"我在事务所工作。"军人回答，"坐在办公室里，在信封上写地址：图拉，巴黎什么的。好像哪里都去过了，什么都知道。信封各种各样：四角的，椭圆的，大的，小的……"他突然沉默了。过了一会儿，他又低声说："医生说了，胳膊需要治疗很长时间。真疼啊。"

在马车有节奏的摇摆中，尼古拉陷入了沉思。突然，他听到奇怪的声音，似乎有什么东西在哗啦响。他往旁边看看，是办事员在哭。

"朋友，"尼古拉轻声说道，"我有事请你帮忙。你的右手没事儿，先抄写，再在医院里悄悄地发出去。明白了吗？"

两轮马车车厢的黑色帆布底下，只躺着他们两个人，尼古拉还是先看看四周，才从军服兜里掏出印刷传单，交给办事员，等他读完，撕开他的裤腿，把传单缝到衬里下面。尼古拉总是随身带着针线。

"这就是你的事务所工作，"他低声说，"地址最好是巴黎、自由。"

传单上印着列宁的名言，尼古拉在部队上不止一次读过。在医疗站包扎时，一个认识的年轻医生和他事先说好后，悄悄把这张传单塞给他，让他转交给办事员。

办事员人怎么样，尼古拉还没来得及了解。不过，不知道为什么，他完全相信，这个人任何时候都不会出卖他。

办事员一语不发，仰躺着，看着垂下来的帆布皱褶。

"你在医院里找些合适的地方，偷偷放好，"尼古拉再次说道，同时，他心里也在想，"再多的事他也做不了。"

突然，办事员把脸转向他，眼神古怪，不再是那个安静顺从的人。

"连长喝多了就打我耳光。"他说，"我是后备军士官生，他打了我三次。进攻的时候，我朝他后背开了一枪。"

"这就是医生为什么会找他了。"尼古拉想。他还想到，战争本身不可避免地把士兵引到革命上去，现在越苦，越会很快明白，唯一能拯救他的，唯一的幸福，就是列宁说的，变帝国主义战争为国内战争。尼古拉预感到某种深沉的伟大的东西，心脏因此剧烈跳动，此刻，在有节奏摇晃的马车上，在黑色的帆布底下，灼热的历史使命感穿透了他。

十 二

鲍里斯三个月的假期结束了，他没有急着回前线。他对战场没有丝毫畏惧，就是完全无法想明白，到底为了什么去打仗。此外，他离不开日尔京家。从他们的谈话中，鲍里斯捕捉到自己的疑虑，还有偶尔闪现的模糊愿望。他了解到很多新东西，他想常来，这就需要留在彼得格勒。所以，他听从格里戈里·日尔京的安排，进入第四连队，又从那里调到团办公室。鲍里斯的工作是将团部函件分别放到信封里，写上地址，将分派的文件在送件簿上登记，再由送件员送到邮局寄出。

胖胖的送件员来取件，在检查鲍里斯整理出来的信件时，讲了文件放错信封是多么可怕。那是在刚开战的时候，有一天，送件员把应该寄到布良斯克的文件寄到了乌法。文件返回后，副官把送件员叫到办公室，冲他咆哮，现在给鲍里斯讲这件事，他还会吓得浑身发抖。如果文件寄错了，是多么可怕！

鲍里斯八点半之前来到办公室，坐到靠窗的角落里，开始工作。九点之前办公室人到齐了。每张桌子后面都坐着人，有戴肩章的，有不戴肩章的。副官办公室门旁，一张独立的桌子后面，坐着文员主任格里戈里·日尔京。10点钟，当副官胖胖的身子出现在门口，第一个看见他的文员立刻喊道：

"起立，立正！"

所有人都从座位上站起来，理好军衣，双手贴紧裤线伸直。副官在战前是地方长官，早就习惯了接受忠诚的敬意。他用准备随时可以大喊的胸腔发音：

"你们好，文员们！"

所有人都激动地回答：

"您好！大人！"

大家被自己的喊声振奋，相互看看，很兴奋。那一刻，人人确信自己充满活力，然后坐下，重新在桌子边弯腰忙碌起来。

副官隐藏在办公室里，用铃声叫人，一会儿叫文员主任，一会儿叫值班员。四点半，格里戈里·日尔京带着报告去找他。六点钟，办公室空了，除了值班员，文员们都回家了。

有时候，团长会路过办公室。他一点不可怕，是个羞怯微笑的温柔老头。他在谁都没来得及喊"起立，立正"时就挥挥手，示意大家坐着。

文员们纷纷向他问好，他朝各个方向点头，微笑，同格里戈里·日尔京握握手。格里戈里对鲍里斯说过，团长是个地下革命者。

比起团长，文员们更怕副官。不过，所有军官中最坏的是副官助手，一个武官，不久前从司务长晋升来的。他有一脸浅色胡子，毛发干燥坚硬，胡须像灌木丛，四外挺立，在他骂人的时候，微微颤动。加入军官协会后，他除了骂人话什么都不会说，也不会笑了。他用骂人的方式，巩固自己靠多年拍马屁得到的新地位，同时果断地同文员老朋友们断绝了朋友关系。

上午八点半到傍晚六点，鲍里斯坐在办公室。中午十二点他跑到士官协会，快速吃掉一份炸肉饼或者香肠。

六点他下班来到街上后，新的麻烦开始了。从奥赫塔到马厩街需要步行，因为士兵禁止乘坐电车。不过，挂车后面的踏板上通常也会站三个士兵，前面站两个。车上挤满了人，尤其在下班时间更挤，于是所有士兵都被巡逻队赶下车。

鲍里斯常坐电车。他在踏板上弯腰观察，看到巡逻队就立刻跳下去，跟着电车跑一会儿，然后再跳上踏板。他体会到了失去正常公民权利的所有感受。他像苦役犯羡慕自由人一样，羡慕老百姓，同时也憎恨他们，因为当巡逻队从电车上赶走士兵时，他们很高兴。

夏天快结束的时候，鲍里斯被调到主管休假的部门，工作比之前重要。现在，鲍里斯的职责是开休假证明和乘车免票证明。他的眼前摆着地图，他按照地图，把士兵们送到俄国各个角落，休假去看妈妈、妻子和孩子。

鲍里斯的上司是一个脸上长着雀斑，戴着夹鼻眼镜的瘦长男人。他的手指常常颤抖，他说自己患有严重的神经质，在打仗前，还在做保险公司代理时就得这种病了。他不久被调到主管健康的部门，休假部门只剩下鲍里斯一个人。现在，发放休假证明是鲍里斯一个人负责。一叠申请放在他的桌子里，他应该拿给副官批示。他通常请格里戈里帮忙。有一次，格里戈里突然问他：

"你怎么回事，害怕副官吗？"

从那以后，鲍里斯自己去找副官。副官不听鲍里斯说明，也不看申请，直接批示。实际上，士兵的运气掌握在鲍里斯手里，要是他愿意，昨天交上来的申请，今天就能得到批准，不需要任何顺序和标准。否则，就会在桌里躺上一个月或者更长时间。鲍里斯严格遵守先后顺序。

开完休假证明和免费证明，鲍里斯接着要找军官签字。有权替副官签字的有他的助手、武官，还有一个不久前刚调到办公室的准尉。鲍里斯更喜欢准尉，他高大清瘦，性格直爽。他在办公室里无事可做，心情不佳，应该是心里不明白为什么把他调到这里。他遵守普通文员的规矩，直到办公室人都走空了才下班。他的头发已经发白。

准尉完全不关心自己的军官前途，得知鲍里斯中学毕业，常常来找他聊天，帮他工作。鲍里斯给他一本子空白免费乘车证明，他坐在那儿，替副官签名。

要团长签字很难，能代替他签字的不能低于大尉级别，找到他们很不容易。每次，当鲍里斯拿着免费乘车证明册、休假证明夹和钢笔，站在军官协会的入口，等到这些军官，还没来得及他张口，他们已经挥挥手：

"不签！滚开！都给我拿走！"

鲍里斯就退到一边，等下一个。有时，他连续几天找军官签字，最终只能勉强说服一位。有一次，他突然想到找准尉帮忙。准尉马上同意，立刻签了许多，把基本还没填的免费乘车证明册和一大堆空白休假单都弄好了。他表现得不像军官，这引起了文员们的不满，对他的嘲讽更多了。准尉在办公室里很忧伤。有一次，来看鲍里斯的时候，他承认，军队职务不适合他诗人的特质，他已经发表了一些诗歌，现在准备出版诗集。不久，准尉消失了，不知道被派到了哪里。

鲍里斯在他的帮助下顺利发放了不少证明，三个多月后，休假部门又全靠他一个人了。每天有很多士兵来找他，排起长队，一个个都问他：

"文员先生，休假证明准备好了吗？"

这时，询问的士兵仔细盯着鲍里斯的脸，而旁边的人悄悄使眼色给鲍里斯，把褐色的卢布甚至绿色的三卢布纸币的一角，悄悄让他看到。

有一次，一个后备军士官生递给鲍里斯一个封好的信封，笃定地说：

"您一会儿再看，现在别打开。"

鲍里斯立刻打开信封，里面放了10卢布和加快休假的请求书。他脸红了，仿佛他已经接受了贿赂，现在当场被揭穿。鲍里斯把信封扔给士官生，喊道：

"滚出去！"

士官生笑了笑，根本不相信这位文员的诚实。下班后，这些士兵在街上等着，鲍里斯走过来，他们恳求他收下钱，给他们安排好休假。鲍里斯一言不发，从他们身边走过去。他听到身后有人小声地说：

"浑蛋！"

他的诚实不仅无用，也许还伤害了士兵。这种诚实对军营生活毫无意义。想到这里，鲍里斯觉得惊异，连诚实都有害的话，周围的一切到底都错到什么地步了？

鲍里斯一清二楚，其他文员都在收受贿赂。几天前，一个文员直接从健康部门拿回来三卢布，在办公室里引来一片笑声，他庄重地说：

"是的，我收钱了，我还会收的。我的父亲是学监，他也收钱。"

鲍里斯需要值夜班，每隔三周一次。晚上，一连几个小时，他独自坐在值班室里，等待接电话。他认为，没有比现在更糟糕的生活了。他觉得，在战场上的感觉还好些，可是战场上的时光在他的记忆中却零散无序，无论如何也无法连成一个整体。那些日子从他的记忆里消失，似乎当时他处于无意识状态，记忆中的那些事情似乎发生在别人身上，跟他无关。不过，确实是他，鲍里斯，好多天都蹲在战壕里，连脑袋都不敢探出去；是他，亲眼看见十二英寸[①]的炮弹在附近爆炸；是他，浑身

① 1英寸等于2.54厘米，编者注。

爬满虱子；是他，穿过战火包围的整个波兰；是他，受了伤……而这一切就是为了现在，在师团办公室里卑躬屈膝，惧怕副官；在街上被没有闻过火药味的准尉们截住，拒绝他们的贿赂。

有一次，鲍里斯正在这样沉思着，电话铃响了，他还没回过神儿。拿起电话，他忘了先说"我是值班的文员"，直接说：

"喂！"

之后的整整一分钟，听筒里砸过来的都是责骂，最后一句是：

"你个贱人，败类，狗屎文员！"

瞧，他为了谁去打仗！就是为了这种文官流氓。他，鲍里斯，自愿参军就是为了成为不敢说话的奴仆！他想起在叶吉诺拉任茨村边的一次战斗，全团几乎死光了，一个像他一样自愿参军的大学生，沙林，下颌骨被打断。可是在沙林的眼里，比起痛苦和恐怖，更多的是惊奇。鲍里斯眼前的一排排人被打死。这些人各种各样，但是都一样死在战场。然而，战争被在日尔京家做客的英国人那类人控制着，还在坚定不移地继续。为什么，他，鲍里斯，去参军？他在战争中寻找什么，找到了什么？寻找英雄主义，找到的却是奴隶地位。这时，他又想起克列什涅夫，他是多么确信自己的追求。此刻，他的心里重新燃起愿望，要成为生活的主宰，成为充满力量的人，能够按照自己的意愿创造人生。但是为了什么？目标是什么？

临近秋天，团长获得少将军衔，职位由管理科科长接替。这位上校像从民间木版画里跳出来的，胡须恶狠狠地弯曲，目光犀利，整个人透出不可一世的姿态。

团里排队列，上校指挥。他在队列中走来走去，喊出来的话是什么，鲍里斯没有听清。

早晨，上校穿过办公室的时候，跟文员们打招呼，说：

"你们好，仆人们！"

"仆人"这个词就像一记耳光打在鲍里斯脸上。

鲍里斯多次跟格里戈里·日尔京说起让他愤慨的事情。可是，格里戈里无法给他任何建议，帮不上他：

"这由整个体制决定，我们还没有力量颠覆它，在军队和前线要更糟糕。"

"在前线要好些。"鲍里斯回答。

格里戈里笑了：

"这是因为，你现在已经不在前线了。"

1916年4月到10月间，鲍里斯当了七个月的文员。他感觉不到春天和夏天，一切在他眼里都是死气沉沉的。不过他的家人很满意，鲍里斯不会遇到任何危险，不用再为他担心。他们一致认为，鲍里斯这一步走得很成功。

十三

1915年夏天，对玛丽莎来说，终生难忘。这天，他的父亲，测量员格拉耶夫斯基，让她搭乘顺路的马车去俄国，去找她叔叔：

"去吧，你的命运在俄国，可是我……"他忍住眼泪，"你去吧，"他接着说，"去找叔叔，他会帮助你的。"

眼前，天主教堂正在熊熊燃烧，在可怕的爆裂声和噼啪声中，玛丽莎瑟瑟发抖。她再也无力面对这一切，她再也不能同那些被军事长官、消防队长和其他人称作街头混混的男孩女孩玩耍。她再也听不到母亲的训斥，有一次母亲看到自己唯一的女儿在未完工的两层楼高的横梁上跑，吓得晕倒了。母亲病得很重，父亲留下来陪母亲，而她跟着不太熟悉的铜器工人和他的老婆一起上路，去陌生的地方。太可怕了！她才十七岁，这之前她哪儿都没去过。她只知道自己的家乡小镇，河流蜿蜒，河里面有水蛭。

玛丽莎人生中第一次奇特惊险、非同寻常的东方之旅就这样开始了。最让她害怕的是炮兵队。路上突然蹿出一匹马，荷枪实弹的军官挥舞长马鞭，大声喊道：

"靠边！见鬼！"

马鞭在低眉顺耳的难民脖颈间挥舞，车队开始拥挤，马叫孩子哭。一列炮兵队从后面奔腾而来。高头大马各个气势汹汹，势不可挡。同难民的瘦弱马匹相比，它们似乎完全是另一种动物。耀武扬威的炮兵队破坏着路过的一切，什么都无法阻挡这轰隆作响的各种车队：武器车，弹药车、炊事车、辎重车、四轮大车。难民的四轮车被撞翻倒，人和东西都掉到了地上。

玛丽莎跳下来，帮忙把车推到一边。

人和车停下来的次数越来越多，越来越难分辨路过的是哪部分。时而，炊事兵队伍在医疗队和机枪车队中间拥挤着；时而，路上挤满了喧闹的步兵队。一个队伍的排头队列很奇怪，每个士兵腋下都夹着一只大鹅，嘎嘎叫。一个准尉夹着鹅，磕磕绊绊走在鹅队伍的最前面。

路上拥挤不堪，慌乱匆忙，而周围的田地里，庄稼在一排排默立着。火辣辣的太阳高悬在空中，成千上万只脚、马蹄和车轮扬起的灰尘，铺天盖地，刺痛了皮肤。

一辆马车小心翼翼地挤进了人流。一个满头乱发、身材高大的犹太人弯腰坐在车上，时刻小心不要被撞到，他的妻子窝在车里一动不动，全身护着包裹在黑色披肩里的孩子。一辆车过去了，另一辆车就会立刻跟上，紧接着，后面就出现了一辆又一辆……

村庄、小镇、城市，一个个留在了身后。

他们终于到了火车站。

夜晚的车站慌乱骚动。士兵们在列车之间闲逛。有军官路过的时候，就会响起一片"是"和"请吩咐"的声音。

黄色、绿色、红色的光明明灭灭，闪烁不停。车站嘈杂，汽笛声、敲打声、吹哨声此起彼伏。长长的站台上，摆着一堆被遮盖住的东西，看上去像是武器。

玛丽莎就在这里坐上了火车，怀里藏着父亲给她的钱包，驶向遥远的彼得格勒。

天空昏暗，雨拍打着车窗。眼前这一切和家乡完全不同！漫长的旅途让玛丽莎疲惫至极，她几乎睡了一路，雨，一直伴着她的梦乡。

玛丽莎到了彼得格勒就安顿下来。她没有找到叔叔，而是进入护士培训班，被派到士兵医院工作。

玛丽莎怎么参加的护士班？是她自己去找的吗？不，不是。她路过医院门口，正赶上一批新伤员入院，她立刻帮忙。她把一个伤员搀扶进去，医士就开始指挥她。等弄清她只是路过这里，开朗的黑眼睛医生说：

"嘿，姑娘，你应该当护士。"

玛丽莎工作的病房里，常常死人。

她无法习惯。她常常反锁在自己住的医院小屋里，悄悄地哭。她非常可怜那些人，所以，她过得越来越不轻松。

临近春天，病房里抬进来一个非常年轻的摩托兵。开朗的黑眼睛医生诊断他已经没有希望了。摩托兵胸部受伤，感染了肺结核。他旁边躺着一个腿部受伤的大耳朵士官。玛丽莎常常听到士官跟摩托兵男孩说话：

"上尉有几颗星星？"

男孩小声回答：

"四，四个。"

"'四个，士官先生。'要这样回答。那么，中校有几个？"

"三个，士官先生。"

"中校的肩章上有几条线？"

男孩很快就倒下了。早上他还能走，他把发白的光秃秃的腿放到地板上，干巴巴的棍儿似的脚放进破旧的鞋子里，趿拉着鞋在病房里挪步。午饭前，他突然一阵摇晃，虚弱的手指抓住了床边。小脸开始变白，比床单还白，雀斑突然更明显，脖子显得更细了。他的身子瞬间软了，汗水湿透了衬衫。

玛丽莎抓住男孩，把他扶到床上，他轻得像个婴孩。

士官默默地躺着，没有再和他说话。傍晚，士官从枕头底下掏出金色的圣乔治十字勋章，久久地盯着，看得出，他想用这个逗男孩开心。隔了会儿，他把勋章塞回了枕头下。

开朗的黑眼睛医生在男孩的病历本上写下"无需治疗"，就走了，好像男孩已经死了。医生走后，士官嘟囔着：

"可恶的凶手。"

夜里，士官没有睡觉，他不时地看看男孩。男孩偶尔微微颤动一下，呻吟着。突然，男孩发出嘶哑的声音。

"卫生员！"士官叫道，"卫生员！"

玛丽莎立刻跑进来。

男孩用最后的力气把被子拉到脸上，盖上头，再也没有声音了。

士官欠起身，朝男孩转过脸，他的脸色蜡黄，枯干，胡须下垂。

"米丘哈！"士官小声叫道："米丘哈，啊？"

男孩一动不动，没有回答。

"怎么了，米丘哈?"士官问。他从枕头底下掏出乔治十字勋章，又叫道:"米丘哈!"

米丘哈没有回答。

士官久久看着脑袋藏在被子底下的男孩，然后，把乔治十字勋章塞回枕头下，看到玛丽莎脸上的泪水，命令道:

"去叫卫生员，哭是没有用的。"

卫生员来了，一边画十字，一边张大嘴巴打哈欠。

男孩被脱光，被褥被拿走了。裸露的微棕色身体，躺在破烂的红色垫子上，直到清晨。

清晨，男孩被拉走了，空下来的床上躺下了一个腿部化脓的炮兵，这就是尼古拉·茹科夫。

病房里来了炮兵，玛丽莎立刻想起她来的一路上遇到的炮兵。但是，她很吃惊，这个炮兵本人一点也不可怕，和别的伤员没什么区别。不过，这个炮兵有点儿不一样，他完全不抱怨，只是眼睛有点凶。她不明白，为什么他一直在观察她的每一个动作，看她的时刻很和善。有一次，他突然问她从哪里来，她简短回答后，立刻离开了。这个伤员和其他伤员不同，总让她感到激动和不安。

有一天深夜，他对她说:

"玛丽莎，您总是让人牵着鼻子走。不要这样，不能什么都可怜，要先弄清楚。"

这时，玛丽莎已经逐个看过伤员，正往自己的小屋走，尼古拉的声音几乎像是耳语。玛丽莎在他的床边停下来。天花板上射下来的暗淡微弱的灯光，照出她脸上孩子气的天真和执拗。她回答道:

"这和您无关，请您睡觉。"

"和我有关。我被绞死的话，您会同情刽子手。"

"您真是不知羞耻！"玛丽莎的声音不大，还是能听出她哭了。"我对您做错了什么吗？"

尼古拉看着她苍白疲惫的脸，笑着说：

"不应该过度善良，"他轻声说，"应该有选择地同情。我不是说对待伤员，我说的是对待所有人。"

"那要是谁有不幸呢？"

"那要看谁了。有些人我希望他不幸，因为他自己就想给别人带来不幸。"

最惊奇的是，他是笑着说这些恶毒话，笑容里充满善意，但又绝不是开玩笑。玛丽莎习惯了伤员说话态度强硬，甚至骂她。但是，这个人完全不一样。她不知道怎么回答他。

"请您睡觉！"她严厉地说，"太晚了！"

说完走回自己房间。

从此以后，尼古拉常常跟她攀谈。

他的每个词语里都蕴含着愤怒，可是她却听出他声音里意外的善意。他同她交谈的时候，就像早就认识她，比她自己还了解她的思想和感觉，似乎他就是那个她来彼得格勒要找的叔叔。她不久前才打听到，那个叔叔在战争开始前就去世了。

尼古拉的伤口化脓了。开朗的黑眼睛医生早已断言，他回不到炮兵连，那里需要骑马。不过，他还可以当步兵，状况没那么糟糕，他这个士兵还是可以服役的。

十四

鲍里斯在十月份的一期晚报上读到，国家杜马成员米哈伊尔·鲍里索维奇·奥尔洛夫是海军委员会的一员。他的儿子谢廖沙·奥尔洛夫是鲍里斯的同学，他们一起提前毕业。鲍里斯去过谢廖沙家，认识他的父亲。读完报纸，鲍里斯决定去谢廖沙家找他的父亲，跟他说说自己看到的无法忍受的事情。也许，这个现在位于要职的人愿意了解士兵生活的真相，也许，他会帮助鲍里斯。不过，鲍里斯自己也不明白，他想从国家杜马成员那里得到什么。

晚上八点，鲍里斯按响这位社会活动家的门铃。国家杜马成员正在家里弹琴。他坐在客厅里钢琴前的大转椅里，他的妻子坐在旁边，四只手一起演奏门德尔松的《仲夏夜之梦》。

衣着整洁的女仆把鲍里斯领进前厅，敲敲客厅的门。音乐停下了，传出来不满的声音：

"谁呀？"

门开了，国家杜马成员出现在鲍里斯面前。这是个高个子健壮男人，穿着干净笔挺的西装。鲍里斯知道，这不是假装的派头。当他还是中学生的时候，每当奥尔洛夫握他的手，他都要咬紧牙关。

国家杜马成员没有认出鲍里斯，鲍里斯自我介绍之后，他才想起来：

"啊，对！请进，可是谢廖沙不在。他受了重伤，康复后又上战场了。我看见您得了乔治十字勋章，不错。不过，为什么您到现在还是士兵，不是军官？您找我有事吗？"

他把鲍里斯让进客厅，介绍给妻子，妻子打了个招呼就出去了。国家杜马成员坐到沙发椅里，请鲍里斯也坐下。

房间里舒适温馨，地板上铺着地毯，摆放着沙发，沙发椅，椅子。国家杜马成员的脸上露出习以为常的关注表情。他的脸很圆，刮得干净，悬着肉肉的大鼻子。

鲍里斯一开口就很激动：

"我来是为了告诉您，士兵们的生活很糟糕。"

瞬间，所有念头都被一个挤走了，那就是困扰了他整个夏天的电车，于是他说：

"连电车都不让士兵坐。"

国家杜马成员壮硕的身体在沙发椅里动了动。

"这件事怎么了？士兵挤满踏板，堵塞站台，给乘客制造麻烦……不行，坚决不行！令人气愤！"

还有一些泛泛的惊叹，从国家杜马成员嘴里习惯性地冒出来。之后，他又在柔软的沙发椅里稳稳坐好了。显而易见，他自己，还有这沙发椅、客厅和妻子，还有仆人，这一切都在某种坚定的信念中，这信念，是这位国家杜马成员誓死守护的。

鲍里斯知道自己白来了，无论建议还是帮助，他都得不到。在极度的失望中，他仍然执拗坚持着：

"要是继续下去，会发生军事暴动的。"

这话是他不由自主说的，引得国家杜马成员也不由自主地高声说道：

"祖国需要我们做出牺牲，而您却在想着琐事。谢廖沙经历了三次死亡，他遇到了多么可怕的事情，但是他一刻也没有动摇过。他只想着一件事，就是重新回到前线。"奥尔洛夫控制住自己的情绪，冷漠却坚决地继续说，"我不能跟您说您还完全无法理解的事情。如果您需要我的帮助，那么我愿意帮助您，毕竟您是谢廖沙的同学。"他在记事本上记下鲍里斯工作的地方，又把本子放回西装兜里，接着说，"您是知识分子，不是普通的庄稼汉。建议您更好地弄清楚发生的事情。应该清醒地对待生活。军队的情绪我们都一清二楚。不是所有人都会注意到类似坐电车这种琐事。我们生活的历史时代，需要高度紧张的力量和最大限度的勇敢。应该把战争进行到底，然后再想变革。"

奥尔洛夫沉默了，很不耐烦，等着鲍里斯快点离开。他认为鲍里斯是任性的少爷，自私自利，就是这类人，为逃避兵役而故意自伤、当逃兵！国家杜马成员真心为儿子同学的话感到羞耻。暴动是因为禁止乘坐电车！国家杜马成员属于立宪民主党，对自由主义知识分子在俄国的作用评价很高。可是，这个知识分子青年却对他说出了这些话！想到这儿，他看看鲍里斯，觉得这个年轻人应该感到羞愧了。

"我明白，当然，"他说，声音柔和下来，"高级知识分子当士兵不好受。您应该成为特种部队的军官，别着急，我给您安排。"

鲍里斯走后，他立刻坐到钢琴旁，希望音乐能帮他消除这个士兵带来的不快。可是音乐也无法安慰他。他知道的比这个男孩还多。事实上，形势已经很危险了，频繁更换部长不会带来好结果。现在多么糟糕的人占据着要位！什么人在掌管国家事务！根本不是沙皇，不是部长，也不是国家杜马，是可恶的拉斯普京！而这个男孩在自己小小营房里就发现区区一点小事：禁止坐电车。难道服兵役已经繁重到不能读报纸了吗，一个知识分子应该积极关心和有意识地参与社会活动，怎么能这样脑筋迟钝，这样狭隘，这样不理解时代大潮！

国家杜马成员在客厅柔软的地毯上走来走去，跟妻子讲述俄国可怕的现状，俄国正处在崩溃的边缘。现在需要集中更多精力，预防灾难。事实上，这个男孩比自己更接近真相。

妻子默默地听着，心疼着丈夫，最近这几个月，他多么辛苦！

鲍里斯从国家杜马成员家里出来，对自己不由自主说出的词语感到惊奇。这个词什么时候出现在脑海里的？在前线？还是在日尔京家书房？或者在军营和在大街上，当他把看门人和警察错认为军官，右手紧张地伸向帽檐敬礼时？

鲍里斯知道，这个词语还在军营和战壕之外传播。不过他不知道，组织暴动是一门艺术，现在已经有了公认的大师。目前他知道的还不多。

几天后，一封电报轰动了整个办公室。副官把电报转给文员主任执行：军事部长，舒瓦耶夫将军命令紧急调转第四士兵连的拉甫罗夫·鲍里斯到第六工军营。这是国家杜马成员在帮助自己儿子的同学。

格里戈里·日尔京对鲍里斯说：

"应该找找人，把你安排到好点的位置上，否则你又要到部队了。我今天就和副官说说。"

鲍里斯却请求他不要跟副官说，他很惊奇，耸耸肩：

"要是你想再进部队，悉听尊便。"

十五

克拉拉·安德烈耶夫娜戴着夹鼻眼镜，在丈夫的书房里摆纸牌阵。她通常只在摆纸牌阵时戴夹鼻眼镜。这一晚克拉拉·安德烈耶夫娜特别安静温和，似乎变回了多年前的自己。丈夫在沙发椅上读杂志。过了一会儿，他把杂志放下，说：

"克拉拉奇卡①，你知道吗，我今天在工厂里有点不愉快……"

"是吗，"克拉拉·安德烈耶夫娜打断他，她并没有回答丈夫的话，而是按照自己的思路说，"我也想和你说说鲍里斯。"

工程师拉甫罗夫一点也不想说鲍里斯的事，不过，他习惯让着妻子：

"鲍里斯怎么了？"

"鲍里斯越来越内向。"克拉拉·安德烈耶夫娜接着说，"我知道他怎么回事，应该不要让他到日尔京家去。这件事需要和他谈谈。你怎么能让他跟这种人来往？日尔京是利己主义者，光想着自己……"

"可是现在已经晚了，"工程师拉甫罗夫说，"这应该早点想到，在他住在西韦尔斯基他们家那时就该想到的。"

纸牌摆完了，克拉拉·安德烈耶夫娜用柔软的长手指收起，弄齐。她说：

"那时我就不让他去，让十岁的孩子去接触那类人！"

"他那时十二岁了。"工程师拉甫罗夫纠正，"你也知道，尤里得了猩红热，你不想送他去医院，鲍里斯有可能被传染。日尔京家那边也很愿意接待鲍里斯。他们自己提出来的，虽然我们的态度……"

"他们强迫他洗澡，还给他的内衣消毒！"克拉拉·安德烈耶夫娜洗完牌，又开始摆上了，"别想了，这些人不是好欺负的。尤里活着，才是我的功劳。你已经打算把他放到医院等死了。你不知道你做了什么？"

书房里安静了。过了几分钟，工程师拉甫罗夫再次说：

"我想跟你说说，今天我在工厂出了点事儿……"

"我知道鲍里斯怎么了，"克拉拉·安德烈耶夫娜又打断了他，"他

① 克拉拉奇卡是克拉拉·安德烈耶夫娜的昵称。

的年纪不小了，该给他讲清楚男人和女人之间的关系了。"

工程师拉甫罗夫没忍住，讥笑道：

"我认为，这点他知道得很清楚。"

克拉拉·安德烈耶夫娜严厉地看了看丈夫：

"我的孩子要教育得不能像你。我担心，什么女人，什么娜佳·日尔京会带坏他。你是父亲，你应该和他谈谈，别发生这样的事。或者，最好我来说。"

说完，她又全神贯注玩牌了。丈夫第三次说道：

"今天在厂里，我出了点事儿，意外……"

"讨厌的日尔京一家！"克拉拉·安德烈耶夫娜再次打断他，"我不喜欢他们，他们撒谎、装模作样，还自吹自擂。"

她这么说，仅仅是因为她憎恨的家庭。

至于为什么爱，又为什么恨，克拉拉·安德烈耶夫娜从来没有思考过。不过，她深深地相信，她爱恨的理由总是深刻并且有价值的。

"这个日尔京一家一点也不为鲍里斯着想，"她接着说，"你看看他们做的好事，又把他赶到部队去了。现在都 11 点了，他还没回来，看来今天也要在军营过夜了。"

工程师拉甫罗夫反驳道：

"克拉拉奇卡，日尔京家跟这个没关系，这是鲍里斯自己的选择。"

"别跟我争论，别说我！"克拉拉·安德烈耶夫娜喊起来，"你永远就知道指责我，永远就知道吵架，你一点都不感到羞耻吗！"

工程师拉甫罗夫沉默了。

克拉拉·安德烈耶夫娜接着摆牌。隔了会儿，她又开始说：

"尤里我就不担心，他如果不在家，那就是去哪个同学家了。不过 11 点还不回来，也很奇怪，但是没问题的。你发现没有，尤里不和日尔京家交往。今年他好像一次没去过。总之这家人都有点头脑迟钝，目光短浅，和他们没什么聊的。他们几乎什么都不懂，什么都不明白。"

她的牌不太顺，她皱紧眉头，对丈夫说：

"去找阿尼西娅，让她把茶炊生上。"

工程师拉甫罗夫从椅子上站起来，还没迈出一步，他掀开衣襟，左手抓住胸脯，呼吸沉重，向左边歪斜，马上要倒了。

克拉拉·安德烈耶夫娜跳起来，突然感到不幸近在咫尺。在这种时刻她变得异乎寻常的刚毅有力，她有能力做到一切，捍卫生活的平安。

"你怎么了？万尼亚！万涅齐卡！我跟你说过了，心脏要治疗的。"

她把丈夫扶回椅子里。工程师拉甫罗夫呼吸困难，说：

"今天在厂子里，也是……这样，突然……"他慢慢恢复些了，"见鬼，身上的零件开始不好好工作了。"

克拉拉·安德烈耶夫娜叫道：

"阿尼西娅！"

阿尼西娅从厨房跑过来。

"站在这儿，站在老爷身边。"

克拉拉·安德烈耶夫娜迅速走到电话旁边，立刻叫医生。她一定要请最好的专家，但是最好的专家已经摘下了电话听筒，好让谁都不要这么晚还打扰他。克拉拉·安德烈耶夫娜立刻穿上大衣，戴上帽子，准备去找医生。这时恢复的丈夫追到门口，阻拦她，他的心脏病只是轻微发作。

"我完全好了，克拉拉奇卡！你别去了。"

克拉拉·安德烈耶夫娜惊喜万分：

"感谢上帝。我还是相信上帝，上帝不会允许发生这样的不幸。"

接着，她面对挂在角落里的尼古拉神像，恭恭敬敬地画了十字。

尤里回家的时候，茶炊正在桌子上嘘嘘响。母亲和父亲在吃饭，气氛非常和睦。尤里跟父母说起教授非常喜欢他的文章。母亲面露爱意，听他讲述着。突然，母亲叹口气，她想到鲍里斯。她开始心疼小儿子。他现在正在军营里睡觉，根本不如在家里舒服。她看向尤里，心满意足，这个孩子是多么漂亮！淡褐色的头发理成小平头，细嫩的脸上留着淡褐色的小胡须，嵌着迷人的蓝色眼睛。她又想到鲍里斯。她希望从现在开始，在她生命中的每一时刻，孩子们都在她眼前，让她不用为他们担心。但这是不可能的，她拿起大杯，把热茶倒进白色的小瓷杯，喝起来，慢慢平复心情。

夜里，工程师拉甫罗夫脱下外衣，背心，裤子，脱下所有束缚他这个衰老身体的东西。终于，他对妻子说出了想说的话：

"今天在厂里，我也这样，打个趔趄，站不稳了，可是工人们都不来帮我，只有工长一个人扶我走出车间。"

"太可怕了！"克拉拉·安德烈耶夫娜叫道，"这就是你为他们操心的回报！你看吧，我说得多么对！他们就知道想着自己！"

"好啦，"拉甫罗夫安慰她，"你想多了。"

"不是的，"克拉拉·安德烈耶夫娜反驳，"生病了都不帮忙，真是浑蛋。"

"也有可能是我的错觉，"工程师拉甫罗夫回想起在厂里的可怕经历，接着说，"当然，是我的错觉。站不稳的时候，我就想，你看，发生不幸了，你就会发现，自己对他们来说，终究是一个外人，就像一个军官在一群士兵中间。这时候工长把我扶住了。工长要是不帮我，工人们应该也会帮我的。"

"当然了，会的。"克拉拉·安德烈耶夫娜安慰道。她并不理解丈夫在厂里体会到的感受，她理解的只有自己能掌控的生活。

躺在妻子身边，工程师拉甫罗夫深深地叹口气：生命正在消逝。一瞬间，从结婚那天到此刻的这些年，对他来说，显得无比凄清和空虚。

糟透了，生命被白白浪费，重新开始已经太晚。他一想到要继续这样活着，就觉得非常可怕。在他这个年龄，他已经是多么苍老了！

克拉拉·安德烈耶夫娜不想未来，她对未来充满信心。她只担心丈夫和孩子。她翻身朝向丈夫，温柔地说：

"我们明天去看专家吧，不能再大意了。"

十六

早晨，鲍里斯出现在第六工军营营房。军营位于基洛奇大街，在复活大街对面，与普列奥布拉任斯基军团并排。鲍里斯被派到兹纳缅斯克军营第八连。这里有大量后备军士官生，准尉备取生。军营里有四个八连："a"，"b"，"c"，"d"，每个连都有自己的连长和半连连长（注："半连"是历史军事词汇，俄国军队级别划分中，一个连的一半数量为半连，通常为两个排），四个连的指挥官是米基多夫大尉。士兵们只在发薪水的日子看见他，大尉管理连队经济事务，亲自发工资。

"d"八连安置在灰色大楼的三楼，共有五个房间，还有前厅和厕所。在四个大房间里摆着双层木床铺，住着士兵。从前厅向右拐，穿过长长的走廊，经过厕所，就到了第五个房间。这是间办公室，摆着一张桌子、两张椅子和一张床，司务长住在这里。文员白天在这里办公，晚上回家里住。

胸前戴着大学校徽的司务长把鲍里斯安排到三排。司务长的脸粗糙丑陋，像用木头刻的。他个子不高，肩膀很宽。看他的样子，就觉得他说话的声音应该是嗡嗡的，张口就会骂人。可是他却有着甜美的男高音，语言简洁温柔，跟他的性格一样。不知道什么样的祖先遗传给司务长这样一张脸，却在脸后面隐藏了优秀男人真正的品格。排长的外貌和性格则一致，普通常见的脸，普通常见的性格，不狡猾，直率坦诚。排长严格执行公务，可是，每次收到家里的来信，想念家乡的时候，他就会大骂战争。

虽然鲍里斯在前线服过役，获得了乔治十字勋章，但是，他并不熟悉军营日常规范。排长第一天就训练他向前向后踏步走，在行进中如何向军官敬礼，如何面对军官站立。排长认为鲍里斯的风格对彼得格勒来说，实在过于随意。在鲍里斯的手、脚和头的动作还没有达到标准之前，排长不放心放他到外面去。于是，鲍里斯很长时间没有得到外出证。

鲍里斯被安顿在下铺。军营生活对他来说并不陌生，他上前线前，在后备团就习惯了。从那时到现在，差不多过了一年半，他却觉得至少过了十年，这期间发生了一切能发生的事情。

夜深了，军营静下来。工兵们躺到床铺上。屋里闷热，弥漫着烟雾和熟悉的包脚布味道。鲍里斯跟大家一样，拽下靴子，解开腰带，脱下上衣和裤子，叠放整齐，然后躺到硬硬的床铺上，盖上军大衣。他怎么也睡不着，上铺在窃窃私语，听不清说什么。下铺有人喊：

"别说话了，浑蛋！"

低语声消失了。连队值日兵熄灯。鲍里斯翻来覆去，过了很久，才沉入了梦乡。

早六点，值日兵连喊带叫，连踢带踹，叫醒了工兵们。大部分人立刻起来了，鲍里斯和几个人还在床上赖着。五分钟后，值日兵大喊一声：

"值班军官到！"

"值班军官"来了，这太可怕了。鲍里斯一跃而起，套上裤子，靴子，上衣。他很奇怪，其他人还是懒洋洋慢吞吞的，只有他一个人迅速起床。值班军官没来。鲍里斯从士兵们的笑声中明白了，这里根本没有值班军官，值日兵都这么吓唬大家。

早餐后，七点半，又传来值日兵的喊声：

"训练啦，训练啦！快点！"

工兵们系紧腰带，走到墙边架子边，拿起步枪，鲍里斯也拿起昨天发给他的步枪。所有人排队走向出口。出口有两个，一个朝街，另一个朝向院子。士兵不能走前面台阶，要从后面的台阶走到院里。

鲍里斯直打冷战，左右脚换着跺，盼着快点动起来。队列排好，前面两排被带出院，走到街上后，轮到了鲍里斯所在的排。

"报数！排成两排！向左看齐！齐步走！"

工兵们向大门口走去。

"向左看齐！齐步走！"

工兵们走上基洛奇大街。排长带队，沿着复活大街走向谢尔金耶夫斯基大街，去那里进行每天的训练。行人纷纷停下脚步，好奇地观看。

有一个排都是大学生，排长也是大学生，于是路人吃惊地听到不寻常的指令：

"先进分子同学们，整齐排列！步调一致，同志们，步调一致！"

这时，复活大街街角出现了半连连长，准尉斯特列明，大学生排长立刻忘了同志关系，"同学们"也消失，立刻变成士兵，即将被训练成敢于牺牲，甚至甘愿赴死的士兵。

"全体，立正！向右看齐！"

准尉从人行道上慢慢走过来。他个子不高，肩膀宽阔，腿不长，骨骼健壮，肌肉坚实。他走到队伍前面，发出了不符合他敦实身形的优美声音：

"你们好，工兵们！"

应答声立刻响起：

"向您致敬！大人！"

工兵和近卫军一样，对每个营级军官称呼"阁下"，对其他团的下级军官只称呼"大人"。鲍里斯的脑海里突然闪现出一个念头，他以什么身份致敬过呢？步兵，文员，现在是工兵。士兵致敬声直击大楼墙面后，戛然而止，随之寂静无声。

准尉注视着眼前的连队。他走走停停，专注地看向每一个士兵。这位军官是一位真正的行家。如果看到动作整齐、着装统一、队形完美，他会感到愉悦和满足。他的目光掠过一排排士兵，捕捉每一个细节，绷紧每个战士的神经，鸦雀无声，甚至连一个腋下夹着皮包的路过的行人都停下脚步，警惕地四下看看。而看门人从大门走出来的声音，陡然刺破寂静。终于，准尉不再注视队伍，转过身，背对着士兵们，说：

"稍息！继续训练！"

训练主要是步法操练。工兵们按照班、排站队，在冻僵的马路上来回踏步。然后，各个排听从排长指令，扛枪、放枪，排成警卫队。打了好几个月仗的鲍里斯做这些动作时不太情愿。他只当过步兵，在工兵中还是新兵。用刺刀刺向空中，再用枪托练击打时，他回想起，自己在战场上一直没有参加过刺刀战。每次在端着刺刀冲锋时，俄国士兵大声喊叫着"乌拉"，德国人在这震耳欲聋的"乌拉"声中，扔下阵地逃跑了，战士们跳进的都是空战壕。德国人通常用机枪、步枪和炮弹进攻，所以，面对面的刺刀战一次都没有过。

临近休息，排长下令：

"准备冲刺，开始！"

这是最难的动作。肚子的肌肉绷紧到极限，左腿向前伸出，双手端枪尽力向前。枪要端稳，在排长用拳头敲枪身，检查士兵耐力的时候，枪要纹丝不动。

在训练的时候，连长没有出现。

12点，连队返回军营。工兵们把枪放回架子上，按口令排队去普列奥布拉任斯基军营吃午饭。今天的午饭很丰盛，不是往常的鲱鱼汤，而是菜汤和荞麦粥。粥里没有放奶油，放的荤油。

下午3点，连队接着进行训练，一直到晚上6点。回营房后，开始发放外出证，一批是到早晨之前，一批是到晚上8点前。很多士兵暂时拿不到外出证，其中包括鲍里斯。

坐到窗台上，鲍里斯开始擦枪，他喜欢擦枪，这个动作让他心情平静。取下枪栓，他把枪身的每一个细微部分都擦得锃亮。他想起来，刚当士兵的时候，他害怕放枪。他觉得，不管枪托在什么状态，只要他一按扳机钩，枪一定会发射的。排长走过来，表扬鲍里斯：

"不错！懂步枪。"

"我怎么能不懂呢，排长先生，"鲍里斯一边收枪托，一边说，"我在前线差不多打了一年的仗。"

"那为什么还没当上军官？"排长询问。

鲍里斯一瞬间自己也惊讶了，真的，为什么他直到现在还是士兵？他耸耸肩：

"在前线没轮到，接着生病，病休……"

他没说当了七个月的文员，他突然觉得这是羞于启齿的事情。

"我看出来了，你是个打过仗的小伙子。"排长说，"你通过训练考试，就得到士官职位，再去学校吧。你现在白忙活什么？"

"也许吧，向连长交申请书，就能……"

鲍里斯也不知道，他要向连长请求什么，就不再说话。

排长挥挥手。

"申请书！别提了！申请书会交到办公室文员那里。我们的文员倒是自己人。可是，万一送到营部呢？你还不知道？文员们就是一群败类。要是收点钱办事还行，还有一点不收的，这类人更可恶。反正不能指望他们办事，难道他们能懂士兵的生活？不，他们根本不理解士兵的痛苦！"

他一直在骂文员，鲍里斯暗自庆幸没告诉他自己当过文员，而且还一点贿赂也不收，一切按章办事。

训练两天后，鲍里斯才见到连长。他在一边站了一会儿，不到半个小时就走了。这是一个高高的，有点驼背的少尉。鼻子底下铺满了长长的胡须，让他的脸总带着惊奇的表情。他走起路来萎靡不振，步伐没有活力，完全不像半连连长。他虽然也是参加过战斗的军官，但是明显不喜欢当兵。他的表现证明，他肩上的一条杠和两颗星星的金色肩章，不像正常得来的。

他深知此事，因此常用训斥和责骂来提高自己作为军官的威信，但是这反而让士兵对他更敌对，使他更加郁闷。他的责骂总是没有缘由，跟半连连长不同。半连连长的眼睛总会捕捉到士兵衣服、动作、声音中不妥的小细节，每次士兵都知道，这位敦实的军官为什么训斥自己。

星期六，鲍里斯从早上开始就向排长请示外出证，一直到星期一，排长才同意。

晚间训练时，司务长陪着连长来了。士兵们知道，要有重要事情发生。

四点钟，连长对站在他面前的司务长说了什么，司务长转身面对队伍，深吸了一口气，努力拔高声音，喊道：

"立正!"

他发号指令很可笑,看来,办公室的办公桌和床更适合他。他自己也一清二楚,连长一消失在拐角,他就让排长,下士科兹洛夫斯基来发号施令。

瘦高的科兹洛夫斯基尖厉的声音充满了整条街道。他需要把连队带到普列奥布拉任斯基军营进行检阅。他知道,士兵们不愿意被带走,因为外出证刚刚发下来,于是故意命令道:

"跑步走!"

士兵们一直跑步到达普列奥布拉任斯基军营。

连队在大院子里站好队形。零下 12 摄氏度。从士兵身上,就像从被驱赶的马匹身上一样,冒出了寒气。他们跺着脚,用手搓着耳朵、下巴和面颊,在严寒中等了很久,快冻僵了。科兹洛夫斯基在队列中一走一过,看到士兵们痛苦的样子,他很高兴,歪着嘴说:

"冷吧?要是再朝你们开枪,怎么样?喷出的鲜血都会冻僵!"

连队等了整整一个半小时后,上校赫林格营长来了。他又矮又胖,走路微微往上蹿,想要变得更高些。士兵们对他了解不多,只知道他已婚,儿子在士官武备学校学习。他身后跟着一个陌生上校,看来是连队请来的。士兵不知道他的姓名,只被告知,这位上校由司令部派来检阅和调查意见。

上校赫林格问候了工兵们,把位置让给陌生军官。这位军官猛然喊道:

"所有士官,向我,跑步走!"

在这位发号施令的陌生长官面前,工兵们很害怕。他们一直听从自己习惯的号令喊声,喊声中的细节早已一清二楚,每个士兵都知道他们犯各种错误时受惩罚的最大限度。而这个是完全陌生的人,声音还这么凶，鬼才知道他能做出什么，所有士兵都提心吊胆。

总部上校把士官集中到一边，迅速走回队伍，连珠炮似的说：

"什么意见也没有吗？什么意见也没有吗？什么意见也没有吗？"他走到队列中间，向后退了几步，喊道："把头转向长官！看我！"

他一排一排地走着。两百个头随着他的动作转动，四百只眼睛惊恐地看着他指挥。当然什么意见都没有。工兵们只期待着一件事，平安地度过眼前，根本想不到意见。

接着，士兵依次在上校面前走正步，立正，如果上校不喊停，不让重复，就跑回队伍里。鲍里斯立正后，等待"稍息"或"停"的指令，上校发现了他胸前的乔治十字勋章，问他：

"你打过仗？"

"是，阁下！"

上校一挥手，鲍里斯跑回了队列。检阅结束，连队走到街上。排长和鲍里斯并排走着，他说：

"会让你当班长的。发现你上过战场，就会让你当的。外出证拿到了吗？那好，要不看我忘了。"

鲍里斯没当上班长。星期一他从家里回来后得知，总部军官对连队不满，所有排长和班长被撤职，只留下科兹洛夫斯基和司务长。司务长很奇怪自己没被撤职。

"这样才对，"科兹洛夫斯基很高兴，"现在应该严厉训诫了。"

他总是乐于见到事情变得糟糕，这坚定了他固有的信念：幸福生活是不可得的。只要他怀疑谁觉得这世上可能有幸福，他就会折磨谁，用尽他所能的办法，这类办法他有很多。告他是徒劳无益的，连长都怕这个士官，一切听从他的安排。

士兵们希望给他的行为找到哪怕一点人性的原因。有人说，他撤退到格罗德诺州时路过家乡，听说他年轻的妻子被一个辎重兵强奸，上吊自杀，他亲手点燃了故乡村庄，从那时起他就变成了现在这个样子。还有其他关于他的传闻。科兹洛夫斯基喜欢讲一些完全不可思议的故事，都是关于战争的。

"我们要和德国人打 20 年的仗，"他说得胸有成竹，"这是肯定的，我保证！"

十七

星期六，鲍里斯回到家，得到了亲人特殊的关注。他记得，家里对他这么关注和喜爱，只有在八年前，他妹妹死后发生过，大约一个月后，家里就不再对他特殊关爱了。

克拉拉·安德烈耶夫娜立刻给他讲了父亲心脏病发作的事情，离晚餐至少还有半个小时，她决定同他谈谈。她把儿子带到书房，把丈夫从那里赶出去，开始找夹鼻眼镜，跟往常一样，找不着。

"万尼亚，"克拉拉·安德烈耶夫娜说，"又是你！你总是把我的眼镜塞哪儿去！尤里，谁拿了我的眼镜？"

"在这儿，"鲍里斯指着，眼镜拴在丝线上，挂在克拉拉·安德烈耶夫娜的后背上。

"瞧，他总是这样！"克拉拉·安德烈耶夫娜喊道，抓起夹鼻眼镜。至于这个"他"是谁，不得而知了。

她戴上夹鼻眼镜，似乎她要开始摆纸牌，脸色凝重，让鲍里斯知道谈话很重要，话题很严肃。

她开始说话，看起来在小心翼翼斟酌每一个词和表情：

"鲍里亚，你已经不是小孩子了。你应该知道，孩子不是鹳送来的。"鲍里斯听了这样的开场白，非常诧异。"孩子不是鹳送来的，"克拉拉·安德烈耶夫娜接着严厉地说，"孩子是用另外一种方法生出来的。"她思考起来，要找到一种合适的表达，来给儿子说明孩子是怎么出生的。最后，她终于找到了需要的词语："你看，比如，你，你不是鹳生的，是我生的，我为了生你，还需要你的爸爸。"

这时，克拉拉·安德烈耶夫娜像个小姑娘一样，脸红了。她站起来，摘下夹鼻眼镜，把它扔到背后，说：

"爸爸会跟你说清的。"

"我早就知道了。"鲍里斯终于说话了。

"你明白我的意思？那再好不过了。"

她走出房间。鲍里斯看着她的背影，心里觉得惊奇。同母亲谈话，让他觉得像做梦。吃饭的时候，克拉拉·安德烈耶夫娜时不时温柔地看看鲍里斯，她觉得自己尽到了母亲的责任，帮助儿子生活。这是她活着的信念，推翻这种信念，无异于杀了她。

第二天，午饭过后，鲍里斯立刻去了日尔京家。福马·克列什涅夫也在，正和日尔京下棋。日尔京先走，他下得平静缓慢，当机立断。下棋，是日尔京唯一毫不留情的事情。他抓住对手一点细微失误，步步紧逼，层层防御。克列什涅夫焦躁不安，最后输了。

鲍里斯不想打断他们，没有同日尔京问好，就去了娜佳的房间。这里放着床、书桌、沙发、沙发椅、椅子，还有小小的床头柜和小凳子，鲍里斯很纳闷，这是干什么用的，那么小，坐上去会坐坏的。娜佳本人也不是小娃娃，而是健康结实的姑娘，面颊粉红，结着长长的褐色发辫。墙上挂着亲人的照片和几张那不勒斯风景画。

娜佳让鲍里斯坐到沙发上，请他讲讲最近这周发生的事情。听完后，她轻声说：

"你不当文员了，我很高兴。"

她想了想，又说：

"我觉得，你当士兵的时候，你是政治犯。可是你当文员，你又像刑事犯。这种感觉真不好。"

娜佳在特殊的人群中长大，对这些人来说，监狱和流放就跟公出或者换工作一样平常。在童年时，娜佳就有过这样的理想：

"我中学毕业就进监狱。"

她都不会想象自己会有其他方式的生活。现在她一边上学，一边教课赚钱。她不想靠父亲生活。

鲍里斯说起母亲找他谈话的细节，聊着聊着，鲍里斯看娜佳的脸色，似乎不喜欢这个话题，就不再说下去了。不过，他刚说起别的事，娜佳突然扑哧一笑。鲍里斯也笑了，的确，一个十九岁的小伙子还笨头笨脑的，像个小男孩一样，需要人来讲清楚生育那件事，确实很好笑。

书房里，日尔京赢了克列什涅夫，摆棋子准备再下一局，他说：

"您没有足够的耐力，您弄乱了出牌的顺序，一个组合都没坚持到底，我开局就已经赢了。"

克列什涅夫笑了笑：

"要是您在生活中也像下棋一样果断就更好了！"

"生活中我也是个果断的人，"日尔京一边回答，一边把一个王后兵向前推两格。

"生活中您是个和善的妥协派。"克列什涅夫说，把一个王的兵向前推两格。

"不对，不是妥协派，"日尔京反驳道，用后的兵吃了王的兵，"难道这是一步棋吗？您一点不懂开局。"

"我甚至在下棋的时候都是固执的人。"克列什涅夫说，接着走。

到第八步就能看出，他已经输了。

"不是所有优秀的政治家都是优秀的棋手。"日尔京宣布。

"不是所有优秀的棋手都是优秀的政治家。"克列什涅夫笑着回答。

他往后靠进沙发椅里，掏出烟盒，叹口气：

"瞧，我开始抽烟了。在 36 岁的年纪开始抽烟。我一生中只抽过一次烟，那是在基辅监狱里。我当时正在等着死刑，我才 23 岁，不对，25 岁，我那时到底多大？我没被处死，去服苦役了。"

他陷入沉思，然后问：

"安纳托里来信了吗？"

日尔京的眼光一紧，双眼立刻红了。

"两个月没有消息了。"

克列什涅夫立刻转移了话题：

"是吧，嗯，烟卷，一天我要抽 20 根，钱都抽没了。嗯……请问，这个士兵，白白净净的年轻人，他是谁？他总来您家。"

"他是娜佳的朋友。"日尔京回答，他也不想接着说刚才的话题。

"他的姓是拉甫罗夫？"克列什涅夫回想着，"他的父亲是工程师？我认识工程师拉甫罗夫。那时候他还不是工程师。他刚大学毕业。他叫伊万·尼古拉耶维奇。我的记忆力不好，脸、名字、数字都记不住。比如，我在基辅监狱的时候，是 23 岁，我刚刚还怀疑对不对。"

"就是他，"日尔京说，"伊万·尼古拉耶维奇·拉甫罗夫。我们的父辈很要好。"

"很多年前，我跟他在一个组里，然后他就消失了。他似乎对工作很满意。他常来您家吗？"

日尔京耸耸肩，摊开手，露出一丝微笑，这动作表示他想说令他不愉快的事了。

"不来。我不太喜欢他。当然，他诚实，不愚蠢，但是认知力不行。我和他的妻子完全合不来，那是个让人无法忍受的女人。就是说……"

克列什涅夫笑了，打断他：

"我能想象出这是什么样的家庭。"

"他结婚后，就不和我们来往了，"日尔京接着说，"而鲍里亚却是个优秀的年轻人，完全不像父母，不过我还是可怜他的父亲。年轻时他也有过很多希望。他受过穷，他娶老婆花了很多钱，老婆是富人家的。"

"是吗?"克列什涅夫淡然地问，这个话题他不大感兴趣。"您知道吗，我现在在彼得堡做什么? 在找厂里的活儿。我现在有合法的护照，能在彼得堡自由行动。我需要工厂或者军队里的工作，我可是专业车工。"

"请您到我这里来当秘书吧。"日尔京建议道。

"谢谢，"克列什涅夫回答，"我先在工厂找找，找不到的话……"

前厅传来说话声。日尔京出去了。鲍里斯和娜佳正在穿外套。娜佳解释道：

"我们去'萨杜尔'电影院。"

日尔京回到书房，对克列什涅夫说：

"是鲍里斯，他和娜佳要出去。"他接着说："我看，多利亚（日尔京的小儿子'安纳托里'的小名）应该是被打死了。他说过，需要自卫也不会开枪。"

日尔京猛地眨眨眼睛，眼圈红了。

娜佳和鲍里斯向街角的电车站走去。日尔京家住在巴尔什大街，离卡缅纳奥斯特拉大街不远。傍晚时分，大街上人很多。鲍里斯时而给军官敬礼，时而给将军立正。娜佳看着他，觉得很有趣。鲍里斯却开始担心了，虽然他的外出证时间开到晚上八点以后，可是在电影院，尤其在萨杜尔这样豪华的大电影院，会有很多长官，时刻需要敬礼和请示，在每个幕间休息都要站立。享受将变成痛苦，他开始后悔向娜佳提议去萨杜尔了。

在巴尔什大街和卡缅诺奥斯特洛夫大街交口，他们上了电车。娜佳想往车厢里走，鲍里斯拦住她，让她站在过道边上：

"我不能进里面。"

娜佳很奇怪，不过，她顺从地停下了。电车刚开，就有几个士兵跳上来，挤在踏板上，鲍里斯面色凝重。

在特洛伊茨桥前面一站，铃响后，电车没动。鲍里斯明白这意味着什么，军警巡逻队来了。他站在里面，没办法跳下去，不过，能跳他也不会跳，当着娜佳的面，他不好意思。

没跳下去的还有六个士兵，他们紧张地奔向对面的车厢出口，但是那里已经站了两个戴着红色臂章，手拿步枪的人，车厢被包围了。

鲍里斯往车厢里看了看，前面门口过道站着一个士官，到那儿士兵就会被抓住。现在只能去后面。一个准尉，肩章上的几个杠还是新的，身影在后面踏板上闪了一下，又消失到昏暗的街道上。突然，一个年轻的巡逻兵抓住鲍里斯的肩膀：

"跟我走一趟!"

鲍里斯把他的手从肩膀上拽下来。

"我有票。"

他拿出电车票。

"跟我走一趟!"巡逻兵恶狠狠地再次喊道。

娜佳默默看着眼前的一切。她明白，她什么忙也帮不上。她想起鲍里斯抱怨过不让士兵坐电车，以前她从来没有注意过。

鲍里斯从电车上下来，同七个士兵走在押送队伍里。被捉到的人要送到电车站，登记后送到卫戍司令部。鲍里斯走着走着，一下，两下，三下，似乎有什么东西绊着他，原来是走在后面的押送员在悄悄拽他的衣角。

"快逃！"他说。

他就是那个把鲍里斯从车里赶下来的巡逻兵。

鲍里斯一秒没犹豫，立刻窜出押送队伍，向电车道跑去。有人喊："拦住他！"还有人喊："抓住他！"看到从押送队跑出来一个士兵，行人们会以为这是一个危险的罪犯，杀人犯或者间谍。谁都不会相信，卡缅诺奥斯特洛夫大街上的骚乱，是因为这样一件不值一提的小事情。

电车加速行驶，鲍里斯怎么也超不过去。他想穿过铁轨，他跑得甚至比打仗时都快。后面和右面都有人在追他，每一秒钟敌人都可能出现。左面是可恶的电车，不停，也不超过去。鲍里斯没有任何退路，而从押送队逃跑面临的惩罚是军事监狱，惩戒营……

电车司机突然急速刹车，他发现了鲍里斯，明白了他要干什么。鲍里斯扑向左面，冲过铁轨。司机立刻全速开动，把鲍里斯同追他的人隔开。鲍里斯永远不会知道这位司机是谁。他在他的生命中瞬间闪过，如同战场上那颗救他的子弹。

从那个押送员拉鲍里斯衣角时刻起，到此刻不过 20 秒钟。又过了 10 秒钟，鲍里斯已经藏进一个垃圾坑旁边的院子。他终于缓口气，他活下来了，得救了。等了一会儿，他走出来，来到卡缅诺奥斯特洛夫大街上。那些追赶他的人早已不见踪影。电车、马车和行人在这条大街上川流不息。鲍里斯沿着人行道走到特洛茨桥。刚刚的遭遇，对他来说毫不意外，一点也不稀奇。他甚至很满意，至少他不用去电影院了。现在，他哪有什么心情消遣娱乐！

在纪念碑对面，娜佳叫住了鲍里斯，她正在等着他：

"怎么回事？"

鲍里斯耸耸肩：

"没什么，最平常的事。对不起，事情变成这样了。"

娜佳突然哭起来，鲍里斯不知所措。他自己最后一次哭还是在六岁的时候。那时，八岁的尤里突然毫无理由打了他耳光。鲍里斯号啕大哭，不仅仅因为疼，而是哥哥打得实在很凶，像大人一样。从那时起他再也不哭，虽然很多次应该哭。父亲说过，哭是可耻的，并且毫无用处。这句话他听过一次后就永远记住了。他在家里习惯的不是哭泣，而是歇斯底里，这是他憎恨的。现在姑娘哭了，完全不是歇斯底里，只在哽咽着抽泣。鲍里斯看着她，有点可怜她，但是完全不知道怎么安慰她。他小声说：

"你怎么了？别哭了。你出什么事了？"

过路人看到胸前挂着十字勋章的士兵和哭泣的姑娘，面露讥笑，肯定是诱惑姑娘失身，现在又要抛弃！

突然，娜佳止住了哭声，用大衣袖子擦擦眼睛，说：

"再见，不用送我。"

她转身快速走了。

鲍里斯跟了她几步，停住了。他一点也不明白，他猜测，他所习惯的彼得格勒大街上的生活，对娜佳来说，完全是出乎意料和不同寻常的。难道士兵的生活状况已经糟糕到要哭的境地了吗？他一边想，一边慢慢走向大桥。不过这是好事，他们不用去电影院，明天六点前他要到军营，至少今晚他能睡足觉了。

可是娜佳一直哭到夜里二点。她没跟任何人说她为什么哭，她也不会跟任何人说，当她的鲍里斯要应付这样愚蠢的事情，他必须屈服的时候，她感到多么痛苦，多么羞愧。

十八

尼古拉·茹科夫在 1916 年入冬才出院。委员会认定他适合做步兵，把他派到沃伦团。他的病房邻居，长须士官，也被委员会认定适合做步兵，虽然他有点瘸。士官是有功勋的，有三个"乔治十字勋章"，他自己请求留在军队。战前他同儿子两个人生活在一个遥远的小村庄。现在他的儿子再也回不到家乡，他死在前线附近的医院里，跟那个年轻的摩托兵一样。儿子仅仅因为对军官说了关于土地的话，就被送到惩戒营，他说的仅仅是"为了战争、为了结束所有痛苦，土地应该还给农民。"这有什么罪呢？士官问尼古拉，尼古拉却说：

"哪个长官都不会给农民土地，大家应该自己去拿回。"

离开医院时，士官对尼古拉说：

"我现在不能回村。妻子死了，儿子没了，孤孤单单一个人，我要想想怎么办。"

他在尼古拉走之前一个月，去了委员会。

每次拿到团部外出证，尼古拉都去找克列什涅夫，找起来有点麻烦，因为克列什涅夫常常更换见面地点。克列什涅夫的妻子莉萨同老父亲住在苏沃洛夫大街。尼古拉在他们家就跟在自己家里一样。当他得知父亲死在原始森林后，他来到了这里。莉萨无言的陪伴是最好的安慰。

他常常不由自主地把她和玛丽莎比较。没有强大的人在身边，玛丽莎会随波逐流，逐渐消失。没有强大的人带领，她将不知道飘向何方。不知不觉间，尼古拉越来越相信，他就是那个最强大的人，没有他，玛丽莎一定会消失。离开医院时，他对玛丽莎说，他们必须见面，他会教她怎么活着。在一个星期天，尼古拉带玛丽莎来到莉萨·克列什涅夫家。正如他所期待的，玛丽莎很快就对莉萨产生了依恋，就像妹妹对姐姐一样。她不再那么固执以后，原来竟是一个柔弱爱哭的女孩子。

尼古拉同克列什涅夫见面时，不带着玛丽莎。克列什涅夫那里每次都出现越来越多的新面孔。冬日的某一天，来了一位尼古拉不认识的新客人。这是士兵梅特宁，大衣上戴着巴甫洛夫斯基军团黄色的领章。

"大家好，"他向所有人敬过礼，把外套挂到钉子上，坐到桌边。"刚拿到外出证，"梅特宁的开场白清晰而直率，"在军队的忍耐力已经达到极限。"

尼古拉立刻对他产生了好感。

"戴上主人的肩章，就完全可以打骂和摧残我们，"梅特宁接着说，"任何一个败类都是你的主人，都可以打你，抽你的脸，你要敢说一句话，子弹就进你的脑门，要不，就把你卸了。规章制度毫无用处。"

维堡区的工人维什涅娃，一个薄嘴唇的清瘦女人问道：

"他们对所有人都是这样吗？"

她的嘴唇在颤抖。

"惩罚各种各样，"梅特宁接着说，"强行逮捕，送到惩戒营，军事监狱。管制我们的办法还少吗？对我们永远都有那么多，如果我们不……"他攥紧拳头，"我们不牢牢记住：变帝国主义战争为国内战争。但是需要战术，要小心行事，这正是我们要学习的。"

"我的丈夫因为罢工被抓去当兵了，"维什涅娃带着憎恶的语气快速地说，"米列尔将军要弄死我的丈夫，我要么愁死，要么饿死。这个米列尔将军，我希望他不得好死。多少人家被毁了！"

来自郊区武器工厂的卡什林，低声说：

"我们的将军也不好。"他把被蒸汽烫伤的紫色脸庞转向尼古拉，"克里格雷，那个工长，你还记得吗？现在温顺多了。有一次得到教训了，再不挑事了。良心发现了？是不是?"

尼古拉笑了笑：

"他们已经怕我们了。"

"士兵们醒悟得很慢，"梅特宁接着说，"但是，他们已经不希望再继续这场战争，不过，也不要指责他们。大家都想要土地，这是饥饿给的教训。九戈比一天供养一家——这个宣传鼓动会起作用的。"他又对维什涅娃说，"你呢，不要担心你的丈夫，他是聪明人，这样的人是不会消失的。"

尼古拉听到这些，暗暗高兴，他想："越糟糕越好，人们就会越早起来反抗。"

"他写信说，虱子把他吃掉了，"维什涅娃整个人转向梅特宁，说，"用小刀碾过虱子，噼噼啪啪响，就像开枪。"

"到处都在吞吃工人，"卡什林一语双关地说，"无论在家里还是在工厂，主人就像虱子在爬。我们不要害怕，对所有的虱子都拿起刀，到时候就响起真正的噼啪声了。"

"听说沃伦团的人已经准备好了，"梅特宁羡慕地说，"看来，那里会聚了一些好小伙儿。"

尼古拉无法抑制内心的快乐，笑了：要知道他就是沃伦这些好小伙儿中的一个。

克列什涅夫一直在房间里不慌不忙地走来走去。他走到桌边，指着尼古拉，对梅特宁说：

"茹科夫同志，沃伦团里我们的人。尼古拉，认识一下梅特宁同志吧，你们应该建立联系，是时候了。"

梅特宁，这个巴甫洛夫斯基军团的士兵一脸迷惑不解。

"为什么不穿制服？"他问尼古拉。"为什么没有领章？弄不清是哪个团的，好像不是近卫军。"

"你不了解军需库吗，给你发什么样的，你就得拿什么样的。不要追求近卫军称号。"

梅特宁突然清醒了似的，问道：

"你真的是沃伦团的?"他说，"那我们不要大声嚷嚷，不过你们中的一个人已经来过我们这儿了，来找自己的老乡，聊了很多。"

"咱们约一下在哪儿，怎么碰面吧，"尼古拉说，"我们要常碰头。"

见面结束后，大家跟往常一样分散离开了。

尼古拉向莉萨·克列什涅夫家走去。他走得很快。他没有去坐电车。现在不是为电车这类小事情冒险被捕的时候。他一再加快脚步，最后终于意识到，他是迫不及待想见玛丽莎。当然，她不是战士，不会和他同行，不适合战斗，但是……但是他不能没有她。"嗯，你爱上她了，就是这样。"他甚至有点凶巴巴地这样对自己说。

今天玛丽莎休息，尼古拉知道，他们早就约好见面的。他跑上楼梯，猛拉门铃。穿着灰色连衣裙的玛丽莎站在窗前，像一只小麻雀。当玛丽莎走到门口，向他抬起一双安静的灰色眼睛时，尼古拉脸色发白，声音颤抖。往屋里走的时候，他不知不觉地抓住了玛丽莎的手臂，迫不及待地说：

"玛丽莎，我有事儿一定要和您说，我不能不说了，应该说了，我们不能再分开生活了，我们应该结婚……"她盯着他，她那被吓坏了的样子让他几乎喊起来："您可别哭！您老是哭，有一点事儿就哭！"

他把她的手臂握得太紧，她叫了起来，抽出手臂，像孩子那样摇啊摇。

"对不起，"尼古拉非常不好意思，低声问，"捏坏了吗?"

"没有，没事的。"

她用手指揉揉，仔细看看，好像真受伤了似的。当她再次抬起眼睛看向尼古拉的时候，他看到在她的眼里，除了悲伤，再也没有别的，没有爱情。他开始在房间里走来走去。

玛丽莎说得很忧伤：

"您看，您是多么糊涂呀。我们的关系已经很好了，可是您想弄复杂吗？我们根本谈不到结婚，根本不会结婚，我无论如何不是您的妻子，我要是您的妻子，会很糟糕的。"

她没打算哭，她说得很气恼，很少见她这样激动过。尼古拉又看见她的下巴多么坚毅。"原来她是这样的。"他惊讶地想。她还在继续说：

"您啊，一点儿也不会交朋友。为了保持友谊，就根本不该结婚。您把一切都破坏了。"

她挥挥手，转过身。

尼古拉蹲到她跟前，勇敢地拉起她的手。

"嗯，是我搞错了，"他说得出乎意料的轻松，玛丽莎不禁朝他转过脸，突然笑了，悲伤和快乐同时浮现在笑容里。这个微笑让尼古拉的心又颤动了一下。"好啦，请你原谅我，"他小声说，自己都没发觉称呼的是"你"。"对不起，是你教了我。如果我再搞错，你就制止我，呵斥我，我就能明白的。"

玛丽莎依然微笑着，坚定地轻声说：

"这是一件很严肃的事情，彼此相爱，才能成为丈夫和妻子。不能像您这样突然袭击，要认真对待。我们之间根本谈不到相爱，不可能结婚。我非常清楚这点，非常清楚。我们之间完全不是那种关系，完全不是。您对我根本不是那种感觉。"

十九

鲍里斯的新排长是来自教导队的一个刻板官吏，除了兵役，否定一切。他说的所有事情都和兵役有关。比如，他常常仔细讲述他遇见将军的故事。有一次，他走在街上，迎面遇见一位来自亲王家族的将军。他没有惊慌失措，立正敬礼，优雅漂亮。将军看了看他，夸奖他姿势标准。他响亮地回答："愿意为您效力，尊贵的阁下！"故事到此结束。遇见将军的故事赋予排长非凡的意义，他常常深入管理军人规则细节，结束时热情洋溢地说：

"士兵走路应该像个男子汉，像一幅行走的画！"

工兵们洗耳恭听，当然，他们不能不洗耳恭听。

新排长和班长来了以后，士兵的生活更艰难了。外出证不再像以前那样好批。训练的时候，新长官更严厉，常常在一开始就命令：

"箭步冲刺！准备！"

工兵们要一次次完成复杂队形，几个小时不间断地训练步伐，指令不断：

"脚部用力！脚部用力！跑步走！"

鲍里斯跑得气喘吁吁，虽然天气严寒，却汗流浃背。步枪在他的肩上跳动，他想用右手拿枪，但是一直等不到"齐步走"的口令。

连长和半连连长每天都来参加训练。

除了训练，士兵需要轮流担任值日兵。如果在军官协会当值日兵，需要帮军官穿上大衣。鲍里斯很幸运，从来没被派去过那里。他经常在正面入口、大门旁站岗，经常打扫厕所。值日兵站岗半夜，第二天不用参加上午训练，只参加晚上的训练。整晚到早晨值日，第二天全天不参加训练。

有一天晚上，鲍里斯在连队值班，军营水管坏了，厕所不能用。值班军官巡视到连队，鲍里斯急速跑向他，报告说：

"在八连'd'值班期间没有发生任何异常状况，只有水管损坏，厕所无法使用。"

这是值日兵报告的固定模式。哪怕整个连队在夜里被杀光，也要这样开头："在值班期间没有发生任何异常状况"，接着才能说"只有全连被杀光，我一个人还活着"。用这种模式展示朝气蓬勃和平安顺利。

值班军官听完报告就离开了。五分钟后他又回来，鲍里斯又报告了厕所不能使用。军官走后马上又回来了，鲍里斯又重复一遍厕所坏了的报告。军官笑了笑，五分钟后又来到连队。鲍里斯明白了，军官很无聊，想睡觉，他只是想寻开心，让士兵一次次重复相同的报告。鲍里斯连续报告了六次，值班军官终于没走，显出对自己的玩笑很满意的样子。

正面入口值日兵的责任是给军官开门，拦住低等官员，他们只有从院子进出的权利。有一次，六连少尉阿张且耶夫来到门口，鲍里斯敬完礼，忘记了开门。少尉停住，平静地命令说：

"开门!"

鲍里斯立刻执行。

"开大点!"少尉说，在第二道门前又命令道："开门!"

少尉走出门，回头盯住鲍里斯的脸，用同样平静的声音，骂了很多恶毒的话后，才往街上走去。他步履矫健自信，仿佛自己是万物主宰。基洛奇大街上，夜灯一路排开，覆盖着积雪的路上，空无一人，城市正在梦乡之中。

大门门口值日兵需要检查士兵的外出证，不能把外人放进院子。他还需要注意大街上的动静，万一发现有威胁军营安全的事件，打铃叫值班军官。

队列训练的同时也进行工兵技能培训。连队里有一箱土，排长往土里插一些木棍，给士兵们讲解搭建技术，讲得乱七八糟。谁都听不懂，也不可能听懂。实际上，工兵们没有学到任何专业知识。

士兵想尽办法躲避训练。最好的办法就是央求医疗站医生开一天或者两三天的病假条。如果开不成，就换冒险的办法：说通司务长和大门口值日兵，不拿外出证就出去，或者值日后不仅上午的，连晚上的训练都不参加，指望排长不会发现或者发现也懒得报告连长。这类"滑头"当然都是彼得格勒人或者在首都已经结交朋友的外地人。很多人得逞了，也有很多人被抓住了。有一个"最上瘾的滑头"，有一次，没有外出证就出门了，在街上被抓住，连长把这位体态肥胖，头发花白的光荣的家长级老兵关押了五天。

鲍里斯回想起战场上的"滑头"，那里偷懒的方式不一样。用湿抹布裹紧枪口，以防烫伤，朝着自己的手指开枪，然后去医疗站，名正言顺地当上伤员。不过，有经验的医生很少被骗。他们用碘酒涂抹伤口，包扎好，把手指带伤的士兵赶回战场，毫不留情。

有一个士兵冒充聋子和哑巴。有一次，鲍里斯偶然看见一个假冒者是怎样被揭穿的。他假装耳聋，医士拿过来他的士兵手册，看看名字，悄悄走到他的后面，突然叫他的名字，士兵下意识回过头。这个动作足够揭穿他了。医生打了他一耳光，把他赶回了战壕。

鲍里斯还记得一个场景。有一次，一个刚从后备营转来的军人，特别害怕面对面开火，他觉得他一定会被打死，他在遥远的喀山省的一家人，就无人供养了。于是，他当着大家的面，朝自己的左手开枪。他完全打断了自己的中指和食指，他整个手掌和手背，一直到胳膊肘都被烫伤了。他默默地看着士兵们，目光温顺，感觉自己做得很正确，很漂亮，现在用两只手指的代价，可以换来回家了。

突然，一颗子弹飞过来，他倒地而死。枪是正在附近的一个司令员开的。他死了，死时还是那样沉默而温顺，深信自己做得正确又漂亮。有可能，他到最后一秒都相信，这是士兵和军官们和他开玩笑，实际上他们现在正要送他回家，那个多么需要他的家。他，当然没有听见射击声，子弹比声音飞得更快。他死了，直到最后也没明白到底是怎么回事。

鲍里斯自己都没发觉，他对士兵生活之外的一切失去了兴趣。如果星期天被分派任务，他甚至很高兴不用回家。他不想见到亲人们，他们完全过着另外一种生活。他也不太常去日尔京家了。那里的谈话对他来说毫无用处，无法引领他。他把能记起的一些片段联系起来后，他怀疑，正是生活体制把人们带进了死胡同和琐碎忙碌中。他现在的生活全部是准备战争，他知道什么是战争，不过他已经不相信，人们需要战争了。

娜佳发现鲍里斯完全变了，变得阴郁沉默。有一次，娜佳跟福马·克列什涅夫说起鲍里斯。福马·克列什涅夫说，要是把这个处于失望中的士兵变成革命宣传员就好了。娜佳把这些话转告给鲍里斯。她还给他深入解释战争、军营生活和纪律，描述了士兵的心理状态。娜佳非常善于总结别人的经验，她大量阅读，善于倾听他人。

娜佳尤其熟悉鲍里斯的感受。她不能忘记，当他们去电影院时，他是怎么被赶下电车，怎么不得不屈服的。

她甚至为他感到气恼。她想激起他心里的斗志，在押送队的凌辱面前不是逃跑，而是同有经验的同志们组织起来反抗。

第二天，在军营训练时，鲍里斯心想："难道可能带动这些人反对他们已经习惯的领导吗?"

所有这一切：严厉的军官制度和整套刻板的军营生活，是这样紧致、坚固、强大和稳定，鲍里斯根本不相信，能用什么方法战胜这一切。娜佳转告给他的福马·克列什涅夫的话，本来要激励他，却起了相反的作用，现在，他陷入了绝望。

这天夜里，他被安排在大门口值班。快十点了，有几个女人走到大门前。这种事情以前也常常发生。一个戴着廉价帽子的女人上前搭话。

鲍里斯正在盘问，科兹洛夫斯基来了，命令道：

"放她们进来。"

然后，他领她们进了军营。大街上和桥拱下，到处漆黑一片。冬日的天空覆盖着乌云，看不到月亮和星星。夜里三点前，鲍里斯放女人们出了大门。

值班后，鲍里斯留在军营里，没有回家。训练回来的士兵们，聊了聊过去的一夜，接着又回忆起自己的妻子。傍晚时，这样的思念弥漫到整个军营。三排的大胡子谢苗·格拉切夫突然唱起歌，声音微颤，反反复复只唱一句：

远离我吧，痛苦的生活，拥抱我吧，幸福的生活！

第二个，第三个人也开始唱了，很快，几乎整个连队都唱起歌来：

最好啊，最好啊，不要去！

最好啊，最好啊，不要爱！

司务长走出了办公室，站在走廊里，听了一会儿。科兹洛夫斯基坐在窗台上，沉默不语，跟往常一样，露出阴险的微笑，他总是在看到别人痛苦的时候，感到快乐。

歌声停止了。

谢苗·格拉切夫，长出了一口气，像公牛那样摇晃着脑袋，说：

"训练用劲太大，我的眼睛都歪了。"

忧伤仍然无法释怀，士兵们又开始唱歌，这次的歌曲像漫漫的道路一样绵长。

12月中旬，连队在教导队进行考试。队列考试顺利通过，工兵技能考试，不出意料，全都考砸了。

考试后不久，鲍里斯没有拿任何推荐信，直接去见德米特里·巴甫洛维奇大公。这是非同寻常的奇怪行为。以前，鲍里斯去见国家杜马成员奥尔洛夫，可以解释为去见自己同学的父亲。这次是因为鲍里斯听到了一些传言，是连队里一位上了年纪的士兵，一个家长级的"老滑头"传出来的。鲍里斯是德米特里·巴甫洛维奇大公忠实的追随者，他想悄悄暗示大公应该加以防范，士兵在街上和在军营会为所欲为。最终屈从于苦役般的军营制度后，鲍里斯活在绝望的状态中。在这种状态下，一个人能做出任何愚蠢的事情，能迈出最荒谬的一步。在这些天，他几乎没有再有意识地想到为士兵的权利战斗。听到关于德米特里·巴甫洛维奇的传闻后，他决定去找大公。

看门人把鲍里斯带进宽敞的大厅。鲍里斯有点紧张，衣架上挂着近卫军军官们的大衣，鲍里斯差点向大衣敬礼。

看门人熟练地脱下鲍里斯的外衣。看门人认为，这个后备军士官生，一定是伯爵或者公爵，未来的近卫军将领，要不，哪个士兵敢来这里！

鲍里斯沿着宽阔的台阶走进一个房间，这房间过分奢华和空旷，鲍里斯想象不出在里面怎么生活。大公的秘书向他走来。这是一个年轻人，身上的衣服黑白相间，闪闪发光，让人目眩。他腰板挺直，说话刻板清晰，让鲍里斯想起在日尔京家吃过饭的英国人。秘书没有打断鲍里斯，一直听他语无伦次地说完非战斗人员纪律的残酷，战争的毫无意义。秘书没有立刻赶走鲍里斯，他说：

"殿下为俄国士兵的状况担忧，希望改善艰苦的生活条件，消灭背叛。"

秘书记下了鲍里斯的姓名、连队和营房，让他离开。鲍里斯同秘书握手的时候，才发现他喝醉了。而秘书的话他稍晚才明白，不是从报纸上看到的，而是听到的悄悄传来的消息，宫里政变，在德米特里·巴甫洛维奇的参与下，拉斯普京被刺死。

圣彼得堡这座皇都处在动荡中。在城市华丽的光辉下，涌动着令人压抑的沉闷暗流。在暗流下，圣彼得堡工人阶级的轮廓日渐清晰。

伟大的 1917 年迎来了它最初的日子。

这些天，尼古拉·茹科夫在沃伦团所有连队散发传单，上面写着：

"不能再沉默和等待。工人阶级和农民携起手来，同整个沙皇集团斗争，永远结束俄国所遭到的耻辱……进行公开斗争的时刻到了。"

这是布尔什维克党彼得格勒委员会的传单。

第二章

二十

2月13日开始停发外出证。士兵禁止走出军营，连星期天也不能出去。训练改在连队大院里进行。每次晚点名连长都参加。排长被安排值班，以防紧急应战。士兵同外界联系彻底中断，除了军营里的事，其他事一概不知，只能听长官的命令。"滑头"们安静了，破坏纪律不再是关禁闭和送惩戒营那么简单，会有更可怕的惩罚。夜间，士兵中间悄悄流传着一件事：工人在罢工。

科兹洛夫斯基对这一切特别满意，对他来说，越糟糕越好。禁止外出的命令一出，为了让自己更舒服，他让谢苗·格拉切夫当他的勤务兵，每晚给他脱靴子。此刻，这个勤务兵士正蹲在官科兹洛夫斯基脚边：

"你是哪个省的?"

"科斯特罗马省，排长大人。"大胡子士兵回答道。

"你的省不好，"科兹洛夫斯基开玩笑说，"应该取消你的省。我给连长写份报告，他就会取消的。"

谢苗·格拉切夫正在从排长的脚上往下褪皮靴，他明白，这是长官在开玩笑，他顺从地说：

"您觉得怎么好就怎么办吧，排长大人！可是人没有省不能活呀，服完兵役就没有地方去了。"

"服兵役应该是一生的事业。"士官严厉地说。

"不用一生。"谢苗·格拉切夫反驳道，他以为长官还在开玩笑。

"怎么不用？"

科兹洛夫斯基解开包脚布，从床上站起来，弯下腰，拿起一只靴子。谢苗·格拉切夫非常害怕，解释道：

"我们不想往坏里说，我们想往好里说，排长大人！"

但是，士官的靴子已经抽到了他的脸上。

这种场景变换各种样式，每晚重演。每晚，士兵都拿不准排长什么时刻停止开玩笑，什么时刻开始变得严厉。

2月24日，连队进行大检阅。所有位置的人数都是原来的两倍，每个人发了真枪实弹。鲍里斯在门口站岗。

下午2点左右，兹纳缅斯克大街拐角出现了一群人，走上基洛奇大街。人群渐渐聚集，里面没有军人。从里杰大街开过来的电车无法闯入人群，在军营前停下。电车迅速被包围，乘客、售票员和司机都下来了，走到马路上。鲍里斯看见电车立刻被推翻了。

一辆接一辆的电车停下了。司机、售票员和乘客都下来，走进人群。庞大的人群动起来，向里杰大街移动。鲍里斯应该叫值班军官，但是没叫。而且，值班军官，一个年轻的准尉，已经走到门口了，站在鲍里斯身旁，一动不动地看着人群拦住电车。他沉默不语，面露惊慌。

人流移向左边，军营前空了。上校赫林格从兹纳缅斯克大街拐角一窜一窜地快步走向门口。他像一个烧开水的大肚茶炊，随时准备突然崩开，用开水烫伤所有人。

准尉跑到他跟前报告，上校却打断他，喊道：

"为什么不叫值班排长？应该把他们（他用手指指鲍里斯）赶到街上，上刺刀，包围、逮捕！"

他从下往上仰头看着值班军官，嘴唇鼓动，连珠炮似的抛出最难堪的责骂。准尉在他面前立正，不敢说一句话。

"滚到禁闭室！"

准尉跑开了。

鲍里斯恍然大悟，军营安排排长值班，原来是要袭击手无寸铁的人群。

赫林格要是早来几分钟，也许他会命令士兵袭击工人，他自己大概也会参加屠杀。这个面无表情的矮个子有着铁石心肠，他每句话、每个动作里都发出邪恶的力量。一直折磨鲍里斯的一切，现在都集中到这个让人憎恨仇视的军官身上。鲍里斯不由得哆嗦一下，他想到，如果赫林格命令他"上刺刀！"，他该怎么办？

晚上，全连都在讨论这个问题。

排长久久地沉默，然后阴郁地说：

"我们朝头顶上方开枪。"

大部分士兵都同意。

排长接着比画：

"用枪托轻点推开人群，命令他们散开，就这样……"

突然传来一个声音：

"我是士兵，我会开枪。"这是二排的一个大块头，芬兰人。

他的身上仿佛冒出一股冷流，刹那间，他由平静转为暴怒，他大喊起来，声音能炸断床铺：

"我是士兵，我会开枪！我会！"

他像星期天在乡下家里喝多了酒胡闹，坐在雪橇上抱着人前后乱晃。

"我会开枪！"他接着喊道。

科兹洛夫斯基没笑，他眯着左眼看着大家，不作声。

谢苗·格拉切夫正在吃晚饭，他掰下一块面包，说：

"基督对门徒说：如果没有刀叉，就用手来吃。"

这一晚，鲍里斯被邻铺激烈的争吵惊醒，辗转反侧，无法入睡。他反复思考，如果被任命当值班排长，他该怎么办。

要知道随时都可能被任命，明天，后天……

军营终于寂静无声。这时，那个大块头芬兰族人突然从床上坐起来，悄悄下地，在冰冷的地板上光着脚走来走去。鲍里斯看着他。芬兰人发现了，走到鲍里斯床前，双手紧贴胸前，小声却坚定地说：

"我应该开枪，我是士兵。"

二十一

工程师拉甫罗夫没去工厂，他在家里待着，克拉拉·安德烈耶夫娜不让他出门。工程师听从妻子的安排，只是偶尔叹口气，说：

"咳，糟糕透了。"

阿尼西娅一直留在拉甫罗夫家，她顺从听话，几个月来都在忍受天天遭到的责骂。最近，她在屋里完全悄无声息，回答克拉拉·安德烈耶夫娜的话时的声音很低。有时候突然站住，一动不动站了半天，有时候似乎变成一根柱子。她看起来个子更矮了，成了一个真正的老太太。

她从来没有遇到过这样的事，突然之间，店铺排起长队，在寒冷中排到冻僵却什么也买不到，糖和面包都没有了，银币也没有了。以前她帮助克拉拉·安德烈耶夫娜准备了多少食品！厨房里，袋子中装了3普特小麦和黑麦面粉、一袋米、油、可可粉、罐头等等，能让一家人吃上很久。2月25日这天，阿尼西娅突然完全衰老。这一天午饭后，她走到克拉拉·安德烈耶夫娜跟前，张开嘴想说什么，却什么都没说出来。站了一会儿，她回厨房了。克拉拉·安德烈耶夫娜瞥了丈夫一眼，用目光说，这都是他的错。

"你看！我都跟你说过多少遍了，她精神有毛病。你还等她发作吗？还有，尤里在哪儿？我跟你说过多少遍了，让他别出门。难道你连自己儿子都管不了吗？待在家里，一点都不关心孩子。"

是她自己不让丈夫出门的，因为她深信他对她的顺从，所以就可以这样责备他。

"是的，"工程师拉甫罗夫回答，"糟透了。"

"现在你看到了吧，我是对的。"克拉拉·安德烈耶夫娜接着说，"这个日尔京一家！他们就不能不干坏事。"

无论街上发生什么事，甚至城里开始没有面包，她都归罪于日尔京家。

丈夫小声抗议着：

"关日尔京家什么事呀？"

"你总是跟我争吵！"克拉拉·安德烈耶夫娜喊道。这种习以为常的家庭场景，能分散她的注意力，让她放松。同丈夫吵架可以安慰她，证明一切都像以前那样顺心。"你总是反对事实。我不喜欢幻想家和癔病患者。你还是个男人！男人应该平和，头脑清醒。我喜欢事实，这些都怪日尔京那类人，你不该反驳。"

她不敢想鲍里斯，从2月13日开始，她再没见过鲍里斯。如果他在前线，她能用他不在战场而在后方来安慰自己。现在，一切在她眼前发生，是她亲眼所见，无法理解的。

尤里从早到晚在街头闲逛，晚饭前才回来，带回来一堆消息。他讲述警察怎么对他们开枪，警察局长怎么在兹纳缅斯克广场上被打死。克拉拉·安德烈耶夫娜无法说服儿子待在家里，2月26日和27日，他都一大早就出去了。

2月27日早晨，克拉拉·安德烈耶夫娜的丈夫去厨房喝开水，她没有跟着去。突然从厨房那边传来奇怪的声音。克拉拉·安德烈耶夫娜正在摆纸牌，她没有停下，要是停了，一会儿又要重摆，会破坏她平静的心情。她甚至用平静和自信的声音说出来：

"J，摆这儿，3，到这儿，9……"

但是，阿尼西娅的号啕大哭让她再也坐不住了。克拉拉·安德烈耶夫娜站起来，故意笑了笑：

"瞧，摔个盘子就哭成这样。你摔碎了盘子，难道我会打死你吗？再买一个就是了。"

她喊道：

"瓦涅奇卡！我的夹鼻眼镜呢？"夹鼻眼镜就在她的鼻子上。"瓦涅奇卡！"克拉拉喊着，"你又把我的夹鼻眼镜塞哪里去了！"

瓦涅奇卡没有回答，阿尼西娅在厨房里的号哭声越来越大，充满了整栋住宅。

"阿尼西娅！瓦涅奇卡！夹鼻眼镜在哪儿？"克拉拉·安德烈耶夫娜问，在书房走来走去，她不敢出去，走向震耳欲聋的号叫，那么瘦小的身子怎么能发出这么大的声音！"你总是给我塞到哪儿！"克拉拉喊着。她听到快速逼近的脚步声，恐怖地看向门口。

阿尼西娅不是跑，而是飘进来的，克拉拉·安德烈耶夫娜没等她张嘴说话，立刻打断她：

"夹鼻眼镜在哪儿？如果你打碎了盘子，我们再买新的。你把夹鼻眼镜塞哪儿了？"

阿尼西娅一边哭一边说：

"老爷！老爷！"

克拉拉·安德烈耶夫娜：

"别急，你喊什么？"

然后，她走向厨房。

屋门开着。阿尼西娅去找克拉拉·安德烈耶夫娜前，先跑到外面喊人帮忙。看门人和两个陌生的男人挤在屋门口。地板上，一个人头朝下，一动不动趴着。克拉拉看见熟悉的磨薄了的鞋底。袜子脱落，裤子掀起，露出衬裤和一截毛茸茸的腿。

"这是怎么了？"克拉拉·安德烈耶夫娜问，"我没有夹鼻眼镜，我看不见。"

看门人的儿子在父亲身后说：

"夹鼻眼镜在鼻子上。"

看门人打了儿子一个耳光，男孩退到了台阶上。寒冷的空气吹进屋中。

克拉拉·安德烈耶夫娜一动不动地站着。她瞬间失去了视力和理解力。她在这一切面前完全无助，像个小女孩。然后，克拉拉疯狂地喊了一声，倒在了丈夫的身体旁边。不过，她没有失去知觉，立刻跳起，冲回房间，然后又奔到厨房。

"太难过了，"看门人判断她的行为，"毕竟在一起生活了那么久。"

说完，他走向前门，有人一直在拉门铃。尤里回来了。他扔掉帽子，没脱大衣，跑进厨房。

五分钟后，工程师拉甫罗夫失去生命的身体躺在客厅的沙发上。

克拉拉·安德烈耶夫娜对尤里说：

"应该尽快叫医生。"

尤里耸耸肩：

"有用吗?"

他突然哭了，一点不装模作样，失声痛哭。克拉拉·安德烈耶夫娜痛哭起来，两个人这次丝毫没有掩饰痛苦。

痛哭是由阿尼西娅打断的。她先冷静下来，点上炉子，开始做煎蛋。她往锅里打了六个鸡蛋。然后，她走进客厅，说：

"早饭做好了。"

克拉拉·安德烈耶夫娜吃惊地看看她。尤里拉起母亲的手，把她领到厨房。

克拉拉·安德烈耶夫娜和尤里吃了煎蛋，接着喝茶。

哭泣和早餐让克拉拉·安德烈耶夫娜平静下来，她尝试捡起原来的腔调。

"这些日尔京们，"她一开头，就停下了。她明白了，任何话语都无法使她脱离不幸，不幸，根本没有办法绕开，现在只能接受它，依靠儿子们渡过难关，期待未来儿子们会给她带来幸福。

此刻，格里戈里·日尔京正对着步兵后备团的士兵们大声说：

"现在，我终于能够大声说出来，我是一个社会主义者! 同志们!"

而民族学家日尔京，望着不平静的波里什大街，郑重地说：

"俄国自由的曙光已经燃起。"

此刻，他已经释怀，接受了他的小儿子阿纳多里在战场上牺牲的事实。聚在他家里的人越来越多。人们不和主人客套，进进出出。日尔京很高兴，他的家成为革命的一部分。

娜佳满怀期待，对每个进来的人都瞥一眼。她在等待鲍里斯，但是鲍里斯一直没有来。

而工程师拉甫罗夫此刻正躺在客厅沙发上。

他很幸运，死于突发性心脏病，还没来得及感到死亡，就死了。

二十二

2月26日晚上。

沃伦团教导队默默从兹纳缅斯克广场往回走着。士兵们都低垂着头，每个人都在回想自己是怎么拿的枪，是不是拿得很低？似乎没打死人，不过还是开枪了，朝工人开了枪。这个消息现在就要传到遥远的村庄，传给饥饿的妻子和孩子们、父亲和母亲……黑暗的异乡城市原来是棺材，楼房的墙壁是棺材板，军营，就是坟墓。

谁都没有想到擦枪。见鬼去吧！再也不要等待和沉默……

年轻的士官戴着近卫军帽子，肩上搭着大衣，大衣边上露出银色的十字勋章，宣布命令：明天早上七点出发……

尼古拉没去兹纳缅斯克广场，他注意观察那些回来的人。是的，时机成熟了。听到命令后，他低声说：

"明天我们自己掉头。"

只有他身边几个人听到了他的话，都是自己人，很可靠，任何时刻都可以共同浴血奋战。

今天朝人群开过枪的士兵中的一个年轻人，走到尼古拉面前。

"您在悄悄说什么？"他问，"您比我们大家都清醒，那么带我们走该走的路吧。现在，意见一致的一起干。我们不会再杀自己人了。"

"那就六点站队，不是七点。"

士官吉尔皮奇尼科夫也走过来。他把帽子推向右耳朵，坐进士兵堆儿里。

"有新命令吗?"他很平静,"今天,大家都明白了,哪怕去死,也不会杀自己人。可是按照命令……"他冷笑了一下。

"有什么办法!"一个年轻人说。"我们服从命令。同意的,这就擦枪。"

"同伴们,我倒有个办法,"尼古拉说。他浑身紧张,微微颤抖。在这个决定性的时刻,他最近几个月的所有努力就要得到验证。"明天早上六点集合。吉尔皮奇尼科夫,"他指向年轻的士官,"进行指挥。大尉来,问候我们的时候,我们回答'乌拉','乌拉'的意思是'我们不屈服'。明白吗?谁不这么喊,谁就是支持开枪的人,自己也是要开枪的人,明白吗?"

"明白,怎么能不明白!"

"然后呢?"

"然后,我们走出院子,走到街上,发动所有人……"

2月27日早上6点,吉尔皮奇尼科夫整队完毕,站在队伍面前,他问道:

"弟兄们,我们去杀自己人吗?"

"哪怕去死,也不去杀自己人!"队伍里传出一声喊叫。

立刻,队伍里喊成一片:

"够了!受不了了!不如去死……"

"那么你们就该知道怎么做了……"

士官重复一遍昨天的约定:回答长官问候时喊"乌拉",然后发动全团,走到街上,去寻找革命者立陶宛人,然后去维堡区找工人,那里有指挥部,有兵力。

年轻的准尉进来了。他身后跟着指挥部大尉,肥胖粗壮,衣着整齐，靴刺叮当作响。大尉在教导队宽敞的场地上沿着队列走着，响亮地说：

"你们好，弟兄们！"

"乌拉！"士兵们异口同声地回答。

教导队长官停下了脚步，站在队列前，眯起眼睛，看着士兵们的脸。他发现，所有人都在直视他，没有惧怕。一瞬间他觉得可怕，随即责备自己不该胆怯。现在士兵们表现正常，只是哪儿有点不一样……

"你们好，弟兄们！"他重复道。

又是异口同声，震耳欲聋：

"乌拉！"

从这个不同往常的回答中，军官突然感到这些人完全不是他习惯的，他以为应该是什么样子的士兵。他突然抓狂。他对眼前第一个落入他视线的士兵大声问道：

"这是什么意思？"

士兵对答如流：

"'乌拉'表示不服从您的命令。"

又有一个声音，尼古拉·茹科夫的声音，补充道：

"也是检验指令，表示大家团结一致的意思。"

"立正！"大尉狂叫，而准尉已经向门口退去，"要听沙皇陛下的命令……"

他还没说完，队列里冲出一个面孔扭曲的年轻人：

"住嘴，吸血鬼！我上刺刀，堵住你的嘴！……"

队伍大乱，准尉跳到院子里。

大尉弯腰跟在他后面跑出去。"乌拉"的喊声紧随其后。大尉在台阶上大叫：

"我要杀了你们，你们这些下流胚！"

一个士兵打开窗户，伸出步枪，旁边马上伸出第二个枪口。大尉一跑进院子，就响起两声枪声，大尉扑倒，挺直身子，不动了。

"乌拉！"军营里震耳欲聋。

"听我指挥！"吉尔皮奇尼科夫高喊道。尼古拉站到他身边，"听口令！齐步走！"

此刻，时间是早上七点左右。

沃伦团发生这一切的时候，鲍里斯正按照排长命令，带领自称生病的四个士兵去医疗站。这是令人恐慌的日子，街上随时可能发生意外，排长把鲍里斯当作有经验的前线战士使用。鲍里斯十分清楚，士兵们说有病，是为了躲避排里的值日。他带他们去看医生，这倒能让他躲避一时，不过，他还需要找到其他的出路。

这些天，鲍里斯脑海里常常闪现出走路一窜一窜的上校赫林格，似乎听见他刺耳的声音：

"上刺刀！"

鲍里斯自己都没有意识到，三天前在军营门口发生的场景和赫林格的话对他震动有多大。他知道，他任何时候都不会拿刺刀去对准工人。他不是防暴队员，不是讨伐队员，不是警察。那么，到时候赫林格会拿他怎么办？

士兵两人一排，鲍里斯带着他们走向普列奥勃拉任斯基军营，那里有医疗站。鲍里斯想得太入神，没有看见人行道上迎面走过来的少尉阿张且耶夫，就没有喊口令："立正！向右看！"他听到一声大喊：

"过来，跑步走！"

鲍里斯把手举到帽檐，跑向少尉。

少尉军官大骂道：

"糊涂虫！蠢货！"

鲍里斯站住了，放下手。他困惑地望着这位骂人的军官，他的肩章不知道为什么赋予他权利，可以尽情凌辱他人。鲍里斯想到，正是像少尉阿张且耶夫或者上校赫林格这样的军官，欺压和折磨士兵。难道不能最终摆脱他们吗？……鲍里斯突然觉得发生什么都无所谓了，对少尉的厌恶突然达到极点，他没有任何权利这样侮辱他，鲍里斯脱口而出：

"请不要再骂人，够了！"

少尉的脸抽动了一下，他停止辱骂，抬起手要打鲍里斯，但是没有打。他迅速看看四周，匆忙奔向军营。在大门口，他回过头，大声说：

"我会杀了你！"

很明显，这并不只是威胁。

鲍里斯领着士兵们接着往普列奥勃拉任斯基军营走。士兵们沉默着，鲍里斯无礼的行为让他们又害怕又高兴。这种行为唤醒了他们对自身力量的意识。军官随便打人骂人，谁敢反抗！鲍里斯感觉到，他没办法再回到以前，没办法再忍受屈辱。他心里有什么在动摇。他的脑海里又闪现出上校赫林格的话："上刺刀！"

他明白，这次跟少尉发生冲突后，他的命运在本质上改变了。他会被逮捕，然后……然后呢？监狱？惩戒营？他的生命发生了某种转折。

他木然地带着顺从的士兵们，拐进普列奥勃拉任斯基军营院子，沿着楼梯上到二楼医疗站。房间里挤满了身体健康的士兵，都希望拿到免除兵役的证明。医疗站里充满了他们带来的恐惧——被派去镇压工人。

突然，街上传来枪响和"乌拉"的喊声。鲍里斯和士兵们扑向窗口。几个军官钻进房间，藏到门后。谁也没有向他们敬礼。医生马上停止看病，跟在后面看。

街上挤满了沃伦团的士兵、立陶宛人和暴动者。他们一边朝空中放枪，一边高喊着"乌拉"。

医生身边的窗玻璃被震碎，房间里顿时钻进快乐呼啸的子弹头。

医生立刻蹲下，脸色煞白，疑惑不解：

"这是怎么回事？"

士兵们从窗口跑开，钻向房内。从楼梯跑上来一个准尉，把一个大尉拖进屋里。大尉的制服散开，衬衫上沾满了血。准尉惊慌失措：

"医生呢？"

大尉小声说：

"小伤，没事。"

医生仍然无法理解，到底发生什么事了。他问：

"这是演习吗？大人？"

一个工兵闯进屋来。

他挥动步枪，喊道：

"大门口出事了……"

他说完就往外跑，刚刚还在抱怨病得不能动的士兵们，跟着他猛冲下台阶，鲍里斯也跟在后面。

迎面，一个面色苍白，嘴唇颤抖的教导队长官，一下跳过几个台阶跑上来。没有人向他敬礼，也没有人袭击他。

从街上飞跑进医疗站的工兵，跑在前面。跳到楼梯出口，他回头一看，身后跟了一群士兵，像跟着领袖一样。他突然胆怯了：他倒是愿意去任何地方，但是要躲在人群中，这样出头露面可不行。带领人群，成为领袖，这个他无论如何做不到。他停下脚步，他身后跟着跑的也都停住了。

院子是空的。沃伦团、立陶宛人和暴动者从街上一起向大门射击，大声喊着：

"工兵！出来！"

工兵们蜷缩在墙壁后面，躲避着子弹。

鲍里斯站在他们中间。他看见，对着大门的出口走出了营长，上校赫林格。上校不再一窜一窜上跳着走了。他矮小粗壮，穿着银色大衣，迈着平稳坚定的步伐走向门口，右手伸向前方，手里拿着手枪。他一边走一边朝起义者开枪。他一个人在对抗至少两个连暴怒的士兵，但是他仍然自信顽强。突然，四周一片寂静，士兵们沉默下来，停止了射击。而上校走得这样稳健刚毅，甚至显示出他有的不是肥肉，而是肌肉。这个坚毅的小块头就要走到门口，喊一声"立正"，一切都完了。现在，所有人都沉默呆立，只有上校一个人在移动。他就像驯兽员，将士兵催眠。这是士兵所熟悉的，早已在痛苦中屈服的催眠。上校射光一个手枪，扔掉，从兜里掏出另外一个，继续射击。

鲍里斯观察着上校平稳自信的动作。这时，鲍里斯瞬间看清一切，也看清了自己。他十分冷静，甚至冷漠地判断出将会发生什么事情。瞧，这个小个子，已经开始像往常一样，走路一窜一窜的，不是木偶，而是一个大活人。这个人强大的力量源头不是自己，而是整个体系，他这个体系运作的一部分。眼前的起义者屈服后，他会开始用尽办法折磨他们，其中包括鲍里斯。瞧，现在他就会命令"上刺刀！"，把鲍里斯扔进人群，而这些人是来救鲍里斯的，没有他们，鲍里斯就会被刚刚冲撞过来的少尉送到惩戒营或者杀死。

于是，鲍里斯知道了他该做什么，他甚至冷笑了一下。他从士兵群里走出，走向上校。上校看见鲍里斯，立刻把枪口对准鲍里斯的脸。鲍里斯一弯腰，跳到上校跟前，把他拿枪的手推向上面。枪声响得震耳欲聋。鲍里斯感到自己体内充满力量。他夺过上校手里的枪，直接射向他的脸。上校双手张开，仰头倒地。鲍里斯转身对工兵们喊道：

"跟我来!"

说完,鲍里斯跑向门口,近卫军激动的狂呼声淹没了他。

他迅速走向兹纳缅斯克军营。到处挤满了人。他们问士兵:

"出什么事了?"

拥挤的人群中,鲍里斯没有看见尼古拉·茹科夫。尼古拉正在给一个戴大檐帽、穿呢子大衣的男人解释:

"快去维堡区,有人告诉你们该做什么。"

男人立刻回答:

"知道了,这就去。"

尼古拉已经这样派去了不少人。

鲍里斯跑进院子。拱门下紧贴着值日排长,就是 2 月 24 日那个值班军官,应该是受罚降到了这个职位,现在指挥整个排,他低声命令:

"到墙这边来,过来。"

士兵们紧贴向墙壁,仿佛希望变成浮雕。鲍里斯寻找熟悉的面孔,看见了谢苗·格拉切夫。谢苗手中的枪在颤抖,大胡子脸木呆呆的,目光呆滞,毫无意识地看着鲍里斯。鲍里斯小声对他说:

"赫林格死了,跟我来。"

谢苗没动。

"会被白白打死的。"鲍里斯心想,转身走向连队。

连队营房里正在进行训练。连长和半连连长站在最前面,看着士兵。科兹洛夫斯基在喊口令:

"扛上!放下!"

似乎什么事情都没有发生。

鲍里斯走进来,碰碰连长的胳膊肘。

"赫林格被打死了,"他说,"现在都往这里赶来了,发生暴动了。"

他看见这个消息对人的影响有多大：连长脸色瞬间苍白，如同刺刀已经穿透他，身上的血瞬间流光。他沿着走廊默默走向办公室。鲍里斯看了看半连连长，感到很吃惊。准尉斯特列明笑了一下，似乎什么也没发生。他接着命令道：

"喂，离开窗户！你们想干什么，找死吗？要是有人来，所有人都出去！"

他转身走出营房。在楼梯上，他从兜里掏出一个一周前就做好的红色大领结，别到胸前。从另一个兜里掏出两个稍小的，别到肩章旁。然后，他朝街道上的起义者走去。

训练停止。枪声和喊声"工兵，出来！"就在窗边震响。近卫军和普列奥勃拉任斯军营工兵的靴子重重踏在楼梯上。连队没有从后面台阶，而是从前面台阶涌向出口。但是，走到门口，突然，那个大个子芬兰人冒出来，举起步枪，喊道：

"不能出去，我要开枪了！"

几把刺刀立刻刺入他。

芬兰人摇晃了一下，没有立刻倒下。他张开嘴，还想喊，但是血已经从他的嘴里喷出来，从下巴流向脖子。芬兰人脸色煞白，看向鲍里斯，似乎还是那个深夜里健壮的士兵，想对鲍里斯说："我应该开枪。"

值班排长从后面楼梯跑到走廊，贴近墙壁，解开大衣领，急促地呼吸。

鲍里斯走到他跟前，说：

"赫林格被打死了，现在没人逼我们刺杀工人了。"

鲍里斯没对排长说，是他杀死了赫林格。他只是觉得，如果换了这位大学生准尉，也会跟他一样。

准尉用干净的手帕擦擦脸。他非常害怕，虽然天气很冷，还是在冒汗。

走廊深处出现了科兹洛夫斯基。他走到跟前，眯着左眼。

"怎么了，您害怕了？"科兹洛夫斯基体谅地问准尉，"不用害怕，我们不欺负您。"

这个"我们"激怒了鲍里斯。

"小心点，你可别被人欺负。"他对科兹洛夫斯基说。

他转身走开。科兹洛夫斯基眯着眼睛，警觉地看看他的背影，然后走到还留在营房里的士兵们面前。

"怎么样，伙伴们，无聊吗？想得到自由，就到街上去吧！"

科兹洛夫斯基不想死，他琢磨怎么重新控制士兵。他早就怀疑鲍里斯了，现在知道他很危险。

鲍里斯来到院子。他没看见，一个大学生排的后备军士官生闯入少尉阿张且耶夫的房间。士官生的夹鼻眼镜在鼻子上颤动着。他冲进去，杀死了躲在角落里的少尉阿张且耶夫。士官生和少尉阿张且耶夫都是工学院二年级的大学生。

走到街上，鲍里斯听到有人在平静地说：

"现在，战争完蛋了。"

鲍里斯转过身，看清是谢苗·格拉切夫在说话。鲍里斯非常高兴，谢苗活过来了，不再害怕了。谢苗把枪放到墙角，卷起烟卷，朝鲍里斯温柔地点点头。

从里杰大街人行道上走过来一个上了年纪的总部大尉。一个近卫军走过他身边，步枪碰到了大尉的脸，士兵没有回头。大尉停下了，严厉地看了一眼士兵的背影，似乎立刻要叫住他。这时，科兹洛夫斯基从人群里跳出来，抢过步枪，准备把刺刀扎进大尉的肚子。鲍里斯瞬间清醒，他上前抓住科兹洛夫斯基的手，推开他。

"浑蛋!"他喊道。"你要干什么? 你自己怎么做的?"

他看见大尉大衣袖口三道金杠,他对士兵们说:

"有三道金杠的人在战场上负过伤的。"

总部大尉的嘴唇颤抖着,结结巴巴地说:

"我不知……知道……你们……这混……混乱……我去集合……兄……兄弟们。"

他一辈子没结巴过,现在他变成结巴了。

他走向最近的大门,双手捂着肚子,弯着腰,似乎身上已经刺进冰冷的刺刀了。

士兵们纷纷朝天放枪。基洛奇大街奔过来一匹圆润光滑的马,马上坐着一个高大清瘦的军官上士,身上沾着雪,让鲍里斯想起那个给他讲述唯一的儿子怎么死的白俄罗斯人。上士喊道:

"向右,所有人向右转!"

近卫军们组织战士站队,喊着"立正"的口令,声嘶力竭,他们尽力维持秩序。鲍里斯看见,他们的排长已经顺从地站到沃伦团、暴动者、立陶宛人和工兵组成的队伍里。年老的大尉整个人都呆住了。在这个新的队伍里,他只是个毫无经验的新手。

士兵走向里杰大街。他们停在宪兵队门前。正准备射击的值日兵手里的武器马上被夺下,宪兵们立刻投降,没有反抗。工兵准尉学校士官生也立刻加入了起义队伍。

谁都无法离开基洛奇大街,有巡逻队拦着。

人群在陆海军大楼下停留了很久。

年轻的沃伦团士兵建议道:

"这里有不少军官,也许他们能支持我们?"

大家都沉默不语,面色沉郁。

鲍里斯从人群中挤出来。一转身，他看见了科兹洛夫斯基，听见他说：

"别乱动，你别再给我找麻烦。"

科兹洛夫斯基眯着左眼，瘦脸轻轻抖动着。鲍里斯想到了上校赫林格，他还想到，他只是瞬间把局面扭转到自己希望的方向，接着就是被事件拖着走，他再也无法控制局面。

鲍里斯看了一眼这位士官，一字一句清楚地说道：

"你给我老实点，否则你逃不出我的手掌心，我怎么都能找到你。"

鲍里斯发现科兹洛夫斯基惊恐地看了他一眼。这让鲍里斯很高兴。一直以来让所有人服从和惧怕的士官，现在自己也开始感到害怕，变得很顺从了。

士官憎恨地盯了鲍里斯一眼，默默地走到一边。他没有再跟往常一样叫喊和威胁，这让鲍里斯觉得又是一个胜利的标志。

士兵走向里杰大桥，朝着维堡区的方向，从那里拐向塔夫里达宫，国家杜马正在那里开会。从白色圆状建筑里走出一个高大壮硕的人。他的脸很圆，挂着肉肉的鼻子。虽然这张平时刮得很干净的脸上现在竖着硬胡须，鲍里斯还是认出了这是国家杜马成员米哈伊尔·鲍里索维奇·奥尔洛夫。只听他大声地说：

"革命解放军现在就投入更多的兵力保卫祖国，将战争进行到底！"

鲍里斯挤到了第一排，国家杜马成员说完，望向士兵，看见并且认出了鲍里斯。他皱起眉头，严厉阴郁地看了一眼鲍里斯。

鲍里斯走出了人群，转身回军营。迎面有一群士兵走向塔夫里达宫。领头几个军官胸前戴着红色领结。管弦乐队演奏着《马赛曲》，两个连的立陶宛人踏着旋律前进。

基洛奇大街上人群散尽。鲍里斯走着，没注意四周，突然听到一声叫喊：

"过来！"

他四处看看。

从总部大门旁围着的一群人当中，走出一个陌生的中尉：

"士官生！你怎么敢不给军官敬礼？你以为，这群败类能逍遥多久？"

鲍里斯站住了，吃惊地看着军官。

"您说什么？"他说，"您疯了吗？要是不想被打死，赶快回去吧。"

中尉一边骂人一边迅速地往回走去。鲍里斯很吃惊，也很高兴，他想，要是在昨天，他还应该给这个中尉立正敬礼，不过是昨天！可似乎是很久以前了。

连队里几乎空无一人，只有排长和谢苗·格拉切夫还在。

鲍里斯从连队战士那里听说，好心肠的司务长差点被杀死，因为他那张脸长得很凶，一个其他连的士兵认为长着这样一张脸的人不可能不欺压士兵，所以想杀死他。

两个工兵救了司务长，把他送到医疗站。

排长说起士兵打死军官的事情，胆战心惊。

他完全不明白，怎么能发生这种事情。现在整个连队都失去控制了。他为自己辩解道：

"我没有打死过人。真的，上帝见证，没有！可是，半连连长自己在大街上驱赶下层官员，我能怎么办？去找他呀。我知道自己的职责。我是一个老兵，服役五年多了，我是正规军。"

谢苗·格拉切夫正在吃面包。他像什么事情都没发生似的，从普列奥勃拉任斯基军营拿来了三个面包。他一边吃一边听着，等排长说完，他说：

"圣灵们都知道，我们并不是虔诚的祈祷者。"

"可是那么多军官被打死了！"排长喊道，"难道这是对的吗？"

谢苗平静地回答：

"乡村墓地安放所有人的悲伤，不必吝惜眼泪。"

二十三

傍晚，鲍里斯回到家。父亲的尸体已经清洗完毕，穿上了新衣服，躺在客厅的桌子上。鲍里斯走到他跟前，除了惊讶，没有任何感觉。母亲拥抱了他，领他出来，责怪他：

"你这样做不对，保列奇卡（注，鲍里斯的爱称），不能这样。"

她明显在责怪鲍里斯没有哭，但是鲍里斯并不想哭。厨房里坐着陌生的人：厂里的两个工程师和制图员。在父亲活着的时候，这些人从来没有来过。鲍里斯很诧异，在这样的日子里，还有三个人来看望死去的父亲。母亲对他说：

"现在要祭祷了。"

哭得眼睛通红的尤里走到鲍里斯跟前，什么都没说，只是站到他身旁。

几个邻居和唱诗班的志愿者参加了祭祷。当神父说"永远活在我们心中"的时候，鲍里斯开始可怜父亲。谁会记得他？除了亲人，谁都不会记得他。

晚饭后，大家都睡下了。早晨，鲍里斯没去军营，他去订购了棺材和灵车。棺材应该今天就弄到，明天安葬。

阿尼西娅摆好了午饭。饭后，鲍里斯还是去了军营，获得了三天假期。

听说鲍里斯的父亲死了，科兹洛夫斯基眯起眼睛，说：

"恐怕你要想想财产的问题了吧?"他随即转头喊道："还有面包吗?"

"给。"谢苗·格拉切夫回答道。

现在，谢苗不再给士官脱靴子了，他自己坦然地取消了这个职责。他询问了鲍里斯父亲死亡后的花销问题，棺材多少钱，请神父多少钱，问完后，他摇摇头：

"人活着的时候，自己辛苦养活自己，死了却要花这么多钱!"

科兹洛夫斯基嚼着面包说：

"现在应该用火把整个俄国点着，冒出滚滚的浓烟。把农夫都烧死，他们活着没用。这个用不了多长时间，我保证一个省一天就烧完了。农夫烧得要久一点，他们长得像庄稼，身上冒出的是黄烟。城里人不用点火就能自燃。俄国被烧光了，地上什么都没有了，就会塌陷，变成一个大坑，谁都填不上这个大坑，谁来都得死，德国人也好英国人也好，谁都不知道俄国是一个大坑，来了掉进去才能知道。"

"第一个就应该烧死你，"排长说，"你是个浑蛋。"

"我经历过七次火灾，被烧了七十次，"科兹洛夫斯基回答，"烧不死我的，我是最后一个活着的人，等到整个俄国都被烧光了，我自己再往坑里跳。"

鲍里斯拿到外出证就回家了。他想起应该告诉日尔京家，就从家里给娜佳打电话，通知了葬礼的日期和时间。克拉拉·安德烈耶夫娜听到后，像以前那样喊道：

"不让日尔京家的人参加! 我不让他们来! 要是他们敢来，我就把他们都赶走!"

不过，她突然止住不说了，丈夫的尸体不允许她闹事。应该先安葬丈夫，然后再恢复自己的权威。鲍里斯也懊恼自己给日尔京家打电话了，到底谁需要他们来？

克拉拉·安德烈耶夫娜派阿尼西娅去店铺买食物。阿尼西娅很久没有回来。克拉拉·安德烈耶夫娜自己准备晚饭。她已经渐渐恢复了日常的性情：

"我一直就说，她是小偷，是妓女。偷钱，还偷篮子。尤里，我的夹鼻眼镜呢？快看看，这个老巫婆把我的夹鼻眼镜藏哪儿了。"夹鼻眼镜拴着细线，正吊在她的后背上。"偷走了我的篮子！"克拉拉·安德烈耶夫娜大声喊道。

她最心疼她的篮子，那篮子为她忠诚地服务了十四年。

阿尼西娅终于回来了，无论她怎么辩解队伍排得太长，仍然被训斥了很久。

3月1日，早晨八点。从拉甫罗夫家里出发，一列送葬队伍缓缓向亚历山大·涅夫斯基修道院移动着。灵车前，克拉拉·安德烈耶夫娜挎着尤里的胳臂走在最前面。后面跟着三个工程师，两个制图员，格里戈雷工长，还有几个谁也不认识的老太太，日尔京一家：父亲、母亲和娜佳，最后是鲍里斯。克拉拉·安德烈耶夫娜同日尔京和他的妻子、女儿问候的时候，显得特别冷淡。她在他们面前甚至有点骄傲，在她丈夫葬礼这件事上，谁都无法否定她的中心主宰地位。

送葬队伍走得很慢，偶尔还要停一下。

鲍里斯默默地走着，什么也不想，什么都不看。他暂时失去了感应能力，只是在机械地完成必须要完成的义务。

在墓地，在空墓穴的旁边，再次进行祭祷。鲍里斯又在听到"永远活在我们心中"的时候，想到除了亲人，谁都不会记得父亲。棺材落到土里的时候，克拉拉·安德烈耶夫娜扑倒在地上，号啕大哭。掘墓人摇摇头，日尔京眨眨眼睛不让眼泪落下，他想起了死去的儿子。日尔京的妻子瑟缩着，站在墓穴边，似乎什么都没想。克拉拉·安德烈耶夫娜在这一瞬间，再次深深明白了她的不幸：这个多年睡在她身边，给她温暖，给她两个儿子的身体，现在要永远离开她，埋入地下了。而这个身体几乎就是她自己的身体，她是多么熟悉它。那瘦骨嶙峋的膝盖，她从刚结婚起就开始抱怨的膝盖，永远不会再回到她身边了！

克拉拉·安德烈耶夫娜失去了知觉，尤里和鲍里斯叫了急救车，把她带回了家。

鲍里斯很高兴能有三天的假。克拉拉·安德烈耶夫娜晚上无法入睡，需要他的陪伴。她叫着丈夫的名字，哭个不停。她一直让鲍里斯陪着，似乎承认他比大儿子更有力量。尤里跟母亲一样六神无主，常常哭泣。鲍里斯坐在母亲的床边，握着她的手，安慰她。可是他的心里已经脱离了这个家庭，任何怜悯都不会让他再回归了。此刻，就连父亲去世的痛苦也不能把他和母亲、哥哥连在一起。

二十四

新革命政府签发的1号令，已经挂在连队值日兵的桌子上和办公室里。鲍里斯去塔夫里达宫找福马·克列什涅夫。娜佳帮他办理了通行证，告诉了他，在哪儿能找到福马。

电车已经重新在城市里运载乘客了。鲍里斯再也不用害怕：现在他有平等的权利，和平民一起坐在车厢里。

穿过花园，他走进一栋前面矗立着几个圆柱形的白色大楼里。

他一个房间一个房间地找，到处打听，没有找到福马·克列什涅夫，他很失望。走出大楼，走到花园里的时候，迎面差点撞上一个人，正是他要找的福马·克列什涅夫。

福马·克列什涅夫一边走，一边握握他的手，说：

"是的，我记得您。"

他急匆匆地要上哪儿。他停了一下，飞快地说道：

"您找我有事吗？今天晚上我在家。您来我家吧，离这儿不远。"他说完他家的地址后，接着说："今天晚上11点前，我差不多能到家。"

他说完就走了。鲍里斯发现他穿的衣服变了，西装换成工人的工作服，裤子塞进高高的靴子里。这身打扮显得福马·克列什涅夫年轻不少。他的脸瘦了，脸上的胡子茬没刮，像国家杜马成员奥尔洛夫一样。不过，两个人做的事情截然不同。

晚上10点多，鲍里斯来到了苏沃洛夫斯大街上的一座红砖楼下。穿过院子，他找到了克列什涅夫租下的四楼一个小房间。

一个年轻女人给鲍里斯开了门，说克列什涅夫同志没在家。女人愉快地微笑着，让鲍里斯进来等会儿。她带他走进窄小却整洁有序的房间，笑着说，如果他愿意，她可以给他端来茶。她让鲍里斯想起杰莉莎。鲍里斯看到这个女人的褐色眼睛，不由得也微笑了。鲍里斯笑着道谢，说他不想喝茶。女人看了看他，说：

"那您就坐着等他吧。"

她走出房间。鲍里斯坐下等待着。

房间里摆着一张床，一张办公桌和饭桌两用的桌子，几把椅子和柜子。墙上是绿色带花和条纹的壁纸，没有一幅画和照片。桌子上、窗边的地板上堆了一摞摞书。门旁左边一块白色的床单挂在墙上吊钩上，挡住后面，里面应该是裙子和大衣。

鲍里斯没有表，他觉得差不多等了一个小时了，那个女人又走进来，问道：

"您应该等得很无聊吧！我做晚饭了。煤油炉不太好用。福马今天一定能回来。我不太忙，几乎每晚都在家。我是他的妻子。"鲍里斯好奇地看了看她：福马·克列什涅夫原来有妻子。莉萨接着问道："您来有什么重要的事吗?"

鲍里斯明白，她在担心丈夫休息不好。他说：

"我可以明天来，如果……"

莉萨立刻打断了他：

"没关系，您等着吧，等着!"

又过了一会儿，终于响起了门铃声。克列什涅夫走进屋，看见鲍里斯后，微微皱了下眉头，似乎有点吃惊，这里怎么会有个士兵。他把包扔到床上，脱下大衣，一拍脑门：

"对不起，我都忘了，是我叫您来的。我先吃点饭，您想吃吗?"

鲍里斯已经很不好意思了，因为他出现的不是时候，打扰一个疲惫的人休息。他站起来说：

"我还是明天……"

"您坐着吧，"福马·克列什涅夫制止了他，"来了，就坐会儿，一起吃饭吧，啊?"

鲍里斯拒绝了，他在家吃了晚饭。

莉萨端上晚饭：鸡蛋、面包、香肠和茶。

鲍里斯此刻才明白，克列什涅夫家只有一个房间，就是说，他会打扰他们两个人休息。

克列什涅夫吃过晚饭，问他：

"您找我有什么事情?"

鲍里斯回答得尽可能详细：

"我是一名士兵，亲眼看到士兵的生活很糟糕。总之，我……我同父母也无法一起生活，我不赞同他们的活法。"

"那您赞同谁的？"

鲍里斯沉默了一会儿，接着开始解释，他知道什么，他不喜欢什么，但是对他想要什么，他的心灵追求什么，他说得模糊不清。为了让克列什涅夫相信自己的真诚，他甚至想说出他杀死了营长赫林格，但是不知道为什么，他没说。

克列什涅夫问道：

"那您是否赞同这个观点：变帝国主义战争为国内战争，反对统治阶级？您知道这个口号吗？"

这有点像考试。

鲍里斯想起他已经听克列什涅夫说过一次这句话。但是现在这句话对他来说更加清晰易懂。战争是反对统治阶级？那么，他一个人反对赫林格一个人，也是这样的战争？

"是的，我赞同。"鲍里斯回答。

他还是说不出口，他杀死了赫林格。

"您非常讨厌您的亲人？"克列什涅夫突然问道，"您是为了躲避他们才去的前线？"这个问题很尖锐，看到鲍里斯张口结舌，克列什涅夫小声说："好吧，不用回答。"

他可以有很多理由不喜欢这个年轻人的父母。不过，苹果树上掉下来的所有苹果并不会都落在附近，也有滚到一边的，比如滚到坡下的。

"听着，"他接着说，"显而易见，当兵教会您不少东西。我们现在谈谈，您应该成为什么样的人。这不是那么简单的。您首先不能只为自己活着。告诉我，您在连队里有同志吗？您有特别要好的朋友吗？"

鲍里斯此刻才第一次意识到，他没有一个士兵朋友，他从未真正了解任何一个士兵。

鲍里斯不知道怎么回答。克列什涅夫等着，很严厉，像考场上的老师。

鲍里斯小声地说：

"我在士兵当中没有特别好的朋友。"

克列什涅夫沉默了。

"这样吧，"他终于开口了，"我给您讲一位同志，他热爱士兵，同他们交朋友，这个例子也许会帮到您。"

他没有说出尼古拉·茹科夫的名字，就开始讲他在前线和后方工作的故事。

"您大概以为，二月里士兵们是自己走到街上起义的吧。您可能以为这只是偶然的暴动。实际上是像我给您讲的这个人这样的同志们，帮助士兵明白真理，带领他们走上正确的道路。而他们能起带头作用，是因为列宁、党给我们指出了道路。好好学习吧，像他们一样努力工作，您要学习的还有很多。"他停下来，看了看莉萨，接着说："现在该休息了。明天请您到塔夫里达宫，三点钟来吧。我给您介绍一个人认识。"

他说了房间号。

告别时，鲍里斯说：

"我不知道，我能不能像那个您对我讲述的人，也可能我做不到。"

克列什涅夫喜欢这个回答。鲍里斯走了，他对莉萨说：

"小伙子倒还好，不过能不能醒悟，我还拿不准。"

"你别急着下结论，"莉萨反驳道，"像他一样的人现在很多，应该帮助他们。你是不是又想起了以前的事？"

克列什涅夫的确想起了往事。年轻的时候他跟鲍里斯的父亲在一个革命小组里。他尊重鲍里斯的父亲，如同尊重一个长者和更有学识的人。但是，当小组陷入困境，大部分人被逮捕后，拉甫罗夫离开了同志们，没有同他们分担命运的挫折，让一个富有的老婆救走了自己。

莉萨知道这件事，她了解丈夫生活中所有的事。从第一次相遇开始，他对她就没有任何秘密。

六年前，莉萨和自己生病的父亲住在郊区，他们在那里相识了。她在学校当老师，克列什涅夫刚刚来到这里，没有工作，处在警察的秘密监控中。克列什涅夫的母亲是当地医院的助理护士。儿子总是让她担惊受怕，儿子在她这儿待上几天，就让她觉得很幸福。她早就不干涉儿子了。她稍有积蓄，是她当行李库过磅工的丈夫在世时攒下的。克列什涅夫随身带来了很多书本，他坚持不懈地学习。还在少年时，他就树立了目标，无论如何，不管怎样，他都要成为一个有学问的知识分子。

老人很快发现儿子似乎"精神失常"了，原来是儿子认识了莉萨。他对她一见钟情。她身上的一切，每个特征、每个动作、每句话都让他深深着迷。有一次，他们在散步时，他偶尔哼起了歌曲："敌人在我们上空盘旋……"她突然哭了。她的眼泪让他很不安。她很快用双手按住鬓角，连说："没事，没事，别以为我是爱哭的人，这是因为……"

她讲起了她和父亲的故事。父亲一生中至少有一半的时间在监狱和流放中度过。最后一次流放回来后，他病得不轻，疾病彻底损坏了他的身体。这个人的经历是典型的人民知识分子受迫害的故事。克列什涅夫对这类故事非常熟悉，尤其是莉萨的母亲，这个充满激情的年轻姑娘嫁给知识分子，追随到西伯利亚去守护他，直到自己死去。不过，由莉萨讲述出来，他感觉从来没有听过这样悲伤的故事。母亲去西伯利亚没有带着莉萨。莉萨在富有的阿姨家中长大。中学和进修班毕业后，莉萨离开了阿姨，当上了教师。现在，父亲流放回来一年了，莉萨辞掉了城里的工作，来到这里，照顾父亲的身体。

寒假的空闲时间里，他们从早到晚都形影不离。

这是克列什涅夫一生中唯一一段放下了所有事情的日子。他带着莉萨滑雪橇。他们从冰山上向下飞驰，冲到起伏不平的街道上，飞驰在栅栏之间，在坑洼地上蹦跳，一头冲进光滑的白色湖面上。莉萨非常害怕。她担心街道上突然钻出一个马车，或者雪橇翻了，或者行人挡住了道路。但是在这个林中小镇空旷的街道上几乎没有任何动静。不过，为了以防万一，克列什涅夫还是安排了一个小男孩在十字路口站岗，保证什么都不会阻碍雪橇飞驰到湖面上。孩子们都是他的好朋友，他可以好几个小时都带他们玩儿。

莉萨总是记得，最可怕的只是开头，当雪橇飞驰起来后，便什么都无法阻挡它。

克列什涅夫和莉萨在冬日的林间漫步。他们穿戴着相似的大衣、帽子和手套。四周寂静、严寒中，冬日的阳光温暖和煦，洁白得晶莹剔透，乌黑的树干伸出的树枝，包裹着厚厚的白雪。

终于到了那一天，莉萨对父亲说，他要有一个女婿了。

开始一起生活的那些日子里，尤其在夜深人静的时候，听着莉萨静静的呼吸声，克列什涅夫不止一次地想，他是不是太自私了？莉萨能忍受他带给她的生活吗？

但是莉萨一次又一次经受住了考验，似乎除了这种生活再没有期待过别的生活。她能忍耐常有的分离、危险和斗争。她从来不跟丈夫抱怨和哭泣，不让丈夫为她担一点儿心。

克列什涅夫的母亲觉得这段婚姻不平等，她认定莉萨会抛弃她的儿子。当儿子来看她时，她叹气说。

"你需要一个普通的妻子。"

儿子只是笑而不语。

母亲一直到死都这么想，可是莉萨并没有抛弃她的儿子。嫁给克列什涅夫之后，她最终选择了自己的命运。就像滑雪橇，只要滑起来，便什么也阻挡不了。

克列什涅夫总是认真地倾听莉萨说的话，她对人的评价几乎总是正确的。

谈起鲍里斯，莉萨这样说道：

"他很诚实，只是现在还没有醒悟。"

克列什涅夫低声回答道：

"我还是觉得，他就是那个拉甫罗夫的儿子。"

莉萨立刻反驳：

"如果这是伊万诺夫或者西多罗夫的儿子呢？福马，你比我还清楚，历史现在要唤醒所有的伊万诺夫、西多罗夫、拉甫罗夫，让他们做出选择，跟谁，朝哪儿走。现在他们没有办法躲在家里。他们的父辈大部分已经永远不可能成为革命者。不过，我还是觉得，"莉萨突然下了结论，"明天他不会去找你的。"

"怎么会这样呢！"克列什涅夫很吃惊，"开头挺好的，结果却……"

"我比你更了解这类人。"

"他会更糟糕，"克列什涅夫冷笑了一下。"他也许跟我们对着干。"

"他不会反对我们的，"莉萨又反驳道，"好了，别说他了。你累了，该睡觉了。"

二十五

从克列什涅夫家里出来，鲍里斯直奔军营。

连队值班员是谢苗·格拉切夫，值日兵是一个年轻士兵，他问谢苗，1 号令是什么意思，能不能相信。

谢苗回答得不确定：

"看着挺高兴，接下来会怎样，不好说。"

鲍里斯站住了。1号令把基本人权还给士兵，他觉得很好。在克列什涅夫家，鲍里斯刚刚听到过与统治阶级斗争的词汇，他很赞同这个观点。他觉得，1号令恰好是反对统治阶级的，因为它限制像上校赫林格这样的残暴者的权利。鲍里斯给谢苗讲解起来，还没听完，神色阴郁的谢苗就打断了他：

"我们在一个太阳下活着，却吃着不同的食物。"

鲍里斯突然想起从前尼古拉·茹科夫说过的那句话："我们的命运不同。"

可是，现在不是这样了。他，鲍里斯，已经亲身体验过士兵所经受的全部苦难和凌辱，虽然他能够摆脱这种生活，像谢廖沙·奥尔洛夫那样进入军官学校，但是他自觉地选择了士兵的命运，为了体验战争的全部苦难，为了赢得同人民并肩作战的权利。他在克列什涅夫家的表现，突然让他觉得自己天真愚蠢。他应该直接说出来，正是他，鲍里斯，打死了赫林格，因而改变了营里整个事件的进程，那么克列什涅夫同他说话的腔调就会改变的。他，鲍里斯正在重建生活，要让大家知道，活着是美好的，充满了变化。

一种异样的感觉涌上鲍里斯的心头，他激动地对谢苗说：

"听我说说吧，你就会明白的。"

谢苗突然发怒了：

"要我明白什么？这个吗？"他的手朝着挂命令的地方晃了晃，"谁需要它？是你需要，不是我们。这是为了什么写出来的？为了战争。可是谁需要战争？是你，不是我。我们只需要一个命令：结束战争。"

他的话里有什么意思和克列什涅夫的话相吻合，不过鲍里斯没有认输，他反驳道：

"这里关法令什么事？起码这个命令能让士兵好过些啊。"

"谁好过了？"谢苗的声音突然提高了，眼里闪出怒火。鲍里斯很吃惊，正是这个人不久前还在温顺地给科兹洛夫斯基天天脱靴子。"这是为了谁更加好过才想出来的？为了战争！为了让士兵不要停止战争。我们难道不明白吗？谁签署的这个命令？哪类人？是大钱包！"他庄严地大声喊道。"这就是谁在发动战争，是大钱包！他们派遣我们，他们说服我们，他们收买我们，他们出卖我们！"

"大钱包"这个词汇，突然准确地击中了鲍里斯，但是更大的一击，是说这些话时表达出来的愤怒。鲍里斯一直习惯谢苗是个忧郁安静的人。

"你别生气，"鲍里斯的语气缓和下来，"那你说说，现在应该做什么？"

谢苗回答：

"撕下它，抖抖，直接扔掉。"

他的眼里又闪出让鲍里斯觉得可怕的神色。

"确实是这样，"年轻的值日兵庄重地附和着。

鲍里斯看了看他，又看了看谢苗，转身离开，走进工兵睡觉的房间。谢苗话语里的那种愤恨，他心里还没有感到。看来，事情不仅仅是杀了上校赫林格和少尉阿张且耶夫那么简单。鲍里斯突然很奇怪，为什么自己要去找克列什涅夫，他在期待什么？反正谢苗和克列什涅夫都没拿他当自己人，他们都不信任他。而克列什涅夫讲述的那个工人，也会拒绝他，就像尼古拉·茹科夫那样，对他说"我们的命运不同"。

鲍里斯意识到，对克列什涅夫准备推荐给他做的事情，他明显不胜任。他占用了克列什涅夫一个晚上，让他厌烦，真的非常难为情。他再也不追随他了，他不会在约定的时间去找克列什涅夫，这样做才够诚实。

现在，鲍里斯非常希望待在这样的氛围里，身边的人能够爱他本来的样子，不要求他做不胜任的事情。所以，他没有在约定的时间去找克列什涅夫。晚上，他去了日尔京家。不过，在路上的时候，他突然想起了莉萨·克列什涅娃。鲍里斯回想起，在他同克列什涅夫谈话时，她不时地微笑着看他，眼神里充满了理解。他突然特别想再见到她，只见她，不见克列什涅夫，这种想法强烈到他几乎转身去找她了。

不，他真的一无是处。他连自己都不知道，为什么他突然想到要对莉萨·克列什涅娃讲述自己的所思所想，并且以为她能懂得他？他关她什么事？不，他还完全是个孩子。

鲍里斯出现在日尔京家里的时候，正处在完全失去信心的困惑中。

现在日尔京家的主要人物是格里戈里。他在某个部里的委员会工作。他的名字在公告上和著名人物的名字并列，他是各种集会和辩论的常客。鲍里斯来到日尔京家的时候，格里戈里急着去参加什么例行集会，正在同父亲争吵。他抬头挺胸，挥动手臂，好像一位经验丰富的演说家，房间里充满了他洪亮的声音。老日尔京，总是眨眨眼睛，困惑不解地看着儿子，仿佛很吃惊，怎么生出这样吵闹的孩子。

格里戈里对父亲喊道：

"是的，爸爸，你在自己怀里养育了一条蛇！一个叛徒！他们大家现在都把我们称作资产阶级代言人，他们不想理解，我们领导的已经不是沙皇战争，而是革命战争，这比无知更可怕。你必须否认，必须准确地表达出来，你和他们不是一伙儿的！"

老日尔京沉默着，摊开两只手。

"你实在太软弱了，爸爸，"格里戈里接着说，"现在到了需要强硬的年代。应该拯救革命中的俄国，应该毫不留情，无论你以前多么爱克列什涅夫，现在，像克列什涅夫这样的人，应该痛斥，应该从他们手里把社会抢回来。这就需要革命！我反对知识分子的懦弱无能，对不起，爸爸。"

老日尔京小声地回应道：

"克列什涅夫也反对知识分子的懦弱无能，跟你说的一样。"

"他是反对整个知识界！"格里戈里发火了，"不，爸爸，你看不清事实了！"

回到军营，鲍里斯开始留意倾听士兵怎么谈论战争。他发现，坚决主张继续战争的人是士官科兹洛夫斯基，他常常说"战斗到最后的胜利时刻"。他完全从二月的惊恐中恢复过来了。准尉斯特列明是军营委员会主席，是科兹洛夫斯基的强大靠山。谢苗·格拉切夫再跟他争论，他就威胁谢苗，给他定一个"瓦解军队"的罪名，送进监狱。每次，当他像以前一样粗鲁地对待士兵时，鲍里斯都无法忍受，马上替士兵说话。他尤其喜欢为谢苗·格拉切夫打抱不平。他对科兹洛夫斯基说：

"你想什么呢？现在又能跟以前一样侮辱士兵了？你难道忘了革命吗？等着瞧，可别有人收拾你！"

科兹洛夫斯基不敢再威胁谢苗。鲍里斯在场的时候，他甚至可以忍受很多刺耳的话。"天晓得，这个告密者会怎么样！"他想，"现在就是这些知识分子掌权。"

这个小小的胜利给鲍里斯一丝安慰，最起码，他为正常对待士兵这件事努力过了。

三月末的一天，鲍里斯被派到门口当值日兵。

他在拱门底下不慌不忙从这边墙走到那边墙，然后走出大门，坐到街上的石墩上，把步枪放在膝盖上。

科兹洛夫斯基走到门口，眯起左眼，问道：

"您值日到几点？"

他现在称呼鲍里斯"您"。

"夜里2点，"鲍里斯一边从石墩上站起来，一边回答。

"现在是1点半，"士官说，接着又问道，"您去马厩街吗？回家吗？"

"是的。"

士官转身向院子里走去。"他这是干什么？"鲍里斯心想。

最近，科兹洛夫斯基对他比对其他士兵更客气，但是，这客气里面却透出了仇恨。

夜里2点，鲍里斯同下一个值日兵换完岗，把步枪放在连队后，走出军营。他发现科兹洛夫斯基跟在他后面。科兹洛夫斯基的监色长大衣没有扎腰带，崭新的毛皮帽推到后脑勺。这顶帽子从2月27日开始才出现在他的头上，估计是从哪个被打死的军官头上挪过来的。鲍里斯加快脚步。科兹洛夫斯基一直保持着一定的距离，不超过他，也不被他落下。

"如果他到里杰大街还跟着我，"鲍里斯想，"那他就是专门跟踪我的。"

士官在里杰大街还是跟在身后，鲍里斯决定，到邦杰列莫诺夫大街再看看。

士官也拐到了邦杰列莫诺夫大街上。

在天鹅运河边，鲍里斯放慢了脚步。走花园街吗？为什么？难道自己害怕了？不，鲍里斯走上莫伊卡河旁边的马尔索夫广场。彼得堡正在冰雪消融，泥浆溅满了靴子。

科兹洛夫斯基追上了鲍里斯，和他并肩走着。马尔索夫广场上漆黑一片，他猛地抓住鲍里斯的肩膀，把他扳向自己站住。此时，鲍里斯突然感到士官非常强大。应该从花园街拐到涅瓦大街上的，鲁莽的自大现在让他陷入深深的无望中！这个歪着嘴眯着眼睛的人，没有丝毫的同情心，他有足够的理由憎恨鲍里斯。现在鲍里斯应该因为自己的过错，以最愚蠢的样子死掉了，而且是像是自杀。

二十六

鲍里斯猛力一挣，跑了。靴子踏过解冻的地面，只系第一个扣子的大衣，像斗篷在飘摇，潮湿的夜风打在他的胸前和脖颈上，他屏住呼吸头也不回地狂奔。他一想到这就有一只冷酷的手抓住他的衣角，就浑身战栗。他毫不怀疑，科兹洛夫斯基会追上他。

鲍里斯喘不过气来，耳朵里嗡嗡作响，特洛伊茨桥的路灯在他眼前跳动、颤抖，时而蹦出巨大的黄色光斑，时而缩成小光点。突然，黑暗中闪出一座大楼。两束电车的前灯光柱正从米里奥大街转向特洛伊茨桥，路灯照亮街道。右面大楼里有很多人，门口有值班员站岗。左边是米里奥大街和擦里岑大街的高大楼房。那里的人不是毁坏者，他们是创造者、建设者、拯救者。鲍里斯的喊声能传到那里。

鲍里斯停下了，四周看看，等着看到士官或者听到士官的声音。后面，马尔索夫广场上一片寂静，没有人，也没有声音。鲍里斯等了一会儿，但是那个戴军官毛皮帽，穿着没系腰带的蓝色大衣的高大身影并没有出现。鲍里斯回头看向暗处，仔细去听。他回想刚刚和科兹洛夫斯基发生的情节：那个人怎样抓住他的大衣前襟后停下。那个人表现出想要杀他的意思了吗？没有，为什么他逃跑了？也许他的害怕是没有根据的？

鲍里斯现在甚至希望士官马上出现在他眼前，证明他的恐怖和疯狂的逃跑是对的。但是士官消失了，踪影皆无。鲍里斯咬紧双唇往回走。他摇摇晃晃，靴子发沉，双脚拒绝再动。大衣压得肩膀疼痛，胸口憋闷。

鲍里斯把大衣脱下，扔到地上，扑倒，闭上眼睛开始呼吸，一开始短促，慢慢才变得深缓。

他站起来。

"我是胆小鬼。"他对自己说，羞愧得闭上了眼睛。

睁开眼睛，他看了看漆黑的马尔索夫广场，很吃惊，他怎么能一口气跑出这么远？心脏没破裂吗？脚怎么跑到的？他把潮湿的脏大衣扔到肩上，朝米里奥大街走去。他错过了该走的胡同，不得不绕行，穿过皇宫广场。

尤里给他开的门。

鲍里斯只说了句"值班了"，就走进自己的房间，脱下衣服，立刻睡着了。

下午一点，他醒了。按照规定，他应该参加军营的晚间训练，但是他决定不去了。

克拉拉·安德烈耶夫娜在洗他的大衣。

鲍里斯去洗手时，她问：

"你在哪里打滚儿了吗？"

"摔倒了。"鲍里斯不情愿地解释道。

克拉拉·安德烈耶夫娜没再细问。最近她对鲍里斯小心翼翼。她准备卖掉一切，去基辅姐姐那里过衣食无忧的平静生活，尤里同意去了。克拉拉·安德烈耶夫娜还没跟鲍里斯说，她担心鲍里斯照例不听从她，不是争吵、反对，只是不跟着去，再次表现出对家人的冷漠。克拉拉·

安德烈耶夫娜没有考虑鲍里斯正在服役这件事情。她很肯定，营长会放走鲍里斯，她自己会去军营解释，鲍里斯跟母亲和哥哥去基辅，要比他一个人留在彼得格勒生活更好，这是显而易见的，所以，鲍里斯能够获得批准离开。

经历了昨天的事情后，鲍里斯很厌恶自己。他从来没有那样害怕过，从来没有一个人，像科兹洛夫斯基那样，让他体验这种濒临死亡的恐怖。其实这个士官跟他一样，是战争的受害者。

鲍里斯整晚在街头徘徊，去了趟日尔京家，只待了一会儿，感到苦闷无聊。深夜，他走向军营。转到基洛奇大街上，他放慢脚步。他差点又想回家，不过立刻管住了自己：

"怎么了，我又害怕了?"

鲍里斯放下思虑，不再去想象见到科兹洛夫斯基的情景。他抬起了头，挺起胸膛，迅速走向军营。

在前线的一次撤退中，鲍里斯那个团在一个小村庄里停下午休。疲惫的士兵们还没来得及四散开，德军炮弹就追上来了，没让他们住脚，炮弹从他们意想不到的地方呼啸而来。

"防线被冲破了! 我们被包围了!"这些可怕的念头暂时没让谁惊慌失措，但是一张张脸开始变得苍白，眉头紧缩，虽然没乱阵脚，动作却已经急促。突然，一发炮弹在路上爆炸了，掀翻了两个士兵和一匹马。站在附近的第三个士兵，呆了一下，立刻拼命逃开了。他一边跑，一边喊：

"我们被包围了!"

他撞上了鲍里斯，差点没撞翻他。鲍里斯抓住他的肩膀：

"你不觉得羞耻吗?"

"羞耻救不了命。"士兵直视鲍里斯的脸，悍然回答。这是个新兵。

是的，羞耻救不了命。

鲍里斯决心，在需要的时候，他直接对科兹洛夫斯基说，他昨晚害怕了。

胆小害怕，这没什么大不了的。坦白比说谎、辩解或者红着脸沉默要好。

他踏上台阶，推开门，同过道里的值日兵问好，走进宿舍，走向自己的床铺。一个声音传过来：

"昨晚上你没死吗？"

科兹洛夫斯基慢慢地走近他。

科兹洛夫斯基停在鲍里斯的面前，冷笑着。然后，他转向床铺上正在喝茶和嚼面包的工兵们，说：

"伙计们，快来看，英雄！"

士兵们安静下来。科兹洛夫斯基接着说：

"我走到他跟前，把他当个人，想好好跟他谈一下。可是他突然就逃跑了。我见过不少能跑的，像他这么跑的还是第一次见。"

他双手塞进裤兜，直盯着鲍里斯的脸，又说了不少刺耳的话。

鲍里斯一时不知道怎么回应。他羞于在全连面前承认自己昨晚害怕了。他惊慌失措，他毕竟才20岁，发生了正是他所担心的事情，他满脸通红，沉默不语，脑海里一片空白。当他羞愧得要死的时候，突然当机立断。他开始快速地说：

"我以为你想杀死我。一个人在一生中，如果赶上虚弱的时候，可能会受到惊吓。我参加过战争，我不是胆小鬼。我受过伤，什么死亡和杀人我都不怕，"他接着说，同时惊奇地发现自己说话的语气不知道为什么变了，跟平常不一样了，"我昨天累得要命，失去了力量。这是任何人都可能遇到的。还有，你们知道是谁杀死的赫林格？是我从人群中

137

走出来，一对一打死的赫林格。"

"对，"一个士兵插话，"我和他在一起，我看到了。"

"瞧！"鲍里斯很高兴，"就是不要平白无故地杀人，像你一样！不可以！要为真正的事业斗争！"

鲍里斯拍打了几下自己的胸脯，来强调最后这句话。

鲍里斯杀死上校赫林格的事情，明显震动了科兹洛夫斯基。他不再争论，转身走了。

早上，排长突然给鲍里斯发了整整三天的外出证。

"你太累了。"他解释道。

三天后，鲍里斯回来，又发给他一个月的外出证，让他"去探亲"。

鲍里斯明白了，一定是科兹洛夫斯基跑到斯特列明那里说他的坏话，这是想要摆脱他。

克拉拉·安德烈耶夫娜得知儿子休假，很高兴。

"现在你就听我一次话吧，"她恳求说，"我们去基辅的丹尼娅阿姨家，我，你和尤里。"

"为什么？"鲍里斯很吃惊。

"因为……"克拉拉·安德烈耶夫娜想发火，"你不要跟母亲争论。母亲首先为你着想。你需要休息，养胖点，你瘦得太厉害了。你知不知道你看起来多么糟糕！你都累倒了，难道我看不出来吗？你应该是得了肺结核，在丹尼娅阿姨家你能休息好。能救你的只有基辅。难道我不能为自己的儿子考虑吗？"

鲍里斯开始可怜母亲。他说：

"好的，妈妈。不过，你和尤里先去，我以后再去。"

"我们过一周就走！"克拉拉·安德烈耶夫娜激动地叫道，"我把房子和东西都卖了，我们这就走。"

晚上，鲍里斯来到日尔京家。

人很多。日尔京的妻子，安静寡言的老太太轻轻地在房间里走来走去，收拾烟头，把椅子靠墙摆放，一直努力在吵闹混乱中保持一点秩序。

娜佳把鲍里斯带进自己的房间。鲍里斯不知道为什么回想起她那晚在街上哭的样子。他说起这件事，问道：

"你当时为什么哭？"

娜佳脸红了。

"我想跟你说，"她没有回答鲍里斯的问题，接着说道："你的假期正是时候。你看起来气色不好，你需要调整。我能给你安排疗养院，很棒的疗养院，在维堡郊区，在卡万茨阿里车站下车。你愿意住多久就住多久，一个月、一周、两个月。你要是同意就告诉我，一周后就能去。"

太奇怪了，连娜佳也是这样，所有人都在赶他走。

"贵吗？"他问。

"钱不用你管，你同意了？"

"妈妈要我去乌克兰，"鲍里斯说，"但是芬兰更近，芬兰挺好。钱呢……"

娜佳急匆匆地打断他：

"最好别告诉你妈妈，她不喜欢我，不会同意的。你只说派你去军人疗养院，你必须要去。"

鲍里斯耸耸肩。

"那你同意了？"娜佳问道。

"我想想。"

"你必须去，应该调养身体。"

鲍里斯站起来，在房间里走来走去，然后他问道：

"我还是想知道，那晚在街上你为什么哭?"

娜佳生气了:

"跟你有什么关系? 我没必要什么事情都向你汇报。"

喊叫和生气，这一点都不像她的性格。鲍里斯不再提了。

他走后，娜佳从枕头底下拿出一个信封，从里面掏出一叠钱数起来。她数得特别认真:

"10、15、18……"

娜佳早就开始攒钱了。她攒钱跟丈夫过日子，而丈夫应该是鲍里斯。现在这些钱的一部分要给那个疗养院的主人，疗养院是她给鲍里斯预订的。娜佳想，为什么不直接跟他说，是她替他拿钱呢? 答案很明显，不想让鲍里斯拒绝。她准备好把一切献给鲍里斯，可是他呢? 她对他算什么? 娜佳手里握着钱，哭了。她小声抽泣，就像那天晚上在大街上。她那时候哭，也是因为鲍里斯回家了，都没试着找找她。他不爱她。辫子在她胸前抖动着，她擦擦眼泪。还能怎么办呢? 她决定坚持让鲍里斯收下这笔钱，哪怕是借的。

几天后鲍里斯送母亲和哥哥去车站。住宅和所有家具都卖给了新主人，阿尼西娅被辞退，一个房间暂时留给鲍里斯住。

克拉拉·安德烈耶夫娜在去车站的路上，一直在重复:

"说好了，一周后我等你来。"

第二遍铃响后，鲍里斯亲吻了母亲和哥哥，从车厢里走到站台。第三遍铃声响过，母亲哭泣的脸庞出现在窗前，慢慢消失了。

鲍里斯沿着卡缅诺奥斯特洛夫大街向日尔京家走的时候，已经是晚上了。一个士兵从纪念碑后迎面跑过来，差点把鲍里斯撞翻。撞过鲍里斯，士兵都没回头看一眼，直接跑过去了。鲍里斯感到这个士兵的身形和步态有点熟悉。不过，他认识的士兵太少! 他转身走了，根本没认出来，撞到他的是尼古拉·茹科夫。

这天晚上，芬兰站前广场上聚集了一大群人，还有很多工人、士兵、水兵从城市的各个角落往这里赶来。尼古拉·茹科夫冲在最前列。现在，他第一次看到，他宣传的话语成为了千百万人生活和斗争的准则。此刻，革命的热情在尼古拉心底翻腾着。

彼得堡的工人们来迎接自己的领袖。列宁被无数双手举起来，托举到广场上，人群发出了雷鸣般的欢呼声。列宁被托举到装甲车上，探照灯交叉的光线照射在他身上，大家看到了自己的领袖，只见他昂首挺胸，高高挥起手臂，大声喊道：

"社会主义革命万岁！"

二十七

鲍里斯拒绝去疗养院，其实是拒绝承认自己有病。他对娜佳宣布要去前线。1915年的前线让他成长，1917年的前线也会让他成长。当然，如果考进什么培养准尉的学校，哪怕是彼得戈夫学校，他就很快能当上军官。更何况，即使他不上任何军官学校，现在也能戴上一颗星的肩章，但是他不会那么做。他再次作为一个普通士兵上前线，希望亲眼看到最真实的一面。

娜佳听到鲍里斯的话，惊喜交集。他的决定破坏了她的计划，不过，跟往常一样，在她的眼里他是个英雄。晚上，娜佳久久不能入睡，为鲍里斯担心，但是正是他这样的勇敢和坚定，才让她这样爱他。

鲍里斯坐上军用列车出发了。在车上，他暗暗把这趟列车称作傻瓜专列。这里大部分年轻人都来自知识分子家庭，根本不理解最近发生了什么事。他们去前线就像去过节，带着浪漫的心情，想象着快速的袭击，胜利的猛攻，还有其他一些漂亮的画面。看着他们，鲍里斯想起1915年的自己，也是这样的傻瓜，也是这样想象和谈论。他第一次清晰地发现自己在这段时间里发生的变化，他感到，他已经不再是曾经的那个男孩了。

在临近前线的一个车站，安排了盛大的迎接仪式。他们全体立正，站在已经泛绿的潮湿的草地上，面对着专门搭建的高台，听几位演说者鼓动人心。从一位浑身挂着各种武器的政府委员的发言中，士兵们得知，这趟列车被宣布为紧急专列，是补充到当地部队的新的革命力量。鲍里斯认出一个发言者正是在日尔京家唱国歌的英国人。他说英语，一个小个子在旁边急匆匆地翻译。原来，英国人热切地希望俄国士兵承担责任，遵守纪律，英勇战斗。

这些话让鲍里斯感到深深的羞辱。什么鬼话！可是这里再也没有克列什涅夫那样的人，能够好好地回击这个英国人。而这个小个子翻译，在英国人讲完话后，居然举手高呼：

"英国万岁！乌拉！"

短暂休息后，紧急专列所有士兵步行前进。沼泽地在脚下吧唧吧唧响着，远处传来了炮声。临时政府委员骑马走在前面，感到历史性的时刻就在眼前，他抬起头，扬起下巴，摆出他通常为杂志拍照的姿势。这是位著名的律师，一个立宪民主党成员。

鲍里斯走在队伍中。他经历了很多，无论如何，现在他又同士兵们一起迎接危险，这至少是真诚的表现。

在距离前线几公里的指挥部旁，师长亲自迎接队伍。他巡视队伍的时候，绿色的眼睛看了一眼鲍里斯，鲍里斯立刻认出来，这是他1914年辅导学习的武备生的父亲，那位将军。将军也认出了他。他把鲍里斯叫到指挥部，跟他聊了五分钟。将军表扬鲍里斯获得乔治十字勋章，希望他观察混进英勇的俄军队伍中进行瓦解军心的德国间谍，随时向他汇报。将军说，第一次进攻后，就发给鲍里斯准尉肩章，让他来指挥部自己的身边工作。最后，将军说，战争胜利后，他的妻子和女儿将很高兴在彼得格勒见到鲍里斯。

鲍里斯没有得到准尉肩章，也没有到指挥部任职。第二天早上进攻不利，鲍里斯的腹部受重伤，失去了知觉，被卫生兵抬走了。他在团部医疗站躺了整整 48 个小时，活了下来，没有转成腹膜炎。他被疏散到后方。一周后，他乘坐军用医疗专列回到彼得格勒。现在，他可以往自己的履历中，再添上次受伤记录了。

进入彼得格勒的尼古拉耶夫斯基军医院的第一天，鲍里斯就请求医生通知日尔京一家。第二天一大早，娜佳就来了。傍晚，老日尔京也来了，惶恐不安地眨着眼睛，给鲍里斯留下几本书就走了，还把手套忘在了床上。格里戈里一直没有时间来，不过，他通过娜佳和父亲转告鲍里斯很多庄重的话语。不幸的是，妹妹和父亲都忘了转达，所以，鲍里斯不必被迫了解他正在为伟大的欧洲文明难过。

鲍里斯几乎不读报纸，他对一切都太熟悉了。报纸上大肆号召，将战争进行到最后胜利的时刻。圣彼得堡人民已经不在冬宫前，而是在法国和英国的旗帜下下跪了，不顺从就会被枪毙。接着是六月的进攻和七月的流血镇压。一车接一车的士兵被送往前线。鲍里斯在医院里听说，军队逐渐恢复了沙皇时代最严酷的秩序，重新执行 1914 年的规则，甚至将军也如此，包括那位绿眼睛将军。不过，鲍里斯也完全变了，在这场不公平的战争中，他体会不到一丝温情。

所有受伤和被打死的人，纷纷涌现在鲍里斯的脑海。在他刚到前线的那些日子里，有一天，他在战壕中，身边的一个士兵受了伤，弹片打折了他的胳膊。士兵哭了，说：

"我怎么干活呀，兄弟！"

鲍里斯当时很吃惊，怎么能因为受伤而哭呢！太羞耻了！但是，士兵并不是因为伤口疼痛而哭。

鲍里斯当时还不明白，没有胳膊对一个工人意味着什么。发动和指挥战争的人，谁都无法帮助他。像他这样的人很多，被异国敌对的政权赶上战场，最终变成残疾人或者被杀死。

现在，连鲍里斯也起来反对这个敌对人民的政权了。他杀死赫林格，因此加速了工兵营同起义者的联合。也许，在所有军团里都能出现鲍里斯这样的人，能先于他人采取这类行动。当然，在军团里，也不一定要打死军官们，彼得格勒大部分军团里的军官都安然无恙。但是，正是这些人应该成为革命的先行者。而且他，鲍里斯，不能不杀死上校赫林格，如果当时上校成功镇压了士兵，以后会杀死更多的人。

"为什么人不能自由支配自己的行为，"鲍里斯想，"我一点也不想杀人，我讨厌杀人，可是我应该杀了赫林格，要是再遇到一次，我还会再杀死他。"

鲍里斯想起来，在革命后，科兹洛夫斯基阴险地笑着说："战争还要进行 20 年，确定无疑，我敢保证。"到底什么发生了变化？应该如何活着，应该做什么？

他思考各种事情，却理不清头绪。也许真像娜佳所说，这次真的是他的身体很糟糕，无法胜任任何任务，甚至无法集中思考。伤口很疼，消磨着他的意志。当委员会给他 6 个月假期后，他毫不犹豫地接受了娜佳的钱，去了她选好的芬兰疗养院。

二十八

黑鬈黄褐色的小马拉着二轮马车和鲍里斯，轻快地奔向"莫雷柏"公寓。从卡万擦里车站到"莫雷柏"疗养院不到3俄里。芬兰人默默地接过报酬，掉转马头回车站。一路上，他没有跟鲍里斯说过一句话。

挂着"莫雷柏"大牌子的两层红砖小楼，矗立在山顶。陡峭的斜坡一路向下，伸向湖边。房屋四周环绕着花园。在松树、枞树和白桦树之间，生长着坚硬多刺的灌木丛。空气干燥清冽。

公寓女主人出来迎接新客人。

她斜着眼睛看了看鲍里斯的士兵行囊，迅速让干瘪的方脸显出笑容，邀请鲍里斯进屋，把他带到了二楼预订的房间。房间里有床、五斗橱、沙发椅、木桌、躺椅和洗脸池。鲍里斯洗去路上的灰尘，穿上干净内衣，看向窗外。从这里能看见湖对岸茂盛的松树、枞树和白桦树。

"不错。"鲍里斯说。

吃饭铃响了。

食堂大桌后面坐着在"莫雷柏"疗养的人。看到人不多，鲍里斯很高兴。一个胖女人带着一个男孩和一个女孩，一个年轻清瘦的女士，还有一个面孔幼稚的女士一直在跟身旁的胖女孩解释什么（应该是保姆，鲍里斯想）。一个长着黑色卷须的男人，看起来机敏灵活，生气勃勃。

鲍里斯一进来，这个男人就盯着他看。男人的左手放在蓝色西服衣襟下，轻皱浓眉，从头到脚仔细打量着鲍里斯。鲍里斯军服上衣没有肩章，裤子也是普通裤子。这让男人很诧异。他头歪向左肩，疑惑不解，看向鲍里斯。

女主人指给鲍里斯座位，鲍里斯坐到保姆和年轻女士中间。保姆旁边的那个男人一直看鲍里斯，似乎在评估这个年轻人是什么身份，该如何对待他。终于，他对鲍里斯说：

"您今天刚来？请允许我自我介绍，我是别林斯。"

"拉甫罗夫。"鲍里斯回答道。

"拉甫罗夫？"男人重复了一下，从桌上拿起餐巾，放到膝盖上。接着他又看向鲍里斯："我也当过军官。"

"是吗？"鲍里斯礼貌地应道，接过汤盘。

女主人倒完汤，女服务员给客人们逐一放好装满食物的盘子。

"您是炮兵还是骑兵？"别林斯接着问。

他为什么对我纠缠不休？鲍里斯想着，回答道：

"步兵。"

"啊，步兵！"

放下勺子，别林斯搓了几下手，似乎很满意。然后接着喝汤，再也不看鲍里斯，放心地说：

"那么，您是步兵军官？"

"不是，我是士兵。"鲍里斯更正道。

"士兵！"

别林斯正要送入口中的汤勺突然停住了，他把脸转向了鲍里斯。

"士兵？"他重复道。

女主人不明白为什么别林斯先生一直盯住新客人不放，她不以为然，试着换话题：

"咳，真是可怕，一个受过教育的有文化的人被派去当士兵！"她大声地说。

胖女士紧接着叹口气，用不可置信的夸张语调说：

"是的，太可怕了。"

鲍里斯差点扑哧笑出来。

女主人已经猜到了别林斯先生的意思，她转向鲍里斯说：

"我认识您的父亲。他是一个有学问的文化人，是高级工程师。我的好朋友娜佳小姐告诉我，您是个大学生。"

鲍里斯还没来得及回答，别林斯先生动了一下身子，微笑起来，甚至挥挥手，这些动作特别生动，连椅子都吱嘎叫了一下。

"您的父亲是工程师？"他说，"我也是工程师。我的工厂在彼得格勒郊区。士兵闯入我的办公室。我朝他们迎面走去，手里拿着左轮手枪，他们想打死我。打死我！没有我就没有工厂，不行！"

卷须男人的手掌在空中挥舞比画，画出一块平坦之地。

"工厂没有我怎么办！工人们要挨饿！"

"别林斯先生非常激动，"女主人解释道（卷须男人的高昂语调需要她的注解），"咳，真是太可怕了，一个有学问的，有文化的人受到这样的威胁！"

"现在我不能忍受士兵，"别林斯先生得出结论，"要不是他们，什么事儿也没有。现在工作变得很难。听说您是士兵，我非常不满。不过，您的父亲是工程师，那我们就是朋友。啊！"

他拍了一下自己的额头，用力太大，胖女士哆嗦了一下，小女孩则看看地面，她觉得别林斯先生的头颅这就要掉到地板上，碎成几块了。

"啊！"别林斯先生大声说，"工程师拉甫罗夫！我知道他，他的工厂是……"他准确地说出了鲍里斯父亲工作的厂名，"他死了，工程师拉甫罗夫！"别林斯先生欢快地呼叫道，"我认识他！他死了！"他突然醒悟，立刻把快乐的腔调换成最悲伤的。他压低声音，用深深的胸腔对鲍里斯说："您的父亲死了，这是国家的损失。我和您，现在是朋友。"

说完，他完全放松了，开始吃热菜。

鲍里斯很吃惊，为什么别林斯先生认识父亲这件事，能决定他和儿子的关系？

饭桌边的谈话还在继续着。胖女士语气平缓地讲述着自己。原来差不多一半的利沃尼亚都属于这位女士。她没有炫耀，只是抱怨太忙，哪怕有一个月自由时间也是幸福的！

饭后，年轻的女士一边起身，一边问鲍里斯：

"您喜欢芬兰吗？"

说完就走向客厅。

"喜欢。"鲍里斯回答道，为了回答，他不得不跟上她。

"真的非常漂亮，是吗？"

"是的。"

除了"是的"，鲍里斯几乎来不及想出别的话。

"空气多么好！真正的山里空气啊！"

女士坐到沙发上，向鲍里斯指了指身边的地方。

"是的，"鲍里斯表示赞同，"空气……"

他很窘，不知道说什么，他想回自己的房间。

年轻女士看着他，等着他回答。别林斯先生走到他跟前，双手插到兜里，挺着肚子，美食总是让他兴奋。

提起精神，鲍里斯接着说："空气妙不可言，"他说完后，暗暗吃惊，哪儿蹦出来的词语？"让人无比享受，和彼得格勒相比，简直就是神奇的空气。您知道吗，波兰的空气也非常好。我在波兰待过半年，在前线。"

"您上过前线？"别林斯先生惊叹道，"怎么样，是不是很神奇？炮火通亮，炮声隆隆，绝妙的画面。托尔斯泰的博罗季诺战役描述得多好！天才作家！俄国土地上伟大的作家！啊，我爱战争！"

相对于这些话语，别林斯先生人要聪明得多。他有意戴上忠厚老实的面具，这样他更容易随意说话。

女士厌恶地皱皱眉："不，这是恐怖的事情，我憎恨战争。"

鲍里斯开始讲述他怎样受伤。女士紧锁眉头，时而叹口气，摇摇头。别林斯先生脸上显示出专注的表情。讲着讲着，鲍里斯自己都没发觉，他在迎合自己的听众。他描述英勇的、浪漫的情节，切合实际的描述只是恰到好处点缀其中，让故事不那么庸常，让听众听得酣畅。

鲍里斯讲完，别林斯先生低声说：

"您的父亲应该为自己有这样的儿子骄傲。您表现得太优秀了。为什么您不佩戴自己的十字勋章？"

然后，别林斯先生挥挥手，面无表情，回自己房间了。

鲍里斯立刻站起来，准备走开。女士把手伸给他，让他亲吻。鲍里斯把她的手放到嘴边，亲吻一下，看到涂成粉红色的指甲。鲍里斯想走，女士捏紧他的手，鲍里斯感觉到了，再次看了看她，碰见她严肃和执拗的目光，在奥斯特洛夫的时候，杰莉莎也这样看鲍里斯。鲍里斯再次亲吻了这只手，转身走了。

仰卧在自己房间的沙发上，鲍里斯思考着，在这个群体里如何表现？最后决定要表现得礼貌冷淡。毕竟鲍里斯是来这里休养身体的。在客厅的时候，在别林斯先生面前，鲍里斯差点就说出他杀死上校赫林格的事情，但是他克制住了自己这个疯狂的念头。

鲍里斯把箱子里的东西分类摆进柜里，然后，抓起一本屠格涅夫的《初恋》，走出房间。

在花园里，他坐到藤椅上，伸开腿，打开书。他很快困了，书掉到膝盖上，风掀动书页，鲍里斯睡着了。

他被冻醒了。天黑了，北极星闪耀着。鲍里斯冷得直打哆嗦。他从藤椅上起来，捡起掉到地上的屠格涅夫，走上林荫道。别墅到了，鲍里斯正想走上凉台，突然看到出口上方挂着"西巴吉亚"的牌子。这座别墅完全不像他住的那个。

"真见鬼。"鲍里斯愣住了。

他迷路了，不知道自己在哪儿。他转身往回走去，很快看到"莫雷柏"别墅窗户的灯光。

大家正在吃晚饭。鲍里斯道过歉，坐到了桌旁。

"您这里是不是还有一个'西巴吉亚'别墅?"他问女主人。

"那儿住着我的母亲、丈夫和儿子。"女主人回答。

年轻的女士还是坐在鲍里斯身旁。他一眼也不看她，也同样不去注意别林斯先生。

二十九

战争还在继续，一车车士兵奔赴前线，俄国军队已经由英国和法国的大使、专员、参赞、商人指挥。彼得格勒到处是这些人。军官、士官生、律师和政治冒险家，投机分子和银行家颂扬着临时政府和克伦斯基，赞美着科尔尼洛夫和萨文科夫，这是他们最后的希望。

从春天开始，玛丽莎来到苏维埃工作。她整理来自前线的通讯报道，选出一些士兵来信送到宣传室。

六月，尼古拉被派到前线，玛丽莎去车站送他。他成为她最好的朋友，他们再也没有提结婚的事情，有可能，未来的什么时候她会爱上他，成为他的妻子，一切皆有可能，谁知道，未来会发生什么?

她用尽所有力气控制自己，不在告别的时候哭。看到要出发上前线的士兵，她不由得想起从前线回来的伤员专列。为了不让尼古拉难过，她努力微笑着。不过，尼古拉看她笑，说：

"你最好还是哭吧。"

他可以不去前线，但是那里需要他，他一点也不怜惜自己。玛丽莎知道他从不怜惜自己，那她怜惜他吗？玛丽莎怜惜他，同样怜惜自己，怜惜所有无法平静而勤劳生活的人，最后，她还是哭了。送别之后不久，她从莉萨那里得知，尼古拉进入了当时最危险的特种部队。

7月3日，示威人群高举标语"拥护苏维埃政权"，在涅瓦大街上游行，玛丽莎走在其中。

快走到花园街的时候，人群停住了。

玛丽莎不知道发生了什么事，只听见喊声、咔嚓声，然后是枪声。玛丽莎身旁一个高大的士兵喊道：

"流氓！"

子弹四处乱飞，人们纷纷倒下。自称是革命的政府，向手无寸铁的示威者开枪。

玛丽莎抓住士兵的袖子，可是他突然一僵，仰面倒向马路。玛丽莎扑到他身上，士兵死了，被克伦斯基的子弹打死了。

玛丽莎不记得怎么走到克列什涅夫家的。尼古拉走后，她住在这里。这些她不得不看见的场面深深刺痛了她。无论她怎样自我斗争，无论多少次重复尼古拉、莉萨、克列什涅夫的开导，恐惧却紧紧抓住了她，让她觉得无法活下去，没有任何希望……尼古拉一点消息也没有，他发生什么事了？他还活着吗？她无法摆脱对他的愧疚感。

在科尔尼洛夫暴动那些天，她常常怀着痛苦的心情，想起尼古拉。特种部队会遇到更大的危险，但是，不知道为什么，玛丽莎相信尼古拉会活下来。

指挥特种部队的艾尔杰利将军，是科尔尼洛夫的追随者，为自己的部队制定了军官独裁制度，稍微触犯纪律就会被枪毙。如果布尔什维克加入这个部队，必死无疑。尼古拉被揭发逮捕，一个押送队员帮助他，和他一起逃跑了。

时而步行，时而藏进货车，时而有同伴，时而独自一个人，尼古拉就这样，浑身脏污，满脸黑须，终于回到彼得格勒。

在苏维埃军事部工作的克列什涅夫，只让尼古拉休息了一晚，就对他说：

"去巴甫洛夫斯基军团。梅特宁在那儿，你认识的，你去帮助他。"

梅特宁见到他，就像昨天刚分开似的：

"你从特种部队回来的？一个小时后有会议，你说话的时候，态度要坚定。"

第一个发言的是一位社会革命党人。

军营的院子里，穿着灰色大衣的士兵们在听他演讲。有人坐在远处，吸着手卷烟卷，小声交谈；有人在认真地捕捉发言人的每句话；有人的叫声和辱骂时不时打断了发言。梅特宁发红的脸比平常更红了，眼里透着痛苦。发言人说得圆滑漂亮，保证在战争胜利结束后给士兵土地和自由。

尼古拉平定一下自己的情绪，跳上了看台。

"我是从前线回来的，从特种部队！"他激昂有力，高声喊道，"那里布尔什维克很弱小，那里发生了很多事！"尼古拉开始讲述艾尔杰利将军的部队，他的话语传递出重要的信息，连那些坐得最远和不认真听的士兵们也专注地听起来。"战争胜利会增强他们的力量，那时我们就逃不出他们的牢笼了！"尼古拉激动地讲述着亲身经历的事情，最后，他说，"结束战争，和平，才是我们需要的！同志们，不要相信骗子们！应该发动自己的战争，对抗一切破坏和平的败类！感谢，这个世界上还有列宁同志！"

那位社会革命党人仓皇逃遁。

三十

此时，鲍里斯·拉甫罗夫正在芬兰疗养院吃喝、睡觉，不同其他人交往和辩论，每天独处。他在干爽的松林中漫步，坐在大圆石上思考，躺在沙滩上晒太阳。这些年他第一次这样休息，第一次这样完全自由。但是，在他从报纸上读到彼得格勒7月3日枪击事件之后，这种自由自在的感觉消失了。

"马上就平息了。"别林斯先生在饭桌边说。

"噢，是的！"胖女士完全赞同。

就这些，他们不会浪费一个多余的字。

"看来，发生了二月没有发生的事，不是警察，而是士兵朝示威者开枪。这是些什么兵？现在，是什么让人们相互残杀？"鲍里斯陷入了沉思。和他一起上前线的富家子弟，当然可能在7月3日向手无寸铁的示威群众开枪，也会向反对战争也反对沙皇的普通士兵开枪。紧急专列中，并不是所有人都是他开始以为的蠢货。他想起来，巨富家庭的年轻人，一到前线就当上军官，在指挥部任职，而在战场上，鲍里斯没见过他们中的任何一个人。乘坐紧急列车让鲍里斯看清楚不少事情。7月3日之后的这些天，他常常想起在列车里不得不看到的种种。看起来，他把这趟列车轻蔑地叫成蠢货专列不一定合适，这里面隐藏的绝不是单纯的愚蠢和聪明。

湖边寂静，鲍里斯喜欢坐在湖边的长凳上。每天他在这里度过早晨的时光，读书、思考、回忆。是的，当然，对7月3日事件满意的人应该是那个让俄国士兵忠实追随英国的英国人，那些安排自己的儿子到安全的指挥部任职的彼得格勒富人，还有别林斯先生。而格里戈里·日尔京在他们那里工作，为他们提供需要的革命词汇。

"大钱包"，鲍里斯突然想起谢苗·格拉切夫的话。这个词如一道尖锐明亮的光照亮了7月3日事件。当谢苗把这个词抛给他时，他把它推开了，但是现在它回来了，他再也无法推开。现在，鲍里斯读的不再是屠格涅夫的《初恋》，而是《共产党宣言》和马克思的教导手册，这是娜佳给他随身带上的。他觉得，这是他人生中第一次开始严肃地分析周围发生的一切。

现在，他用另一双眼睛看"莫雷柏"的客人，他们就是谢苗说的那些"大钱包"。

不过很奇怪：鲍里斯一边思考，一边仍然无所事事。"莫雷柏"的客人们对他来说就像怪物博物馆的展品。

有一天，鲍里斯来吃饭，发现女主人没有坐在自己的座位上。不一会儿，她端着一盆热气腾腾的汤进来了。

"马尔塔呢?"别林斯先生很诧异。

女主人把汤盛到盘子里，放到桌上，回到自己的座位坐下，哭了："这种没有教养，没受过教育的人!"

她擦掉眼泪解释，所有仆人：女厨师、清洁工、看门人都罢工了，只有电工在继续工作。

桌旁的人都没有反应，这里坐着的人都习惯了这类事情，没有人说一句话。饭后，别林斯先生和胖女士提出替罢工的人干活。胖女士坚持要代替女厨师，别林斯先生则宣布，今天他在警卫室过夜。女主人激动地感谢了他们。

晚上七点，电灯亮起来，十分钟后却熄灭了，电工也罢工了。半个小时后来电了，女主人的儿子临时当了电工。

鲍里斯出去散步了。他希望碰到一个罢工的人。在离别墅半俄里的地方，有一座俱乐部，那里聚集着芬兰工人，他走过去。俱乐部门前的洼地里站着很多人，高声谈论，时而大笑；烟斗里的火光一亮一亮的。他们发现了鲍里斯，一个芬兰人走到他跟前，脸上升起怒气，皱紧淡白的眉毛，说了一串芬兰话，鲍里斯一点听不明白。不过，芬兰人的手势很明显，要赶鲍里斯离开这儿。鲍里斯住在疗养院这件事，已经让他成为他们的敌人了。

鲍里斯只好转身走了。

第二天，除了他之外，所有人都开始工作。年轻女士帮胖女士在厨房忙活；女主人收拾房间，保姆照看完孩子也帮她；别林斯先生和女主人的丈夫轮流看门；女主人儿子白天在菜园和田野劳动，晚上在电站值班。只有鲍里斯什么都不干，这很像无声的示威。别墅的住户们都在礼貌地等待他自己提出干活的时刻。

"应该明天就走。"他决定了。这个"明天"是最后的希望，也许一切都能自行平息。

吃午饭时，别林斯先生很客气地询问他：

"您的手累坏了吗？"

鲍里斯正在沉思，没立刻听懂他的意思，困惑地望向他。

"您还要继续漠不关心吗？"别林斯先生接着问。

活泼开朗的老实人面具从昨天就摘下来了，他变得凶恶冷酷。

鲍里斯明白了。一句话：他要么成为这些人势不两立的敌人，要么成为亲密的朋友，没有第三条路。

"咳，别林斯先生，"女主人叹口气，"拉甫罗夫先生这样热衷当士兵！我非常非常不愿意接待士兵来疗养院，可是我的心太软了。"

别林斯先生冷笑了一下，他说话的语调已经是命令了：

"今天下午您替我值班。"

鲍里斯发现，别林斯先生已经是居高临下跟他说话了。从现在开始，他会被强迫干更多的活儿，因为他是士兵。鲍里斯站起身，离开了饭桌。他在房间里迅速把东西装好，穿上大衣，戴上制帽，背上背囊，走下楼梯。在门厅，疗养院的女主人追上他，后面跟着别林斯先生。

"您害怕了？"别林斯先生恶毒地问道，"您真是个英雄，我无话可说。"

"我杀死了我们营的营长！"鲍里斯喊道，"我不想帮助您！"

别林斯先生哈哈大笑：

"真会辩解！游手好闲，生活奢侈，您不是布尔什维克！同下贱人斗争，您才是布尔什维克！除了吹牛一无是处！胆小鬼！撒谎！还让我相信您敢杀人！下贱人！假装老实！"

女主人这时最担心的是鲍里斯偷东西，不过，一贯的礼貌让她无法搜查他的背囊。终于，她想出一个办法：

"咳，拉甫罗夫先生，您大概没有整理好自己的东西吧。男人向来不会整理东西，让我来帮您。"

她把手伸向背包，但是鲍里斯已经朝门口走去：

"再见。"

他在心里骂自己，居然在这里待了这么久，真是愚蠢，还给自己想象什么博物馆和展品，多好的展品！多好的博物馆！

女主人垂下手，她已经确信他偷东西了，要不为什么走得这么急！

"哎，拉甫罗夫先生！"她喊着，还是无法说出要搜查的话，"咳，别林斯先生！"

她安慰自己，反正她收了两个月的钱，鲍里斯没住到两个月。要是他偷什么了，她也不会亏的，何况大的东西也塞不进背包。女主人突然想起了鲍里斯房间里的瓷塑像，转身就往楼上跑。如果塑像不见了，她会告诉别林斯先生，让他抓住鲍里斯这个小偷。不过，塑像还站在原地。女主人检查了房间，所有的东西都在。

"工程师的儿子不会当小偷。"她想。

鲍里斯已经走到花园里，他几乎在小跑，根本感觉不到背包有多沉。

别林斯先生这些人认识他的父亲，但是这样的关系再也不会延续到儿子身上！

快到车站了，鲍里斯才放慢脚步。

回到家里，他放下背包，立刻去了日尔京家。

娜佳跑出来迎接他。

"回来了？"她高兴地问，"休息得怎么样？"她像往常一样，把他拉到自己的身边，"恢复过来了。"她看了看他的脸，说着，她双手拽住他的胳膊，"你还满意吗？"

"非常不满意，"鲍里斯一屁股坐到以前他担心会坐坏的床头小柜上，讲起了在芬兰疗养院发生的一切，毫不隐瞒，"我不明白，我怎么能同意去这个疗养院。"他最后说。

娜佳听着，眼泪在眼睛里打转。她噙着眼泪，说：

"不过，你也应该休息过，恢复健康了吧？"

娜佳努力让自己平静，可是眼泪还是淌到面颊上，她转过了头。

"真是奇特的经历！"鲍里斯激动地说。"不过，这跟你没关系，是我太傻，都是我的错！见鬼！我们忘了这些吧！我欠你多少钱？"

娜佳完全控制不住，哭出声来了。

鲍里斯蹲到她跟前：

"你怎么了？别哭了！我对你只有感激。"

可是他的话语根本安慰不了娜佳。

"好吧，我们不说这件事儿了。"她一边擦眼泪，一边说。

"对不起，"鲍里斯说，"不过我该还你钱的，难不成我要靠你活着？"

鲍里斯走了，娜佳在沙发上坐了很久。她第一次意识到，这个人根本不值得她去爱。他什么都没发觉，什么都不明白。如果是这样，她应该建立没有他的生活。一想到这个，她立刻感到特别难过，又哭了。难道已经晚了？难道她已经离不开鲍里斯？娜佳握紧拳头，一下下敲打沙发。她下定决心不再喜欢鲍里斯，无论如何不能再爱他了。

回家的时候，鲍里斯也在想着娜佳。他什么都明白，却故意装糊涂，现在他根本顾不上谈恋爱。

三十一

鲍里斯到处找克列什涅夫。

他找遍了克列什涅夫可能出现的地方，可是怎么也找不到他，也找不到莉萨。鲍里斯想对克列什涅夫说，现在他明白了他在三月份还不明白的事情，现在他准备好了迎接一切。

执行委员会让他去宣传室找。

宣传室有两个记者正在忙碌，一个是戴夹鼻眼镜的胖子，另一个是戴夹鼻眼镜的瘦子。

一个鲍里斯立刻认出的知名社会活动家，在门口伸进脑袋，问：

"什么时候发稿费？"

"您写的是哪篇？"胖记者问，他没抬头，继续在纸上快速地一行行画着黑线。

"《俄国灭亡》那篇。"活动家回答道。

"星期六,"胖记者带着敬意停下了笔,他尊重文章的作者,"您好(他称呼了活动家的名字和父称)。"

"您好。"

活动家走开了。

鲍里斯穿过大厅,走下楼梯,来到了食堂。桌子几乎都坐满了。鲍里斯也要了午饭,他拿了一盘焖牛肉,找到座位坐下来。他对面坐着一个穿军官制服的人,是立宪会议的候补人。这个候补人往嘴里放了一块肉,嚼了嚼就吐出来了。他激愤地对鲍里斯说:

"浑蛋!给我们吃的什么东西!"

他起身往外走去。鲍里斯心想,他扔在桌上的食物,够一家人吃一顿了。彼得格勒已经处于饥饿状态,社会活动家们肥胖贪婪、吹毛求疵的样子让鲍里斯感到厌恶。

格里戈里·日尔京从旁边走过,看见了鲍里斯,就坐到他的身边。

"你回来了?身体恢复了吗?"没等鲍里斯回答,他就接着说,"现在一切希望都在立宪会议,"接着又打断自己的话题,"你在这儿干什么?"

他显得很激动。

"我在找克列什涅夫,"鲍里斯回答,"你知道他在哪儿吗?"

"克列什涅夫?你找他干吗?"格里戈里发怒了,脸都红了,"我比你大十岁,我有更丰富的政治经验和处世之道,我给你严肃的警告:离开这些人。当年你因为年幼喜欢他们,可是现在不能开玩笑,这不是娱乐,是决定革命命运的时刻,不能毫无理智,否则会带给你死亡。抛开克列什涅夫!"

"不。"鲍里斯紧绷着脸，回答道。

他们俩都一清二楚，这次简短的对话决定着他们的命运，很长一段时期的，甚至永远的命运。

"你清醒吧，"格里戈里说，"我对克列什涅夫再也不感兴趣了，他死了我都不会同情。可是你的命运我很在意，我不想你白白牺牲。我跟你说，快抛开这些想法。"

鲍里斯摇摇头。

"你才应该清醒呢！"他说。

格里戈里跳起来：

"你怎么敢这么说！真是年幼无知！"

他走向出口。走到门口，他回过头，希望鲍里斯来追他，可是，鲍里斯还在桌边默默地坐着，盯着盘子。

"我确实年幼无知，"鲍里斯想，"我总是先去做，然后再思考对不对。我就这样去前线，去找国家杜马委员，去找德米特里·巴甫洛维奇，甚至包括去找福马·克列什涅夫，去参军，本质上都是这样的，我做的所有事情都是这样。"

该动动脑了，该学会首先思考自己的行为。应该重建自己，否则会随波逐流。可能他又想逃避，像在芬兰疗养院那样，或者又想逃跑，像从科兹洛夫斯基身边逃跑那样。不，在他的生命中再也不需要这些乱七八糟的事情了。千真万确，他想参加的事情不是玩笑也不是娱乐。可是他到底想要什么？追求什么？"我想同人民并肩作战。"他回答自己，但是立刻感到这句话远远不够，只有同人民并肩作战这一个愿望是不够的，还需要学会同人民的敌人真正做斗争。

他非常了解这些敌人。这就是可恶的"大钱包"，就是鲍里斯的同学谢廖沙·奥尔洛夫那样的人，还有……不，最好不要数下去了。连鲍里斯的父亲，跟别林斯先生一样，都为这些人服务，如果同人民并肩作战，就应该反对这些人，就是说要反对父亲。那么，应该彻底脱离他生长和从童年就习惯的世界，这比杀死上校赫林格要难多了。

鲍里斯站起身来，走向出口。

在门口，鲍里斯撞上了福马·克列什涅夫，虽然正在找他，这种相遇还是让鲍里斯大吃一惊，他有些惊慌。现在，鲍里斯寻找的命运，就站在他面前。

"我是鲍里斯·拉甫罗夫。"他说完就不作声了。

克列什涅夫仔细地看了看他。

"是的。"他皱起了眉头。

鲍里斯突然想起自己欺骗过这个人，在三月里，没有在约定的时间去找他。鲍里斯说：

"我很内疚……但是我上前线了……伤得很重……当然问题不在这儿……"他控制一下自己的情绪，接着说，"我请求您派给我任何工作，我会尽最大的努力。"

话说得非常孩子气，不过想改正已经来不及了。

克列什涅夫带着他，走向自己的办公室。一边走，他一边说：

"您当时没来，我一点也不奇怪，跟上前线也没关系。"

"我当时还什么都不明白，"鲍里斯说，"我……"

"现在呢？"克列什涅夫打断他，"现在您明白什么了？您的父亲曾经也跟我保证过，他什么都明白。"

"我的父亲？"鲍里斯很惊讶。

"您应该知道一件事，您的父亲曾经和我在一个革命小组里工作过。他不仅认为自己什么都明白，甚至教导别人。可是在危险关头，他选择了平静的生活，逃避了。他是一个叛徒，虽然他没有背叛谁，躲避战斗也是背叛。我了解您的父亲，所以您和我约好却没来，我一点也不觉得奇怪。"

鲍里斯立刻说：

"我……，我保证……这样的事情不会再发生……至于父亲……我早就同家庭脱离关系了……"

"我可警告过您了，"克列什涅夫严厉地说，"现在我问您，您是军官吗？"

"不是，我是士兵。"

"很遗憾，那您能指挥吗？"

"我能指挥。"

"我们需要指挥员。您同巴甫洛夫斯基军团打过交道没有？"

"没有。"

"我介绍您认识一位同志，他应该马上就到，您等一下。"

克列什涅夫出去了。几个士兵在默默地抽烟，他们脚下放着背包，看来也是在等着任命。鲍里斯坐到了椅子上。克列什涅夫说的关于父亲的话，刺痛了他，此刻，他想着父亲。实质上，克列什涅夫是在直接对他说，他像他的父亲，能在别林斯先生这类人的身边工作。他的话正是这个意思，难道他没有理由这么想吗？

门开了，克列什涅夫和尼古拉·茹科夫走了进来。

"我马上给你们派任务。"克列什涅夫对那些等待的士兵说。

看到尼古拉·茹科夫，鲍里斯跳起来。他觉得茹科夫这个老熟人见到他也会高兴：

"尼古拉·德米特里耶维奇……您不认识我了吗？我是鲍里斯·拉甫罗夫……"

尼古拉却没有流露出任何的喜悦之情。

"有什么事吗?"他问。

克列什涅夫看到这幕场景,笑了,对尼古拉说:

"我们把这位同志带到巴甫洛夫斯基军团。他不是军官,但是他会指挥,带他去见梅特宁。"

尼古拉用审视的目光看了看鲍里斯。他觉得奇怪,克列什涅夫推荐这个少爷像推荐自己人,一个可以信任的人。不过,尼古拉习惯了相信克列什涅夫。

在去巴甫洛夫斯基军团的路上,他询问鲍里斯都去过哪些战场,现在又从哪儿来的。鲍里斯详细地回答他所有的问题。"是这样,"尼古拉说,"您去军团代替军官职务,梅特宁都会处理好的,他在委员会是有影响力的。委员会安排怎么做,您就怎么做。"他突然想起了什么,笑了一下,"您还记得您帮我买过军靴吗?"

鲍里斯叫道:

"当然记得!您还对我说'我们的命运不同。'"

"这个我不记得了,也许我说了吧。"

鲍里斯说:

"那现在呢,命运相同了吗?"

"这可不是那么简单的。每个人都有特殊情况,要到一定的时间他自己才能领悟。"他说得有些含糊。"您是怎么认识克列什涅夫同志的?"

鲍里斯讲起他怎么在二月革命后去找克列什涅夫,怎么第二天约好又没去。

鲍里斯的坦诚让尼古拉很惊讶,他想,"好吧,可以相信他。"

"当时克列什涅夫同志对您说什么了?"

"他给我讲了一个非常优秀的人的故事,那个人是怎样在最危险的环境里工作,为革命奉献自己。"

鲍里斯开始给尼古拉讲述当时克列什涅夫给他讲的故事。尼古拉听着听着，突然笑起来。

"这是在说我呢！这样的赞美我可不敢当！"

鲍里斯震惊了。就是说，这个他早就认识的尼古拉·茹科夫就是那个榜样……他甚至有点失望。在他想象中应该是另外一个不同寻常的，带着浪漫光环的人。他突然轻松了。就是说，在家里总被视为普通人的鲍里斯，也可能成为英雄？……

"您知道吗？"他非常振奋，"我不明白的还有很多，但是说实话，我再也回不到过去了……"

"您最好认识一下耶莉萨维塔·谢尔盖耶夫娜，克列什涅夫同志的妻子，"尼古拉说，"她会帮助你的。"

鲍里斯立刻想起那个长着一双褐色眼睛的女人。

从这一时刻起，鲍里斯不再去日尔京家，他尽可能完成团委员会的任务。对克列什涅夫提起鲍里斯的工作表现时，梅特宁总是赞赏有加。

三十二

巴甫洛夫斯基军团，和其他距离沃伦军团比较远的军团一样，没有参与二月革命。这些军团的军官们审时度势，很快追随沃伦斯基，在大衣上别上红色的绦带花结，来保护自己的生命和职权。他们和其他参加了二月革命的军团一起来到了塔夫里达宫，由团长亲自带领向沃伦斯基宣誓效忠。

六月的进攻以瓦解和逃窜结束，让巴甫洛夫斯基军团的团长震惊，他不再相信临时政府有能力保住政权。最终，谁来领导都无所谓，只要能镇压士兵起义，能够果断机智地采取行动，无论是立宪民主党人，或者是社会革命党人，还是孟什维克。文人政府无能和歇斯底里，让他心底暗暗期待军人独裁领导。

然而，科尔尼洛夫叛乱带来的是士兵群体布尔什维克化。布尔什维克行动的有组织性，震惊了团长。委员会的布尔什维克越来越多，实际权力也越来越大。团长很羡慕普列奥布拉任斯基的军官们，他们的委员会由中间派组成。他权衡状况，不知道该转向哪个方向，二月事件后，他不想做无谓的牺牲。

也有可能，二月革命的模式将被成功复制？同士兵群体联合，以示保护政权？

这当然是比二月事件更复杂和漫长的，但是布尔什维克最终需要兵权，而组织兵权，没有经验丰富的老军官们是办不到的，这点团长非常确信。那么……这些推测他没同任何人提起，只有一次，在和妻子和女儿聊天时，他为了安慰她们，暗示过布尔什维克没有兵权。

"他们只能等前线战败，才能夺过兵权。"他说。

10月25日，巴甫洛夫斯基军团的军营门口，停下了一辆汽车。从车里走出来两个人。一个人身材健壮，紧锁眉头，目光犀利，穿着便服，戴着便帽。另一个穿着近卫军长大衣，高颧骨，面色平静机警，眼里闪着戏谑的光芒。

团长在军官协会接待了不速之客。

来客站到窗前。穿便服的人拿出委托书，自我介绍是军事革命委员会代表克列什涅夫。另一个高颧骨的人沉默不语，他的军大衣上扎着腰带，侧兜露出手枪枪套。他便是尼古拉·茹科夫。

"今天军团要进行演习，"克列什涅夫通知说，没有说出演习的目的，他接着说。"命令已经通知给委员会和各位委员。我顺便到这里来问一下：军官同士兵一起演习吗？我需要立刻得到回复。"

团长殷勤地打开烟盒：

"您抽烟？"

"谢谢您，我在等着回复。"

团长把烟放到嘴边，划了一根火柴，深吸一口，吹出一口烟。他像马一样长的脸上，毫无表情。

"是的，参加，"他终于简短地回答，然后叫来副官，挺直身体，说，"各位军官接受军事革命委员会代表的命令！"

副官迅速瞥了一眼不速之客，立正，靴刺发出了咔嚓声：

"遵命！"

长脸团长热情地微笑起来，转换成非正式的语调说：

"请您在我们这里用餐，我们的厨师会无比荣幸的。"

"谢谢您。恐怕我们没有时间。"

"啊，对食物和美酒总应该腾出时间的！"

他看了眼窗外。

下面，瞭望台藏在暗处。远处，天鹅运河后面，横卧着光秃秃的夏花园，阴冷的秋风吹拂着林荫道。

"今天的天气真糟糕！"

克列什涅夫觉得天气很好，不过他并未应答。然后低声说：

"我命令立刻进行演习。"

团长的长脸再次板起来：

"那么，我很荣幸……"

他微微低下头。

客人们离开了。

不远处一个浅黄头发，面颊绯红的大尉，一直在观望这里，现在走过来：

"上校先生，我是来受您的领导，不是来服从下流胚的指挥！"

团长看了一下大尉，一句话没说，转身走了。

大尉叉开腿，手伸进兜里，盯着团长的背影，轻轻打一声唿哨。这是一位英勇的军官，军刀刀柄上挂着圣乔治丝带，胸前的宝剑和花结光彩夺目。他再次意味深长地打声唿哨，转身问副官：

"为什么演习？克伦斯基在最高统帅部？"

"听说在这里。听说整个政府都在冬宫，开会。"

"他们在做什么蠢事？为什么不杀死那些骗子？我昨天刚从前线回来，什么都不知道。"

副官冷笑：

"你试试去杀他们吧！士兵都站在他们一边。"

"胡说八道！只能说我们这儿的指挥官无能了。"

"试试吧！"副官平静地重复道，用手摸摸微微发胖的下巴。

"在七月的时候，我们的头儿是很有把握的。为什么不绞死他们？"

"他们把列宁藏起来了。你试试动动他们中的哪个，我们会被撕成碎片的。怎么对付他们？发动战争？要知道克伦斯基多么懦弱，再说拿那些逃兵怎么办？毫无办法。他们在农村干什么？烧光杀光，用武力夺走土地。更别提工厂里了，不用说也是这样，这就是这些先生们的强项。指挥官们不想打仗，只想谈判，明白吗？"

"胡扯！没什么好谈的。要是我，对现在冲突的两方，全都砰的一枪，完毕！这些自以为是的大师们，还以为能找到方式解决呢。"

"那样的话，士兵就会打死所有的军官！"

"你被布尔什维克吓破胆了！人人都只会动嘴，辩论，争论。最好的辩论就是——子弹。放一颗子弹——争论结束。这个文官是谁？"

"鬼知道！无产者。姓克列什涅夫。他们这种人很多，几百，几千个。"

"不过，你先别急着宣布命令。"

"我不宣布，他们也会宣布的。"

"好了，我走了!"大尉向副官伸出手。"也许我们会在哪里再碰面，轻松解决各种问题。不过，别到我家里找我。"

"再见，奥尔洛夫!"

奥尔洛夫走了几步，突然转身回来。

"要是让我知道你替布尔什维克卖命，"他低吼道，"我会找到你，像杀死狗崽子那样杀了你!"

说完，他消失在门口。

大街上，克列什涅夫坐在车里，点起烟，对旁边坐着等待的梅特宁说：

"监视军官，两个都要监视!"

"是。"梅特宁回答。

"科里亚（注，尼古拉的小名），你留在这里帮忙。"

尼古拉对梅特宁说：

"吹号集合吧，时间到了。"

"已经开始了。"梅特宁说。

脚下的地面咯吱咯吱响着。涅瓦河上的冷风吹来，在空旷湿润的马尔索夫广场上游荡，两位士兵却热血沸腾，昂扬的斗志涌动全身。

军事革命委员会的命令被无条件执行。

军营门口走出一列队伍。半连连长鲍里斯·拉甫罗夫的旁边，走着一位士官，他胡须下垂，脸色阴郁，目光似乎能刺伤他看到的任何东西，他走路微微跛着脚。

"连长呢?"梅特宁问。

连长立刻从最后一排闪出来，走到跟前，没有敬礼。

梅特宁语气强硬，直接盯着他的脸问道：

"你们是否服从军事委员会的指挥？"

"是，委员公民，我服从指挥。"军官举手敬礼，回答道。

梅特宁把士官叫过来，命令他：

"请将连队带到巴里琴斯基大桥，拐到涅瓦大街，队形横向展开，不要放任何人接近总指挥部附近。明白没有？"

"是，委员公民。"

"行动！"

尼古拉走到跟前，士官立刻认出了他。他们相视一笑。这对医院的邻床病友，对这样的重逢觉得自然而然，只是无暇问候，表达欣喜之情。

"齐步走！"

士兵队伍迈着整齐的步伐，走向莫伊卡河。

"除了连长，连队是可信的，"梅特宁转向尼古拉说，"有很多上过前线的士兵。你看见那个士官了吗？看起来不太友善，盯着他。"

"我了解他。"尼古拉简短地回答。

"拉甫罗夫呢，我说过了，他很能干，能委以重任。"

另一个连队开向马厩广场，第三个连队去了彼甫切斯教堂。

尼古拉问：

"可靠吗？能参加暴动吗？"

"大部分都可靠。坚定信念吧！"

下一个连由司务长带领。

两个年轻的士兵，圆圆的脸上没有胡须，边走边说说笑笑：

"瓦夏，瓦夏，你看，咱们要去冲锋了！"

"怎么了?"

"什么'怎么了',赶紧给你妈妈写封信,告别吧!"

"别在队列里闲聊!"司务长叫道,"我让你闲聊!"他握紧拳头,立刻又沮丧地松开了。他像平常训练时那样,凶狠地说:"排好队!你!挺起肚子!用力!不要发出一点声音!"

然后,他走向梅特宁,准备好了进行汇报。

尼古拉打断了他:

"连长在哪儿?"

"我不知道,委员先生大人!"

他说的时候没有看尼古拉,而是看向梅特宁。

"您怎么会不知道?"

司务长敬过礼后,一动不动地站着,默不作声,瞪大像鸟儿一样的黄眼睛,盯着梅特宁。

"半连连长呢?"梅特宁问。

"报告,半连连长,纳肖金少尉大人也不在,委员先生大人!"司务长汇报。

他仍然像在近卫军中那样,称呼下级军官为"大人"。

"连里一个军官都不在吗?"

司务长挺身直立,默不作声。

"手放下。"

梅特宁皱起了眉头。

"连长奥尔洛夫大尉,昨天刚回来,"他对尼古拉说,"头号反对派。你等一下,我这就去找找……"

他走进军营,很快就回来了。他后面跟着一个准尉,一边跑一边扣背带。准尉的眼睛闪闪发光,好像要去约会似的。

"试试看，"梅特宁说，"既然没有派给你任务，就在连队暂时工作。请接收连队，准尉！"他对准尉说，"把连队带到特罗伊茨基桥，散开队形，不放任何人到这里来！明白没有？"

"是，明白！"准尉挺直身体，激动万分。瞬间就成为连长，想都不敢想的好事！

他开始指挥，满腔热情，连司务长看着都暗暗赞许。

所有连队按计划安排完毕，梅特宁对尼古拉说：

"我和你去警察桥。那里是委员会委员值勤。指挥官们无所事事，自己都不知道游荡在哪个世界，看着都可笑。"

他们迈步走起来。迷雾潮湿，秋凉透骨。四周寂静一片，在这安静的时间里，不安突然袭来。今天做的这些事都是真的吗？不是梦吗？会不会像梦醒一样消失？

"哎，兄弟，跑吧，啊？"

他们立刻跑起来。

到了马厩广场，他们才慢下来，快速疾步走着。

"我想，要是行动起来，应该把军官们都撤掉，"尼古拉说，"他们是不能齐心协力的，是靠不住的一群人！"

"也不是所有人都这样的，兄弟，不是所有人！你观察一下，他们中也有正派的人，需要我们的领导，为什么不从军官中争取值得尊敬的人呢？"

他们都不再说话，急速赶往约定战斗的地方。

三十三

涅瓦大街上人头攒动。电车铃声、汽车喇叭响成一片，也无法把汹涌的人群赶向人行道。马车夫们骂骂咧咧。花园街旁边"夜晚时光"布告箱前，米哈伊洛夫斯基大街旁边的市杜马门前，所有声音汇聚成密不透风的墙，似乎一个功率巨大的马达在轰鸣。城市杜马门前台阶上，涌来了各种各样的人：中学生、军官、女仆、律师、陪审员、小铺老板。

人群涌动，一会儿涌向这边，一会儿涌向那边，捕捉最新的消息。时不时传来各种声音：

"怎么了？……发生什么事了？……他说了什么？……"

花园街的拐角，一个中学生正在为袖子上的公共警察臂章惴惴不安。他大衣上扎紧的腰带上挂着手枪。他隔一会儿就摸一下手枪皮套，仿佛在寻找信心和力量。

"公民们！"他喊道，接着又喊，"公民们！"

过于宽大的大檐帽一会儿转向额头，一会儿转向后脑勺。虽然快入冬的天气并不热，但是他浑身湿透了。

"公民们！"他恳求道，"公民们啊！"

他解开了枪套。

可是，人群继续汇集到涅瓦大街上，相互拥挤碰撞着。

突然，尖锐的喇叭声刺破了街道，一辆黑色汽车闯入人群。车上站满了荷枪实弹的水兵和士兵，用步枪对准人群，车前盖上有两个士兵。紧接着，这辆车后面又来了另一辆。人群拥挤着散开，中学生跌倒了。

"公民们！"他叫着，爬起来，揉揉摔疼的膝盖。

他立刻被人群裹进了大街中。

"发生什么事了？"

"解散了？"

"逮捕了？"

"逮捕谁了？"

"斯莫尔尼宫被哥萨克骑兵占领了。"

"公民们!"中学生绝望地喊道,"公民们!"

他被推着挤着,根本控制不了自己的身体。

突然,一个洪亮的男声压下了所有的声音:

"预备议会被水兵解散了!"

一个戴宽檐帽,身披格子大衣的男人,站在"夜晚时光"布告箱前面高声演说,鲜艳的领带被风吹得微微摆动着:

"布尔什维克占领了发电厂、电报局和电话局。女话务员们的反抗是最激烈的。全世界的女士万岁!乌拉!"看得出来,他已经喝醉了。"一切都要结束了,布尔什维克要胜利了!克伦斯基滚开了!将军们万岁!乌拉!"

突然,他往人群里迈了一步,向前挥舞着拳头,打到一个女孩肩膀,女孩"啊"的一声往后退,可是,虽然女孩已经不再妨碍他,他还是恶狠狠地再次打了她。

"流氓!"

"逮捕他!抓起来!"

"我打死你!"醉鬼吼叫着,"我是记者!我会拳击!我打死你!"

"公民们!"中学生喊叫着,"公民们!"

奥尔洛夫大尉在涅瓦大街头儿被卡住了。他费力地钻过人群,来到市杜马门前,歇口气的时候,他正好听到这位演说家的话。

"军队和我们一条心!"那个人吼道,他已经大汗淋漓了,"众人一条心,誓死支持临时政府!"

奥尔洛夫走上台阶,挤走这个老百姓演说家,用他习以为常的指挥腔调,坚定有力地说:

"钢铁般强劲的专政时刻到来了!"人群安静下来,奥尔洛夫吸引了人群的注意力，所有人都开始顺从地听他演讲。"暴动者正在威胁我们的生命和我们的财产！无知的人烧毁庄园，赶走主人，杀死英勇的军官！饥饿开始蔓延！那个懦弱无能的克伦斯基把我们带到这种境地！现在应该追随英勇的军官们！所有能拿起武器的人，起来拯救祖国吧！我们不会优柔寡断！请你们组织起来！军队正从前线往回赶，把首都从暴动者手中抢回来！加入我们！在彼得格勒道德败坏的卫戍部队里，还有正义的军团！消灭来自后方的敌人！毫不留情！用军事力量拯救首都！"

不远处，人群开始向上抛一个路过的将军。他银色的大衣敞开了，露出了紫红色的衬里。

人群时时刻刻在变化着。

红色赤卫队派来的侦察员，观察倾听着，一切都很好，这里没人知道冬宫正在发生的事情。

突然，喀山大教堂那边开始骚乱。一连串的电车返回来。电车还没开到海军大厦，就在马厩大街上，被巴甫洛夫斯基军团士兵和武装工人拦住了，卸下了乘客。行人和车辆都禁止通行。这是目击者讲述的。

人群涌向喀山大教堂。

天空上涌动着乌云，四周越发潮湿阴冷，可是谁都没有注意天气的变化。

街上到处都是人。

奥尔洛夫离开事件发生的中心地点，走到花园街上。他的家里，当然藏着不少钱和珠宝。母亲见到他，一定会让他换上便服："你打过仗了，谢廖沙，够了！"

奥尔洛夫急着回家，他要马上见到父亲。最近父亲表现出惊人的灵活性，他建立了很多意想不到的朋友关系，能帮助他从各种境遇中找到合适的出路。到处都有他的熟人和朋友：秘书、办事员、记者、代理商、律师。他重视每一个人，看得出，他在这大起大落的疯狂的动乱中，努力从各个方面保证自己的安全——也许哪个小人物明天就当部长了？他过去的神气劲儿跑哪儿去了！

涅瓦大街挤满了人。中学生在花园街角跑来跑去地喊，声音已经嘶哑：

"公民们！公民们啊！"

天黑了，换班的人还没来，作为一个忠于职守的公民，他觉得自己无权扔下自己的岗位。

人群的注意力突然转向喀山大教堂。人们往那里涌去。那里发生什么事情了？为什么有巡逻队？

队伍横向铺开在涅瓦大街上，在队伍的后面，鲍里斯不慌不忙地来回走着。他的手指缩进袖口，后背微驼，身体悄悄战栗，也许是因为冷，也许因为过度的紧张。

"把火灭掉！"他走到莫伊卡河岸边，命令道。听到自己嘶哑的声音里透出特殊的果断。他暗暗高兴，"不允许随便点火。"

说完，又走回队列旁边。

士官转脸面向鲍里斯，脸色冷静刚毅，胡须下垂，他举手敬礼，问道：

"半连连长公民，我们什么时候去参加战斗？"

"等军事委员会命令。"鲍里斯简短地回答。

人群涌进士兵的队列里。

"向后转！"

枪栓哗啦啦地响成一片。

人群向后退去。

但是，人群再次涌上来。

"代表团！代表团！"各种声音此起彼伏，"和平代表团！"

连长走过来，面色凝重，看了一眼鲍里斯，朝涅瓦大街的对面走去。

一个头戴宽檐帽的大胡子挤过人群，走向士官。他挥挥皮包，激动地迅速说：

"我是社会活动家代表团成员。"

士官厉声呵斥，这位知识分子吓得浑身一哆嗦，皮包差点掉了。

"去那边！"鲍里斯对士官说，"去找连长。"

士官跑向队伍另一边，不过连长不在那里。

从总司令部拱门底下，突然冒出来一小群男女，出现在准备暴动的队伍中间。软礼帽、圆顶礼帽和肥大的女大衣，在士兵大衣、皮夹克、水兵上衣、工人大衣中间看起来很奇怪。

"去哪儿？"

"谁放你们来的？"

不知道从哪儿冒出来的连长跳到尼古拉跟前，突然变得格外恭敬和顺从，报告说：

"这是和平代表团，委员公民！他们举着白旗，提出和平的建议，委员公民。他们请求允许他们去冬宫找政府，委员公民！"

今天，所有的长官，哪怕是最小级别的，都被称呼为"委员"。

尼古拉眯起眼睛，目露凶光，连长不由得往后退了一步。

"要是手里带着武器呢？"

"我错了，委员公民，但是军事规则……"

"是革命规则！"尼古拉吼道，"您在违反命令！逮捕！"

"但是，委员公民，他们是一个一个过的桥，只是在这里……"

"闭嘴！"

尼古拉掏出手枪。突然，从这一小群人中冲出一个大块头胖女士。

"我们，是和平代表团！"她喊道。女人尖厉的声音在暴动前紧张的气氛里异常刺耳。"这里都是著名的社会活动家，他们的名字闻名整个俄国。我们反对大屠杀。我给你们跪下，请停止互相残杀，祖国处在危险中，后方军队却在内讧，我们把这些话告诉我们的部长们……"

"滚开！"尼古拉命令道，"带走她！"

"您没有好心肠，跟您说话的是老人家。"

尼古拉不耐烦地转过身去。

这时，放代表团通过士兵队伍的连长，消失了。他溜进涅瓦大街的人群里。现在他才意识到事情的严重性。噢，团长是多么愚蠢！难道他以为，让几个军官领导起义者就能控制暴动？军官在这种时刻根本无法施展。现在隐藏着一个大阴谋，只能用武力消灭。要用刺刀刺死所有这些造反的贫民！他突然冷笑起来，他想起那些社会活动家，他刚刚还藏在他们身后跟着跑……这些人道主义先生女士们毫无用处！

年轻的水兵声音低沉严峻，命令道：

"去楼房边上走，不要妨碍我们。"

水兵和士兵强制代表团离开。一个戴软帽的高个子代表，路过尼古拉时，低声说：

"还有时间防止流血冲突。"语气里带着一副老爷和长官的圆润腔调。

尼古拉抓住这个高个子的手：

"什么？"

"同志，"高个子害怕了，"我也跟您一样……追求自由，我自己就是参与者，我有证件……"

"滚开！"尼古拉凶狠地回答，"滚开，否则……"

他的手发热了。

米哈伊尔·鲍里索维奇·奥尔洛夫，这个原杜马成员急忙走开了。

从士兵队伍里出来后，他对自己的恐怖感到奇怪，更高兴自己安然无恙。推选代表的时候多么激昂！热情多么高涨！现在呢？他怎么办？不久之前他还多么风光！

从河岸过来的水兵已经包围了冬宫。装甲车黑压压排成一队，水兵们唱着歌，庞大的队伍沿着埃尔米塔什运河向米利奥大街行进着。普列奥布拉任斯基军团的士兵队给他们让开了路。

一辆汽车飞速驶来。克列什涅夫跳下车，只见他双眼通红，身形消瘦却动作迅疾。他推开士兵，挤进了人群。

克列什涅夫是执行军事委员会任务的工作人员之一。他开车从一个团到另一个团，说服、组织、召集所有必要的行动。

"谁值班？委员在哪儿？委员在哪儿？您就准备这样袖手旁观吗？"

克列什涅夫一直想着夏花园，这个重要的地方应该考虑在封锁计划内，那里可能聚集了敌对力量。

往总指挥部驶去的时候，他心里默念着："三个骑兵营，一个炮兵骑兵队，一个乔治奖章军人营，两个工军营……"

这是保持中立的武装部队。

"这个中立的普列奥布拉任斯基团真是见鬼！就在旁边，万一从后面进攻呢？"

三十四

在这个秋风飒飒的清晨，列宁的武装起义和夺取政权计划开始实施了。富有经验的革命战士掌握了城市的命脉。水兵、士兵、工人赶走了发电站、电报局、电话局、火车站的士官生，各处安排了自己人守卫。革命兵团里准备好行动的连队正在待命。红色近卫军控制了工厂。一切准备就绪。巴甫洛夫斯基军团、格克斯果里姆斯基军团和其他军团包围了临时政府所在的冬宫。扛着新步枪、配备新子弹的工人队伍出现在彼得格勒区。近卫军水兵从河岸街走到冬宫附近。

冬宫所有入口和大门都锁住了。大厅和走廊的墙上蒙上了灰布。一楼走廊和房间里一片混乱，组织护卫的人忙成一团，召集排列队伍。宫殿里有很多军官和士官生。楼上，部长们挤作一团。

宫殿上方，夜晚的天空广阔深邃，亚历山大纪念柱直冲云霄。冬宫四层楼所有窗口灯火通明。广场上、柱子旁的一串路灯明亮闪烁。

紧张气氛已经达到极点，可是攻击的命令还没有下达。

被围攻者向全国发出"整个国家和全体人民，都来反击布尔什维克在作战军队的后方进行起义的疯狂行径"的号召被拦截，电报局已经被布尔什维克控制。

乌云退去，黑色夜空中繁星点点。亚历山大纪念柱边的路灯熄灭了，电车铃声沉寂。广场上空无一人。空气中已经充满了嗖嗖飞出的子弹，冬宫的士官生从街垒后面扫射机关枪；回击的子弹飞射到宫殿墙上，玻璃和墙皮纷纷掉落。

冬宫拒绝不战而降。

涅瓦河上的舰炮发射出来，炮声隆隆，翻滚而来，犹如洪水一般势不可挡。广场上长时间回荡着恐怖的回音。

"谁？巡洋舰？"

"涅瓦河上有三个。"

"哪个在发射？"

"鬼知道！阿穆尔？"

"不是，是阿芙乐尔。"

尼古拉也在开炮，炮声隆隆地滚过广场。

黑暗中，需要辨认炮弹往哪儿发，对面的枪声却停了。等枪声再响起时，才弄清射击来自街垒高台方向。

"进攻！"

尼古拉弯下腰，从拱门底下猛冲到皇宫广场前危险的空地上。

"前进！"

绷紧的神经在行动中放松了，积攒数小时后瞬间喷涌出来的力量，把工人、士兵、水兵融成一体，密不可分。在一样的呼吸和步伐中，强攻者们从广场各个角落，猫着腰端着步枪，急速冲向皇宫。

这是令对手没有任何反抗能力的进攻。鲍里斯也充满了同样的激动，一手拿着军刀，一手拿着手枪，跑在前面。

在潮湿的原木堆旁，进攻人群停了一下，随即继续往前冲。

一个士兵没有听从指挥，脱离开整个队伍。

尼古拉揪住他的后脖领。

"害怕了？"他声音嘶哑。

士兵的身体在他手里无力地垂下。

"会被打死的！"

在势不可挡的共同力量中，尼古拉猛然扑向冬宫的墙，在这场战斗中没有胆小鬼！

大家用枪托和铁棍敲击右侧入口的门，门突然开了，是从沿岸街闯入的水兵从里面打开的。尼古拉和其他人一起跑进宫殿，飞奔上楼梯，用尽全力用枪托砸上面的门锁。

"铁棍！铁棍呢？"

大门旁的强攻已经结束，士官生投降。此刻，士官生们只想着一件事：安全离开，离开这恐怖的包围，不要再延续这场无望的战斗，毫无意义。克伦斯基在逃向大本营时，让他们誓死守护岗位，但是他们根本不想死。

突然，响起了女人们刺耳尖厉的责骂声：

"你们不许离开!"

"败类士官生!"

这是"妇女营"在骂人。

但是士官生们一个接着一个，爬过木垛，拖着步枪，微微弯着身，穿过大门，走到广场上。

他们在冬宫前排成了一排，沉默阴郁。

"交出武器!"

妇女营也从院子里被押送到了广场上。

冬宫里，猛烈的进攻已经到达大厅最后一道防线：临时政府藏身的大厅。

门口，士官生们手端步枪，整齐排列，僵立不动。暴动的波浪迅猛袭来，一个士官生扔下步枪，双手抓住头，奔向一边，另一个脸部抽搐。队列散了，最顽固的也没有时间躲藏，举手投降。

这时，走出来一个穿礼服的人，看起来刚健有力，圆滑机智，他说：

"你们在干什么？难道你们不知道吗？我们的人刚刚和你们的人达成协议! ……"

这是最后的蒙骗。

尼古拉同其他人奔向角落里的小厅。看见荷枪实弹的赤卫军、水兵、士兵，部长们脸色苍白，像服从最终的判决一样，举起了手……

……夜里三点左右，在斯莫尔尼宫的苏维埃大会上迎来了庄严的时刻。大会宣读了紧急通告，宣布冬宫被占领，临时政府被逮捕。数百万人的努力获得成功，在俄国建立了苏维埃政权，弗拉基米尔·伊里奇·列宁成为苏维埃政府领袖。

三十五

这天，在米哈伊尔·鲍里索维奇·奥尔洛夫家里，像往常一样，聚集了很多朋友和熟人。

宽敞的客厅里铺着地毯，放着几张沙发。米哈伊尔·鲍里索维奇的亲弟弟列夫·鲍里索维奇窝在沙发椅里，手里拿着晚报。他连续几年在杜马记者联合会工作，他衣领和袖子笔挺，看起来更古板。他很像自己的哥哥，一样的身高，一样的大块头，一样的肉鼻子。

厨房里，橡木橱柜和其他家具之间，摆着一个天鹅绒旧沙发。沙发上坐着一个上了年纪的人，鬓角斑白，胡须稀疏，裤脚挽起，露出的鞋上沾满了灰土。他一说话就让人觉得他在嚼东西，或者要吐掉下颌。这是邻居，一个历史老师。

旁边坐着一位眼睛和肩章都闪闪发亮的准尉，在革命前是米哈伊尔·鲍里索维奇在全俄城市联盟的部下，一遇到麻烦就习惯同奥尔洛夫商量。朋友和熟人们认为米哈伊尔·鲍里索维奇能摆脱任何困境，因此也能对他们有所帮助。

一个穿戴考究的助理律师，奥尔洛夫提拔的人，站在咖啡炉旁边，双脚交叉，双手背在身后。他和坐在沙发椅里的米哈伊尔·鲍里索维奇的妻子聊天，时而看看沙发上方几乎占满一墙的画，那是西班牙画家牟利罗的天使和圣母画的复制品，时而看看挂在窗户中间的镜子，端详镜中的自己，悄悄把手伸向领带，似乎要把它从脖子上扯下来。房间里还有几个人，有的坐着，有的走来走去。

早就习惯家里宾客如云的妻子，叹口气说：

"今天我们的米哈伊尔·鲍里索维奇去哪儿了？"

"忙国家的事情吧。"助理律师回应，突然摆正手脚，门口出现了一位著名律师和社会活动家。

他没有问好，就迫不及待地问：

"米哈伊尔·鲍里索维奇在家吗？"

这个人颧骨高耸，鼻子隆起，嘴巴和眼睛大张着，一个人一个人地看过去。他面如土色，肥厚的面颊轻蔑地下垂，堆到嘴边。

"没在家，"助理律师回答，他向前一步，向客人毕恭毕敬地鞠躬。"我们也一直在……"

"那我晚点再来，"活动家打断他的话，庞大的身躯随即消失在门后。

助理律师小声地说出这位活动家的姓名，历史老师突然喊道，声音充满了责备：

"您怎么不早说？我好仔细看看！"

儿子奥尔洛夫上尉回来了，米哈伊尔·鲍里索维奇的妻子不再担心丈夫的未归。何况，在内心深处她对丈夫完全放心。她不会想象他能发生什么不幸，这对她来说完全不可能，就像太阳不会熄灭一样。

"您的团怎么样，大尉？"准尉问，"也是在委员会吵架，没有结果？"

"很遗憾，有结果。今天早上按照布尔什维克的命令全团去演习，鬼知道去哪儿，可能要把我们都杀死。我没去，我是不会屈从的。父亲在哪儿？我有急事找他。"

"这一切结束得太快，"历史老师没有回答奥尔洛夫，自顾自说，

"他们没有能力进行创造性的工作。在俄国民族中历史性的理智总会胜利的。立宪会议！对，立宪会议才是出路，先生们！"

最后两句话他说得实在太激昂，似乎他吐掉的下颌不是一个，而是两个。

这时，米哈伊尔·鲍里索维奇走进屋，表情凝重。

"你们好，先生们，"他迫不及待地说，"齐娜奇卡，亲爱的，我太饿了，我要吃饭，吃饭，吃饭！"

他被围住了。

"怎么样？有什么新消息？"

"情况不妙。"他简短地回答，走出了房间。

"怎么不妙？"教育家绝望地吐口唾沫，耸耸肩，倒在沙发上。"他总是这样！没说完就走。"

他又像咀嚼什么似的，自己嘟囔着。

奥尔洛夫大尉用手敲击桌子，烦躁不安。

米哈伊尔·鲍里索维奇在隔壁房间慢慢地洗手，若有所思。客厅里传来他弟弟压低的声音。饭桌已经摆好，闪闪发光的吊灯下，汤的热气冒上来了，他才走进餐厅。

米哈伊尔·鲍里索维奇坐到餐桌边，把餐巾一角胡乱塞进背心纽扣间，拿起勺子，说：

"我得救了，简直是奇迹。"

然后他吃起汤，心满意足。

"忍耐，忍耐。"他在心里安慰着自己。

"齐娜，亲爱的，馅饼在哪儿？"

齐娜身子一哆嗦：

"这儿呢，就在你眼前呢，米沙！"

米哈伊尔·鲍里索维奇摇摇头。

"经历了这些震荡……"

他一下子咬了两口肉饼。

"等会儿我得单独跟你说几句话，"儿子走进来，对他说，"非常紧急的事情，我直接从团里来的。"

米哈伊尔·鲍里索维奇宽容地看看儿子：

"从团里来的！你们倒是问问我，我是从怎样的地狱里逃出来的！"

他继续吃着热菜，津津有味地嚼着。此刻，他不想理睬自己的战斗英雄儿子。

吃完饭，米哈伊尔·鲍里索维奇用餐巾擦擦嘴，走到客厅。

"不要折磨我们了，米哈伊尔·鲍里索维奇，"准尉说，"把消息都跟我们说说吧！"

"你们自己都知道，先生们，"米哈伊尔一边回答，一边坐进舒服的沙发里，"整个社会对革命的想法多么热情高涨。所有仁慈的人，所有思维健全的人，所有健康的人和有文化的人，在一开始，宣布革命并且把人民引到立宪会议的时候，看到了拯救我们国家的方法。"

历史老师激动地吐出话：

"就是这个！对！"

"革命也有自己的受难者和英雄，"米哈伊尔继续说，"今天这个名单里就又补充了不少人，今天发生的事情，"他耸耸肩，似乎在请求原谅，"我今天太忙，所以到国家杜马时晚了一会儿。你们不会想象出来，发生了什么事！格拉菲尼亚·巴尼娜……说起这个英勇的女人，无法让人平静！你会不由自主想到瓦尔康斯卡娅，多尔果卢卡娅公爵夫人……"他突然中断，不确信十二月党人的妻子中到底有没有一个多尔果卢卡娅，不过这个姓看起来很合适。"俄国女人！"他叹口气，"塔季雅娜·拉里娜……所有人都在喊：'对，对，去冬宫，去找部长们！我们要与他们生死与共！'这是多么震撼！所有思维健全的人，所有最健康的人……我的心充满了，像……"他想不出来怎么打比方，就把手放到左胸口。"我们走到沸腾的涅瓦大街……几千人护送我们。我们手无寸铁，直接走到敌人的阵营中。"

"应该扛着大炮去。"大尉想说，但是忍住了。他的鞋后跟不停地敲打地面。

"齐娜，亲爱的，"米哈伊尔停下了话题，"请给我一杯水。不，不要苏打水，普通的白开水！我心脏不舒服，心里想得太多了……"

儿子厌恶地盯着父亲，父亲一小口一小口喝着水，一边自责地摇摇头。

"好了，好些了……"米哈伊尔停顿一下，接着说："直接进入敌人的阵营。在喀山大教堂旁边，我们碰到了士兵队，还有一些什么人……身上缠着……子弹……不放我们过去。我们被武器推来推去，被责骂。我想，没有什么人会在这种情况下还在坚持吧，"他温和地笑笑，"我们不后退，社会责任高于一切。来了一个军官，他帮助我们一个一个地通过了桥。这是位英雄，士兵随时可能撕碎他。他对士兵说，我们是他们的军事委员会派来的。我听见了他的话，似乎只有我发现了这个英勇的谎言。他把我们带到了皇宫广场，在那里……齐娜，亲爱的，再给我点水，还用刚才的那个杯子！谢谢！对，还是应该去找医生看看心脏。我们老年人太不关心自己的健康了……我讲到哪儿了？对，我们走到皇宫广场。我们站到了叛乱者面前。你们想象一下那些面孔：没有一丝善意、公民觉悟、文化修养。他们拿着步枪、手枪，所有人身上缠着这种……上面有子弹……"

"子弹带。"大尉生气地提醒父亲，但是父亲没有理会他的话。

"一个什么长官，那儿人太多，分不清，想杀死那位军官英雄。他已经把手枪指向军官的太阳穴了，一个女人，我应该说，俄国女人是真正天生的英雄！一个女人，巴尼娜伯爵夫人，那么有威望的社会名人！跪到肮脏的马路上，跪到这个布尔什维克面前。这是震撼人心的时刻，连这个骗子，看得出来，都觉得不好意思了，把手枪塞到腰里还是哪儿……我站在最前面，突然，他一把抓住我的手，拦住我。我不知道为什么他只注意到我。可能因为我的样子……不是那么恐慌，我坚定地表达出自己反对流血事件的想法！他们把我抓住，用枪打我，可以说，我已经做好准备和你们，我的朋友们，我的齐娜奇卡永别了……"齐娜不再矜持，号啕大哭起来。"但是巴尼娜伯爵夫人的话起作用了，"米哈伊尔最后总结道，"所以，现在我重新回到了你们中间，我亲爱的朋友们。"

寂静中，只听到齐娜的呜咽声。隔了一会儿，各种喊声、叫声此起彼伏：

"这是您的兵团在胡作非为！"准尉对奥尔洛夫大尉喊道。

"首都中心的土匪！"老师唾沫横飞，"前所未闻！"

"您是英雄！"助理律师赞美道。

奥尔洛夫大尉问父亲：

"你是说到了皇宫广场，就是说，布尔什维克到冬宫前面了？他们可能会闯进去逮捕政府官员。"

"但是政府有足够的保护，我希望，如果没有……"米哈伊尔摊开手，"克伦斯基跑到大本营去了，要从前线带部队回来。"

"爸爸，"大尉忍无可忍，打断父亲的话，"我找你有急事，请单独给我五分钟时间……"

此刻，门口又出现了那位著名律师的胖大身躯。

"米哈伊尔……"

米哈伊尔立刻起身，和这位重要的客人急急走进书房。

一个小时后，大尉才单独和父亲待在书房，坐在橡木书桌和书柜间的黑皮沙发椅上。

"爸爸，"大尉说："我需要钱，我决心跑出去。我想回到前线，从那里带领军团回到彼得格勒，可是我一分钱没有。爸爸，不要以为我又去赌钱。我的钱昨晚阴差阳错都输光了。我发誓：不把布尔什维克赶走，我不再摸一张牌。你可以相信我。给我钱，爸爸。今天他们就可能拘捕临时政府，应该快点走！"

"等等，年轻人，不要冲动！"米哈伊尔笑着，"首先，谁告诉你我有多余的钱？我不是银行家。其次，你往哪儿跑？去哪儿？去哪个前线？"

"哎，我之后再想往哪儿跑！"

"先要钱，然之后再'想去哪儿?'你是这样考虑问题吗？是不是最好先'想去哪儿'，之后再要钱？"

他笑了，对自己的幽默很满意。

儿子说得很快：

"我没有钱，因为我在战争中不发不义之财，我是战斗军官，乔治勋章不是白得的。我受过重伤，对我来说，同布尔什维克作战不是投机行为，可你却讽刺我。"

"讽刺！"米哈伊尔叫道，惊讶地扬起手，"我讽刺你！"他笑了，耸耸肩。"你最好听我的。首先，你需要回到团里，是的，回团里，"他坚定地重复。"如果所有军官都从彼得格勒跑了，那会怎么样？砍掉布尔什维克的脑袋，如果他们坚持这点，就应该留在彼得格勒，而不是别的地方。回团里！巩固自己在团里的地位，提高自己的威望！然后……作战军官此刻必须留在这里，在彼得格勒。"

"爸爸，原谅我的固执，我会好好表现，但是我脚下的土地都在沸腾，我准备带领德国人进攻他们，我在这里待不住！……"

父亲站起来。

"谢廖沙，"他说，"现在我将引导你的命运。我哪儿都不放你去，我们以后一起走，我以后再跟你仔细说，现在不行……"

儿子也站起来。

"最好的办法是给我钱。"他小声嘟囔着。

米哈伊尔突然脸色苍白。

"谢廖沙，"他说，声音突然失去了控制，"谢廖沙！"他喊起来，"你会死的。我不心疼钱，可是现在我……我要引导你！我这些天一直在想你的事。是我把你从前线叫回来的！谢廖沙！我们要完蛋了！要完蛋了！"

他抓住儿子的肩头，几乎要倒下去。大尉扶住了他。大尉第一次感到了恐惧。父亲，总是那么自信的父亲，现在像个无助的女人一样哽咽着。这个陌生的场景刺痛了大尉。

"天啊！"米哈伊尔重复着，"天啊！"他用意志的力量恢复以往的自信。"我们一起离开，"他说，"我们两个一起。让他们为自己的胡作非为付出代价！"他喊的声音太大，妻子跑到了书房，呆愣在门边。

三十六

从皇宫广场回来，尼古拉走进军营，在大门口停下。他坐到基台上，把步枪放到膝盖之间。铺展在军营前的马尔索夫广场隐没在黑暗中，漫无边际的黑暗中似乎挤满了沉默的人群，隐藏着威胁。尼古拉望着这片神秘的黑暗，耳边回荡着冲锋时的炮声。

"难忘的一夜！"鲍里斯走过来，他也睡不着。

这个夜晚的感受还在鲍里斯心里翻滚着。中学时期的生活、日尔京家和亲人们，都遥远得像在另一个世界里。

他特别想说话，心里充满了各种感觉，竟不知从何说起。终于，他开始说：

"把部长们拘捕了，真是不错。他们反对人民。知识分子应该总是跟人民站在一起的。我说得对吗？"

尼古拉沉默不语。鲍里斯正需要一个沉默的听众，他突然激动起来，跟着感觉，开始滔滔不绝地说起来：

"知识分子应该一直站在人民一边。人民不想要战争，人民希望成为自己生活的主人，我是这么理解的。我说得对吧？否则布尔什维克从哪里来的这么大的力量？有的时候，我们的知识分子，那些大学生，完全玷污了军官肩章。在学校里说得挺好，当上军官就完全变成了粗暴无知的人！这让我总是特别惊讶。如果知识分子不是民主主义者，并且轻视士兵，那么他就不是知识分子，就没有理由认为自己是为崇高的理想而生！他们应该服务于人民！"他喊起来，因为突然想起尤里和他的故事"奇怪的规则"。"是他们必须为人民服务！还应该让人民信任他，同意为自己服务。我说得对不对？人的出生很偶然，一些人生在有条件上学的家庭，另一些人生在穷人家。我们应该把自己优越的条件用于人民。布尔什维克就是人民，不是吗？"

尼古拉动了动身体，充满怜惜地看了看鲍里斯。

"知识分子和人民之间应该有牢固的精神血统，共同的利益和目标。如果在自己身上培养出这样的精神血统，人民就会感觉到，会信任自己。对知识分子来说，这意味着什么？"尼古拉看到鲍里斯欲言又止的激动面孔，不觉加快了语速，"对知识分子来说，有时候是同亲人彻底决裂，这件事我想了很久。您已经这样成长了，而我还应该脱离旧的一切，同以前的朋友、亲人断绝关系。"

尼古拉突然清晰地感觉到了鲍里斯心里的变化。对尼古拉来说，鲍里斯来自另外一个世界，一直在黑暗中徘徊，跌跌撞撞。现在他很孤单，过去的伙伴已经分道扬镳，新的伙伴还没有找到。尼古拉的心转向了鲍里斯。

"人民是敏锐的，"尼古拉说，脸上洋溢着微笑，"善良诚恳的人立刻就会被发现的。你要是有什么事就找我，让我们一起来……"

鲍里斯点点头。

"谢谢。要不，我一直在想啊想，头都要想爆炸了。我一直在阅读，想懂得再多一点。"

他皱起眉头，眉间聚起了皱纹。

"我现在无论如何不会离开人民，哪怕发生任何事。就像我读过的车尔尼雪夫斯基的一句话，哪怕是斧头和血液，我记不清了……现在我已经做到了。"

"工人阶级掌握政权，"尼古拉说，"现在你应该学习同我们一起工作。我们喜欢工作，但是不害怕战争。我们会帮助你的。"他补充道，真诚得出乎意料。

奥尔洛夫大尉回团的时候，天已经亮了。他慢慢走到察里岑斯基大街。现在，兵团对他来说，既熟悉，又敌对和陌生。

远远的，他就看到那个跟克列什涅夫一起来过的高颧骨，现在已经在这里指挥上了！像主人一样！奥尔洛夫瞬间充满了暴怒。他把手枪从皮套里掏出来放到大衣口袋里，以防万一。他站住了，不知道接下来做什么。可是，难道他，一个战场上的军官，害怕了吗？这种想法激怒了他。连父亲都让他回军团，最终，让他这个堂堂的军官毫无用武之地。他高高地扬起头，用自信的姿势握住自己佩带圣乔治结的军刀，大踏步走向军营。

他甚至都没有往尼古拉那边看一眼，听到喊声也没转身。

"站住！什么人？"值日兵拦住他，"什么人？"他重复道，"您去哪儿？"

奥尔洛夫打断士兵的话：

"那你是什么人，胆敢这么问我？"他试图推开士兵，"你没看见吗，我是谁？大尉奥尔洛夫，六连连长。"

尼古拉听到了，立刻走到他跟前：

"大尉奥尔洛夫？您昨晚在哪儿？为什么不来集合？"

"我没有义务向您汇报，"奥尔洛夫回答。他继续保持斗志，但是已经不着急回营了。

"把他带到梅特宁那里。"尼古拉吩咐。

"蠢货，"奥尔洛夫想起父亲，"见鬼去吧，还要在这里赢得信任！只能逃走。"

他准备走开，值日兵却抓住了他的胳膊。

大尉奥尔洛夫从来不费力多想。他只按自己的想法判断别人。他知道如果这些士兵落在他手里，像现在他落在他们手里一样，他们不会活着。所以，他们会打死他。他健壮的身体瞬间充满了憎恨和痛苦，他停下了，转过身，对值日兵小声地说：

"我跟您走。"

恐惧，甚至让他有点恶心。"蠢货。"他再次骂父亲。他已经无法再振作精神，只是考虑着，怎样能逃出这个陷阱，这个因为他自己的愚蠢而掉进的陷阱。

尼古拉冷笑道：

"这样才对。应该学会负责任。"

尼古拉的话让大尉奥尔洛夫的脑海里瞬间浮现出一个画面：一群士兵，举起枪口，猛烈齐射……他看见了自己，谢廖沙·奥尔洛夫，胸口被穿透，慢慢倒在荒凉的营房墙边。

猛烈的憎恨以前所未有的力量抓紧了他。"现在反正完蛋了……"他从兜里摸出手枪，忘了恐怖和仇恨，连续向这两个他憎恨的人射击之后，用尽全力逃跑了。

三十七

有一天晚上，梅特宁派鲍里斯去克列什涅夫家交代任务。克列什涅夫没在家，等他的时候，莉萨陪鲍里斯聊天。莉萨问什么，鲍里斯都如实回答。他把自己的一切都讲给她，这是他人生中第一次这么坦诚，他甚至说出他第一次遇见莉萨后多么想再见到她。

"我说不清原因，我自己也不知道为什么。"他说的时候毫无窘迫，就像面对一个一定会理解他的亲人一样。

莉萨笑了，然后严肃地说：

"因为您当时脱离了一群人，可是还没走近另一群人。"

在新朋友中间，鲍里斯和莉萨相处起来更轻松。她很快就称呼他鲍里斯，这让鲍里斯很高兴。

他一直想去找娜佳，但是不想碰到反对布尔什维克的格里戈里。最终，鲍里斯还是打了电话，却从老日尔京那里意外得知，娜佳同一个女朋友去了沃罗格达当老师。鲍里斯从老人的语调中也猜到，娜佳和格里戈里脱离了关系。她就像以前的鲍里斯，无法忍受家庭，她离开了家。

鲍里斯总是摆脱不了一个念头，他对不起这个姑娘。可是，又有什么办法呢？

在军营里，鲍里斯偶尔会想起娜佳。坦白地说，想得越来越少。属于过去的一切，从根本上不再让他激动。在暴动前的那些日子里，他似乎失去了回忆的能力，只会思考未来。眼前的每个日子都让他觉得不同寻常。当一个人可以选择自己的命运，并且知道，为了什么而活在这个世界上的时候，生活变得多么精彩！对他来说再也没有什么可怕的了，他只想更好，更深刻地理解他听从自身意愿而自觉参加的事件。

那天晚上和尼古拉聊完天儿，他在军营的院子里，给没参加冲锋的士兵讲述攻占冬宫的故事。突然，门口传来了枪声，那是大尉奥尔洛夫在向尼古拉射击。

后来，鲍里斯无论如何也无法回忆起，正是自己抓住了奥尔洛夫，把他双手拧到背后。跑过来帮忙的士兵抓住了大尉。当他被押往军营，鲍里斯的目光同他相遇了。是的，这就是那个和鲍里斯一起中学毕业的谢廖沙·奥尔洛夫。他们曾经一起度过每个课间休息，晚上到对方家里做客，一起准备功课，一起去女校参加舞会。现在，他们是生死敌人。

在极度的震动中，鲍里斯向尼古拉俯身，这是命运刚刚赐给他，又立刻夺走的朋友。尼古拉已经死了，看得出，他是当场死亡。

梅特宁进来的时候，玛丽莎正在整理前线信息。"阿波别林保尔茨阵地消息"用作布尔什维克的报道，还有维堡 42 步兵军的"芬兰消息"。第二和第五军的消息也是有用的。

"是这样，玛丽莎。"梅特宁开始说，但是说不下去了，不知道怎么说出口。

他的眼睛红红的，没睡好，脸色发黑，颧骨高耸，面颊坍陷。

"请说吧！快点说！我这特别忙！"

"好的。我快点说。尼古拉被打死了!"

玛丽莎呆住了。

梅特宁小声地说:

"不要难过,玛丽莎……"

他不再说话了。

他不会安慰,他自己都从来没有被安慰过。

梅特宁以为玛丽莎是尼古拉的妻子。玛丽莎看了一眼梅特宁,立刻明白了这个意思。让大家都这么想吧。习惯的,实在是太习惯的痛苦抓住了她,她向它屈服了,她甚至无法哭出来。

梅特宁尽量不看她,接着说:

"一个我们的人抓住了那个军官,那个打死尼古拉的败类……这个人会去找你,晚上到克列什涅夫家去,去莉萨那里……"

晚上,鲍里斯一边往莉萨·克列什涅夫家走,一边思考,怎么给尼古拉的妻子讲述丈夫的死。梅特宁建议他:

"你别弄得太沉重,她很脆弱。"

鲍里斯想象一个消瘦的女人,应该比尼古拉年纪大一些,病恹恹的,痛苦不堪。他对她说什么? 为什么还要让她,还有他自己再次痛苦? 需要怎样安慰她?

他不情愿地爬上楼梯,拉响门铃,走进屋子。突然,他看见一个清秀的姑娘,一双大眼睛里带着戒备的神色,苍白的嘴唇紧闭着,穿着整洁的灰色连衣裙,腰间系着红色的腰带。她笔直地站着,望着进来的鲍里斯,仿佛已经准备好迎接任何新的打击,不过不知道能否忍受得住。鲍里斯站住了,一瞬间,他忘了所有准备好的话。好一段时间,他们只是默默地相互对望着。

终于,鲍里斯开口了:

"我，是茹科夫的同志……"

结结巴巴地说完，他转向莉萨·克列什涅娃。

莉萨说：

"你们认识一下，鲍里斯，玛丽莎·格拉耶夫斯卡娅，尼古拉的好朋友。"

鲍里斯握了握玛丽莎的手。她的手很小，手指几乎没有回握鲍里斯，只是不由自主伸给他。鲍里斯感到不自在。今天，还有不止今天发生的一切，突然涨满了他的身心，使他无法呼吸。他不知道如果开口说话他会怎样，也许他会哭。最关键的是，突然之间，他的大脑一片空白，似乎他的意识停止工作了。他用尽全力想控制自己，可是没有成功，他坐到椅子上，又站起来，又坐下去，这时他感觉到，自己实际上已经在哭了。这实在让人羞愧。但是他拿自己一点办法也没有。他转过身，忍住呜咽，很生自己的气。他不知道自己甚至在用拳头一下下敲桌子，不过，还是止不住地哭。

莉萨果断地说：

"嘿，真不害臊，武士阿尼卡！"她一边说一边抚摸着鲍里斯的头，像抚摸孩子一样。

鲍里斯终于控制住了，说：

"我不明白……我从来没有这样过……天知道怎么回事……我想给您讲讲您的丈夫……"

玛丽莎摇摇头：

"不，我和他不是丈夫和妻子的关系，他是我最好的朋友。"她叹了一口气，"您安静一下，休息休息。我给您准备点茶，您喝完，躺下睡一会儿，您需要平静，需要休息……"

一切都那么不可思议。原来，尼古拉的妻子竟然不是妻子，而且不是他鲍里斯来安慰她，而是她安慰着鲍里斯。不过他没有来得及想太多，他一坐到沙发上，头一歪就睡着了，进入了一个健康的年轻人应有的沉沉梦乡。

鲍里斯睁开眼睛，不知道自己在哪儿。他没穿靴子，躺在宽大的沙发上。一个穿灰色连衣裙的姑娘，在桌上铺开的一块毯子上，用小熨斗熨着什么。她从白色的小盘里洒一点水，拖动熨斗，再洒点水，再拖动熨斗。他看了一眼她的脸，立刻什么都想起来了，他看清了，姑娘在熨他洗干净的包脚布。

玛丽莎抬起眼睛，看了看鲍里斯，说：

"躺着吧，还早。"

她说话的语气似乎早就跟他认识。鲍里斯发现，她的眼睛很神奇，沉静忠厚，充满智慧。

他说：

"谢谢，我休息好了，请您原谅我昨天的行为，"他接着说，"我完全控制不住自己。"

她用肯定的语气回答：

"是啊，您非常激动。不过您不要觉得羞愧，人不是铁做的，"她若有所思地摇摇头，"您昨天被迫经历了很多事情。我和莉萨都明白。您知道吗，我在医院当过护士，我习惯了。"她把熨斗放到桌上。"您看，"她一边说，一边把包脚布整齐叠放好，递给他，"我昨天给您脱靴子，您的包脚布太脏了，您一点也不注意爱惜自己。科里亚（尼古拉的小名）就很整洁，自己知道清洗。"

"我也会的，"鲍里斯很窘迫，反驳道，"我可是士兵，不过这几天才这样……"

"您需要洗什么，我都能帮您，您不要不好意思。"玛丽莎说。

她坐到桌边的椅子里，低下头，两个小拳头托住下巴，睁着灰色的大眼睛看着他：

"莉萨给我讲了您的故事。她走了，她今天值夜班。"

他在她面前穿靴子有点不好意思，但是她却显得很自然。

"枪毙他了吗？"她问，"那个军官？"

鲍里斯点点头。

她继续望着他，眼里充满了忧伤。

"这就好，我现在也能去杀敌人，"她神情严肃，小声地说，"我一直在想啊想……我现在明白了。有这样一群人，靠别人活着，靠我们的劳动活着。他们认为自己是地球上最优秀的人，敲诈勒索，发动战争，随便杀人。不能可怜他们，就是他们杀死了科里亚。请您给我讲讲发生的事情吧。什么都讲讲，暴动，暴动之后……"

鲍里斯开始讲得磕磕绊绊，慢慢就全神贯注了，只在讲到尼古拉牺牲的时候稍有停顿，不过，很快就好了。

玛丽莎听着，没有打断他。她没有哭。她留心观察自己的感情，吃惊地发现，自己的心里很平静，甚至有某种安定，似乎一夜之间，她从一个哭泣的女孩变成了一个成熟的人。

"这个军官是谁？"她问。

"我的中学同学。"

她叹了一口气。她用一个拳头拄着脸颊。

"嗯，"她似乎在自言自语，"您远离了这些人，您不想和他们在一起。您不应该再回到他们身边，那是不对的。"她像一个年长的，更有理智和经验的女人，问道："您大概也有过孤单的时刻？"

"有过。"鲍里斯承认。对这个姑娘，他准备实话实说。

她理解地点点头。

"我也有过这样的时刻。"她说这话的时候，似乎她已经活过了漫长的人生，在回忆多年前的岁月。"那还是我刚来这里的时候。我是逃亡者。有一次，在一个什么地方醒来，一个人，没有亲人，没有熟人，我害怕……科里亚（注，尼古拉的小名）说过，我们是善良的人，但是坏人就像水蛭，会附身，应该变得凶狠一点，狠狠地把它们扯掉。在我出生的地方，河里有水蛭。我们女孩子和男孩子一样会抓住它们、踩死它们。这样做很恶心，但是应该这样做。我现在明白了，科里亚教会了我很多。"

"他们告诉我，您是他的妻子。"鲍里斯小声地说。

玛丽莎点点头：

"我知道。我们只是很要好，我不适合做他的妻子，我一哭他就生气。现在我不能再哭了，我也不想再哭了。哭，只能妨碍活着……真奇怪，"她中断自己的话，"我跟您刚认识，就说了这么多的话。"

"您很聪明。"鲍里斯说。

"我还很愚笨，十分愚笨……"

他们都沉默了。

"我昨天太难过了。"她又开始说，"我看着您，我就想，您也许比我还难过。您完全不知所措……我觉得，您还不如我看得透彻。"

听到这样的话应该生气，不过，不知道为什么，鲍里斯一点也不生气。

"那您偶尔会怜惜自己吗?"她问。

"是的。"鲍里斯承认。

"我也是，"玛丽莎点点头，"从家里到这里，一路上我都很怜惜自己。现在我一点也不怜惜自己了。你不怜惜自己，你就不害怕了。再也没什么好怕的，非常好。刚才我给您熨包脚布的时候，我一直在想，恐惧就发生在那种时刻，当人过分怜惜自己的时刻。如果不怜惜自己，而是怜惜其他人，那么就不会再恐惧了……您喜欢思考吗?"她又中断了自己的话题。

"很喜欢，但是我总想不通。"

"科里亚教我怎么思考，"她小声说。"可是我还是不太会思考。我只是感觉到，一个年代要过去了，我们不知道要经过多少年，一切将变成另外的样子，更好，更正确。所有的事情都是美好，公正的……"她摇摇头："不，我说不好。但是我想为那种还没有的生活而活着，哪怕为了它去死!"她大声说，眼睛里闪烁着光芒。

"多么了不起的姑娘!"鲍里斯心想。

她接着说:

"让那些像我这样的姑娘过上幸福的生活，而我的幸福，就是帮助她们建立美好的生活。她们还没出生，可是我已经非常爱她们了。不，我不能……我还是说不好……"

"我从来没有听过谁比你说得更好。"鲍里斯反驳道。震动他的不仅仅是她的话，还有她的语调，她的外貌，都是独一无二的。

"不，我说不好，"玛丽莎摇摇头。"我甚至根本想象不出将来会怎么样，社会主义，共产主义……我只是在感觉，感觉……"玛丽莎沉默了，陷入了思考中。"请问，"她突然问道，"您有没有什么时候，哪怕是瞬间，背叛了科里亚、莉萨这些人呢?"

鲍里斯想起自己在芬兰疗养院的表现，满脸通红，几乎要哭了。

"不，"他说，"再也不会。我……我不久前背叛过，很糟糕，很讨厌。不过，我保证，这种事情永远不会再发生，永远不会。"

"咳，我多么鄙视您!"玛丽莎大声地说。

她甚至拿拳头敲了敲桌子。

鲍里斯立刻觉得自己被她抛弃了，他被她推出去很远，孤单一人，要独自为自己的行为负责。他忧郁地说：

"可能我还有很多错误让您鄙视。我完全承认，我还会不止一次地犯错误。最终我没有选择自己的父母和生长的环境，可是，假装我不是我本来的样子，我做不到，现在我也不会假装。"

鲍里斯紧锁眉头，站起身，在屋子里走来走去。"该走了。"他想。

玛丽莎看了他一眼，目光里带着责备。

"您真不害臊!"她小声说，"您为什么生气？突然就生气了……"她耸了一下肩膀。"我说的根本不是这个。我自己一直弄不清，做不好，福马·格里果利耶维奇就帮我改正。我说的不背叛，完全是另外一回事，跟自尊心一点关系都没有。您这种自尊心是不对的。谁责备您的出身了？您现在不是小孩了，自己能够决定命运。现在抛掉全部自我，我说，我永远不会背叛，宁死不背叛。"

"我也是宁死不背叛。"鲍里斯气恼地重复着她的话。听到自己说的话，他感觉到自己是在发誓，这誓言不能违背。

玛丽莎却没有发觉，这些话是作为誓言说出来的。对此刻的她来说，这些话都是很平常的。

"啊，我忘了早饭!"她叫道，"不过我们这吃的不多。"

"我不吃，"鲍里斯赶紧说，"您别麻烦了……"

"吃吧，你别指挥我，"玛丽莎严厉地说，"我自己知道我该做什么。有什么我们一起平均分着吃。您理解的还是没有我理解的多，现在我终于看清楚这点了。"

她在行动和说话的时候，思绪里一直萦绕着尼古拉和他的死亡，让她吃惊的是，这种思绪在召唤她活着、行动，不要软弱，不要哭泣。

"您会仇恨敌人吗？"她问鲍里斯，"您明白什么是复仇吗?"

鲍里斯想了想才回答：

"还没完全明白。"他努力说得坦诚，"也许我会明白的。我好像会仇恨，不过我……我……"他费了好大的力气说出来，"我还没有真正地爱过，就这样了……"

玛丽莎点点头：

"是的，我明白，您就这样长大了。您首先应该憎恨，现在您会开始学会爱的。您只是还没有意识到，应该去爱谁。您生活在士兵中，大概只会爱自己，您还不会仔细观察他们，您只是看见您自己的烦恼。"

她说得太对了，鲍里斯不由自主地看了看她，心里充满了尊敬，甚至有一点惊恐。

吃过早饭，他们一起出门，她去上班，他回军营。

鲍里斯刚到军营，梅特宁就对他说：

"克列什涅夫叫你，你去找他吧。"

去斯莫尔尼宫的路上，鲍里斯发现，在很多十字路口、入口和大门的旁边，徘徊着一些人，他们的面色激昂庄重。在其中的一群人中，一个外表非常体面的戴礼帽男人正在演说。鲍里斯停下了脚步，仔细去听。

"这件事已经发生几天了，"男人的声音非常高亢华丽，"整个民族都起来反抗了，全员罢工：工程师、官员、所有部门的领导、邮政人员……银行的工作人员简直是英雄，真正的英雄。他们锁上自己的保险箱，拒绝给强盗任何钱。"

"保险箱保护好了吗?"一个女人问道。宽檐帽遮住了她瘦长的脸，帽子里竖着羽毛。

男人安慰她：

"当然了，您可以完全放心，女士。"

鲍里斯接着往前走。"大钱包"，他又想起了这个词。他在书里努力弄明白的，答案此刻就出现在他的生活中。这就是资本家，寄生于人民劳动而活着，让人们相信他们就是祖国。要知道就连去前线参战的鲍里斯，也想过保卫这些寄生虫，也就是保卫祖国不受敌人侵犯。而他们自己，就在人们在战场上牺牲的时候，用最绝妙的方式同那些德国人进行着交易。

"帝国主义者的掠夺……"列宁的话突然闪现在他的脑海里。还是两年前，他第一次从克列什涅夫那里听到这些词汇，当时他没有完全理解。在二月革命后同克列什涅夫谈话时，他还是没有理解，而前天，在进攻冬宫时，他实际上就做到了变帝国主义战争为国内战争。他同工人、士兵和水兵一起与统治阶级斗争，推翻了地主和资本家政府，建立了工人和农民政府。现在他再也不会动摇了。"我宁死也不背叛。"他想起了自己对玛丽莎许下的誓言。

鲍里斯内心汹涌澎湃，以至于站在克列什涅夫面前的时候，连克列什涅夫都问他：

"您怎么了？"

"没什么，"鲍里斯说，"我就是想到了很多……"

"想明白了吗？"

"是的，想明白了，"鲍里斯很快乐，笑起来了，"我现在觉得自己基本会正确思考问题了。"

这些话说得特别真诚和天真，克列什涅夫心底第一次生出对这个年轻人的疼爱。"莉萨说得对，"他想，"从那样的家庭里，偶尔也能走出诚实的人。"

"您大概知道了吧，"他对鲍里斯说，"官员和公职人员宣布罢工，我们现在要充分使用每个人。我们决定把您派到联络组，在城里四处查看。需要的时候要随时演讲，打击敌人的斗志。您没问题吧?"

鲍里斯沉默着，想着这个意想不到的任务。

"您首先要和玛丽娜·格拉耶夫斯卡娅①联系，"克列什涅夫接着说，"她一直坚守岗位，所有消息都在她手里。您昨天已经认识她了吧?"

"我会努力的，"鲍里斯立刻回答道，"谢谢，我准备尽力去做一切我能做到的事情。"

当他听到他必须同玛丽莎一起工作的时候，他的犹豫瞬间消失了。就是说，他能天天见到她了。为此他愿意去做任何不可能的事情。他觉得，为此他甚至都能成为真正的演说家。

"谢谢您，"鲍里斯的回答让克列什涅夫感到出乎意料。他眯起眼睛看看鲍里斯，不由自主地笑了笑，不过，这次的笑容里，充满了赞许和温柔。

三十八

如今，士官生成为临时政府的希望。逃出冬宫的克伦斯基带领的克拉斯诺夫将军的哥萨克分队，准备同士官生联合，恢复圣彼得堡旧日的秩序。在彼得堡那些豪华的住宅里，夜深人静的时候，身穿士官生制服的小伙子们纷纷走出家门。在家门口，满脸愁容的老太太一边抽噎着，一边在胸前画十字，而年轻的姑娘们亲吻他们的双唇。与此同时，在国外的某些宾馆里，一些大腹便便的人，一边数着士官生的人数，一边面露疑虑。这些人及时把自己的钱从俄国转移到斯德哥尔摩、苏黎世和其

①　玛丽娜·格拉耶夫斯卡娅即玛丽莎，玛丽莎是其小名。

他城市。他们的心中没有祖国，钱在哪儿，他们的故乡就在哪儿，钱可以铺平道路，让他们来到任何一个国家。恢复圣彼得堡旧日的秩序，仅靠士官生没有能力支撑太久，需要求助欧洲，不管是英国、法国或者德国。

10 月 29 日那天，鲍里斯拖着微跛的脚，吃力地走进玛丽莎的办公室。

"我带来弗拉基米尔士官生的消息……"他小声地说，坐到了椅子上。

一分钟后，玛丽莎已经在给他包扎脚了，她随身总带着药箱。他还在忧伤地讲述着：

"您知道吗，这是弗拉基米尔学校干的，士官生举起了白旗，可是我们朝他们走，他们就一齐开枪……这简直太下流无耻了……学校拿下了，就是我不太走运。腿我自己包了一下，卡车把我运过来的……谢谢……我总给您添麻烦……"

鲍里斯没跟玛丽莎说，大家要把他送到医院，可是他执意坚持要求把他送到这里来。

"伤口不重，"玛丽莎轻轻地说。停了一会儿，她用不容置疑的语气说："我来监护您。我同莉萨商量一下，让您搬到她那里住，我们现在有四个房间，隔壁搬走了，您现在不能去军营，也不能在马厩大街的家里，没有人照顾……"

鲍里斯立刻容光焕发：

"您知道吗？玛丽莎，我在那里遇到一个中学同学，他也反对士官生，也去进攻学校了。您看，不是我一个人在这样战斗呢。"

"那您还以为，就您一个人这么聪明？"玛丽莎露出嘲讽的语气。她特别想用什么办法报复一下鲍里斯，因为刚刚他把她吓呆了，当她看见他面色苍白，勉强拖着脚走进来的那一刻，她的心脏瞬间停止了跳动。

鲍里斯在克列什涅夫家躺了几天。伤口确实不重，只是不能走路。玛丽莎下班回来，就给他换包扎，细心照顾他。有一天，她对鲍里斯说：

"我和您两个人都没有家，没有亲人。我没有一点父母的消息，不知道他们发生什么事了，而您，离开了家人……"

此刻，夜已深，煤油灯微微地亮着。鲍里斯悄声回答：

"除了您，我不需要任何别的亲人。"

她什么也没说，又在桌边坐了一会儿，还是用手托着腮。然后她站起来，小声地说了声晚安，就回自己屋了。

……鲍里斯的伤口很快恢复了。他从床上起来，在房间里走了几步，他对玛丽莎说：

"没有您我就完蛋了。"

玛丽莎沉默不语，想了想，低声说：

"有可能，我也需要您。"

终于到了这个时刻，鲍里斯下定决心，轻轻地从后面搂住了玛丽莎的肩膀。他感到她的肩膀在发抖，像在打寒战。他勇敢地把她转向自己，拉进了怀里。现在，她整个人都在颤抖，没有办法停下来。鲍里斯看向她的眼睛。他从来没有见她这样害怕过。认识她后，他第一次在这个一贯对自己很严厉的姑娘身上，感觉到一个从来没有体会过爱情的十九岁少女的胆怯和孤单。

"不要怕，玛丽奇卡①，"他说，"我们现在是一家人，我们已经是真正的一家人了……"

---

① 玛丽奇卡是玛丽娜的昵称。

他整个身体都传递着对她的爱，那样爱惜和温柔，就像今生从未爱过任何人一样。这种感觉很快传递到她身上。颤抖消失了，她平静下来。

"好的，"她说，"可是你并不了解我，我胆小，还有很多不足……"

"我们已经是一家人了，"他重复着这句话，仿佛抓住了一根救命稻草，"真正的一家人……"

……几天后的一个清晨。阳光还未穿透结冰的窗户，房间里半明半暗。玛丽莎又像习惯的那样，突然跟鲍里斯说：

"我们在一起，非常快乐吧？是吧，鲍里亚？"

"这是我生命中最大的幸福。"鲍里斯回答道。

他想接着说，但是玛丽莎又像以前一样，严厉地打断他：

"最大的幸福，为什么要夸大其词？你不应该这样爱我。万一我死了呢？你会暴怒，失去一颗公正的心，憎恨一切。我了解你，你会迷失得很厉害，我得把你看紧了。"

鲍里斯笑了。

"你呀，我不会因为你迷失的。你不是妻子，你是我全部的理智。"

玛丽莎想着应该生气的，但是没有忍住，也笑了：

"得了吧，这样对你更糟糕。爱上理智，"她不笑了："可是，保列尼卡①，我比你更明白我们生活的年代，比你看得更清楚，我们为什么而活着，所以我才担心你过分爱我……"

三十九

1918 年 2 月，鲍里斯再次志愿奔赴前线。三年多之前，他交给中

---

① 保列尼卡是鲍里斯的昵称。

学校长的申请里充满豪言壮语，现在他的申请只有一句话：

"我希望加入人民红军队伍。鲍里斯·拉甫罗夫"

三年前他志愿参加对德战斗，保卫彼得格勒。现在一切完全不同了。"德国军国主义伙同所有国家资本主义，企图消灭俄国和乌克兰的工人和农民，把土地还给地主，把工厂还给资本家，把政权还给君主制。德国企图恢复自己对俄罗斯和乌克兰的控制。所以，俄国工人和农民的神圣职责是奋不顾身保卫苏维埃共和国，反对资产阶级帝国主义德国。"

玛丽莎也交了申请："我，玛丽娜·格拉耶夫斯卡娅·拉夫罗娃……"她以护士的身份同鲍里斯一起去前线。

奔赴前线之前，鲍里斯在一家报纸上读到了格里戈里·日尔京的文章。他庆贺在布雷斯特和平谈判的破裂。他对"意见不统一"欢喜雀跃，他描述了布尔什维克面临的"无法战胜的困难"，对德国人进攻圣彼得堡表示高兴。鲍里斯突然觉得他也是赫林格上校那样的敌人。

作为一名经验丰富的前线战士，而且之前在巴甫洛夫斯基军团履行过军官的职责，鲍里斯被任命为指挥官，带领一支队伍前往普斯科夫，任务是同铁路机务段工人联合。

鲍里斯这次参加的战争与以往不同，战斗方式也完全不同。当地的工人和农民这些普通老百姓，纷纷拿起武器，汇入红军战士的队伍。

鲍里斯在一家农舍留宿，农舍主人自愿在村头放哨。这个人三年前同德国人打过仗，负伤回家，现在重新拿起了步枪。

女主人把鲍里斯安顿在里屋，往桌上放了一罐牛奶，几个鸡蛋和面包。玛丽莎进来了，她穿着短皮袄和毡靴，鲍里斯没有立刻认出她来。

"鲍里亚，你最好睡一会儿，半个小时也行。"她恳求道。

跟着她进来的是清瘦的钳工马力宁，是鲍里斯领导的部队的政治委员。他的眼神非常专注，似乎一直在观察着什么。

黎明时分就要开始战斗，鲍里斯拿出了地图。

"您看，"他对马力宁说，"我们照直穿过树林，德军在那里没有布置步兵，只有摩托兵，接着……"

他们把地图摊在桌上，俯下身仔细研究。玛丽莎倚在黑暗的角落里打盹，低低的讨论声还是钻进了她的梦乡。

同德军的战斗一出树林就打响了。机务段大楼就在不远处，在寒雾中清晰可见。德军的摩托兵出现在公路上的时候，鲍里斯已经把队伍带到路基后面了。战斗虽然猛烈残酷，却很快结束了。陷入包围的摩托兵还在从摩托车后射击，不过，他们的命运已经被判决。鲍里斯趴在雪地上指挥。战斗结束，他站起来四处环顾，发现在不远的地方，几个战士面色凝重，低头看着一个受伤的或者已经死了的人。

他走向战士们，他们给他让开了路。从那一刻起，他永远记住了散开的短大衣，从短发上滑落的棉帽，惊恐的脸上，灰色的眼睛大睁着，望向寒冷的冬日天空……而马力宁的声音非常严肃，又充满同情和温柔，反复在说：

"请镇静，指挥官，请镇静。"

接下来，他抱着已经死亡的玛丽莎走到了机务段，他无法相信她死了。然后，他带领部队发起进攻，冲进了城市。在某一时刻，马力宁的声音又在耳边响起来：

"小心点，指挥官，您还有更重要的事儿。"

之后，整座城市陷入了迷雾，四周旋转着，玛丽莎恳求的声音又传过来：

"鲍里亚，你最好睡一会儿，半个小时也行……"

……他在火车上醒过来。

有人把他的短大衣铺在了硬板床铺上，他躺在上面，无法动弹。一个上了年纪的女人走过来，她瘦削的脸上充满了疲惫。

"玛丽莎在哪儿？"他问，"我怎么了？"

"很疼吗，孩子？"女人说，"没事的，我们很快就到医院，治好你的病。"

但是，他眼前又出现了散开的短大衣，掉落的帽子，惊恐的脸。

"回去！"他的声音嘶哑，"您为什么把她留在那里？她一个人在机务段……回去！把我拉回去！"

卫生员走过来，和女人一起把他按在床铺上。女人伸手摸摸他的额头，摇摇头，坐到了他的身边，温柔地说：

"一切正常，好孩子，你把德国人打死了。好好躺着，好孩子。"

然后，一切又陷入了迷雾，四周旋转着，玛丽莎的声音非常清晰：

"听着，鲍里亚，我需要时刻盯着你。"

莉萨·克列什涅娃从指挥部得到的消息，鲍里斯受了伤，被疏散回到了彼得格勒。她来到医院，医生不让她探望。

"他正在昏迷中。"医生说。

"他能活下来吗？"莉萨克制着，冷静地问。

"很难说，他的状况非常严重。"

第三章

四十

尼古拉耶夫斯基火车站站台上，一个穿着褐色大衣，戴着淡黄色礼帽的老妇人，守在一堆东西旁边。东西很多：篮子，一大包，几个小包，一个托盘，还有一些杂物。有时候老妇人会突然很不安，重新再查一遍东西。一个高个子年轻人走过来，他穿着领子毛都掉了的旧大衣，戴着褐色制帽。

"我雇了车，"他说，"现在就来取东西。"

老太太慌乱起来，想哭，又忍住了。她整个人惊恐不安，浑身颤抖着，像一个突然不得不拉上重物的老马。

跟着年轻人走过来一个高个子男人，戴着羊皮帽子，穿着羊皮袄。他用带子绑好篮子和大包，往肩膀上一扔，篮子挂在后背上，大包荡在胸前。老太太不安地看看儿子，用眼睛瞟着那个男人。儿子冷笑了一下，拿起几个小包和杂物后，托盘拿不了了。

"我跟你说过了，这个该死的东西早就应该扔掉了！"他很生气，大声地说道，"五年了一直拖着！早就该见鬼去了！"

"我来拿，"母亲内疚地说，"尤拉奇卡（注：尤里的小名），你别生气，我自己拿这个。"她拿起了托盘，接着又说："我自己来拿。"

他们走向出口。老妇人的眼睛一直盯着穿羊皮袄的男人：包里可是面粉袋，篮子里是面包，糖和其他从南方带回来的食物。

男人把东西放到车上，用绳子捆紧大车，把车赶出车站大门，赶到里托夫大街上。老妇人和年轻人跟着他。托盘也能放到车上的，不过，老妇人还是拿在右手里。

男人向右转弯，来到兹纳缅斯克广场上，从那里又拐上了涅瓦大街。

涅瓦大街格外的空旷寂静。一栋栋房屋似乎失去了生命力。老妇人在车侧面走着，她不让穿羊皮袄的男人挡住她的视线，她要看住她的行李。年轻人竖起了脖领，手插进兜里，弓着背，他觉得很冷。

"不可理喻，"他终于说，"你为什么要回到这里来！"

"尤拉奇卡，不要同母亲争论，"老妇人回答，她声音里透出的某种坚定，让她立刻变得年轻。"母亲知道该做什么。"

"因为你，我们漂泊快五年了，不明所以，莫名其妙。现在回来简直是疯了！"

"尤拉奇卡，"老妇人重复道，"不要同母亲争论。况且，不是快五年了，还不到三年。"

"要是那么算，是第四年。简直是疯了！"

他们沿着彼得格勒空旷沉寂的街道慢慢走着。马车拐到花园街上，走到头儿，离通往列比亚什林荫道的小桥不远，车夫停下了。

"需要休息一会儿，"他说，把手套搓软了，又拉平。

老妇人和儿子也停下了。

"需要休息一会儿，"车夫重复道，用手拍拍篮子，"给点吃的吧，我从早上到现在还没吃过东西。"

老妇人从头到脚，全身颤动了一下。

"同志，"她很激动，"我们给您吃的，不过要等到送到地方以后。到时候我还能再给您一块糖。我也是布尔什维克，这是我的儿子，他在哈尔科夫人民教育委员会工作，我在紧急委员会工作。"

她确实在紧急委员会做过一段扫盲工作。

"请您把我们送到地方，"老妇人继续说，"我们非常着急，我们有国家公务。您大概是无产者？我非常热爱无产阶级，我的儿子也很热爱，还有我已故的丈夫在工厂也为苦难的工人服务过。我们都是穷人，我们自己也是无产者，不过，我们会从自己最后一点食物中拿出一点给您。"

她还说了很多完全无用的长篇大论。

儿子握紧拳头，转过脸，一脚跺在坑洼地上的冻冰上，从他后背就能看出他是多么的愤怒。母亲平静和笃定的声音，仿佛在向儿子使眼色，而且不是向他的肩胛骨，而是直接对着他的眼睛使眼色。

车夫很惊讶，他听不大明白，但是被那笃定的语气震慑了。他戴上手套，赶车上路了。老妇人庄重地看了儿子一眼，嘴里突然发出满意的吧嗒声，这声音可以来自一个年轻人，而不是一个这样体面的女人。她居然又用左手打了响指，这更不适合她了，褐色的毛手套发出要断裂的声音。

特洛伊茨桥上，卡缅诺奥斯特洛夫斯基大街上，依然空旷寂静。

在死寂的水族馆后面，儿子突然说：

"这是愚蠢的决定！从火车站直接就去不太熟悉的人家。现在可能他们也都不在家！"

"不要着急，"母亲反驳道。"你也知道，我们写过信了。别担心，日尔京家不会消失，他们在任何体制中都能安然无恙，他们就是那样的人。"

儿子耸了耸肩。

"你不应该同母亲争论。"老妇人接着说,突然也开始紧张起来:万一他们真的不在呢?这才像他们的风格!

她都想请儿子原谅她执意要回到这个饥饿空旷的彼得格勒了,这时,车夫停下了马车,询问道:

"您到哪栋楼?"

"那个,灰楼,"老妇人急急地回答,"去那儿。"她说完,稍稍挺直了腰,似乎是坐着轻便马车来的,不过,她的背瞬间又驼了。"就是这个楼,同志,走吧!"

在入口,母亲和儿子发生了争执。儿子坐到了篮子上,拒绝上楼去敲日尔京家的门,他让妈妈上去。

"我无论如何不能闯到别人家。为什么要我去?你自己去敲门。你自己找的事自己解决。"

"尤拉奇卡!"母亲看一眼车夫,给儿子使眼色。"你不应该这样同母亲说话。"

她的手里还拎着托盘。

车夫把东西搬到入口,突然开始替克拉拉·安德烈耶夫娜说话:

"公民,您这样不对,这是您的妈妈,应该心疼妈妈。"

克拉拉·安德烈耶夫娜笑了,不过随即开始保护儿子:

"他病得很重,很累,站不住脚。我自己上去,尤拉奇卡,我去。"

"还是我去吧!"尤里大声说着,从篮子上站起来。

"不,现在我就去!"母亲争执道。

"你想把我变成坏蛋吗?"尤里压低声音说,"我不是坏蛋。我去!"

要不是克拉拉·安德烈耶夫娜突然担心丢东西,他们还会争论下去。在她数包裹的时候，尤里走进入口，爬上三楼。他敲了半天这扇油漆剥落的门，才听见里面的声音：

"谁呀？"

几分钟后，车夫把东西搬进日尔京家里。克拉拉·安德烈耶夫娜很忙乱，一边同日尔京问候，一边盯着车夫，同时盘算着，为支付他运东西要割下多大的一块面包。

日尔京一动不动地站在门厅里。他身上穿着没有领子的衬衫，披着夹克。裤子吊在腿上，像马裤，头发和胡须全白了。

克拉拉·安德烈耶夫娜解开一个小包，她尽量用自己干瘪的身体挡着，不让车夫和日尔京看到包里的东西。她给自己脸上添上无罪的表情后，掰下一小块面包，递给了车夫。

"就这么点儿！"车夫发怒了。

尤里从包里掏出一个三俄磅重的圆面包，在母亲没来得及叫之前递给了车夫。车夫感谢后走了。克拉拉·安德烈耶夫娜想对儿子喊，不过忍住了，她已经学会了克制自己。

"托盘呢？"她又慌了，"尤里！"

托盘放在篮子上，是她自己放上去的。

克拉拉·安德烈耶夫娜此刻才意识到，应该同这家的主人搞好关系了。

老日尔京有点不好意思，眨了眨眼睛，说：

"咳，您自己安顿吧，娜塔莎不在。"

"我们非常感谢您给我们栖身之地！"克拉拉·安德烈耶夫娜回答，"我会帮助娜塔莎做家务的。娜塔莎很快回来吧？"

"不，她不会回来了。"日尔京回答。

他在信里没有写，现在也没说，他的妻子，娜达莉亚·亚历山德罗夫娜已经在一年多前死了。他知道自己一说这件事就会哭，他已经不想再哭了。

"格里戈里在家吗?"尤里问。

日尔京只是挥了挥手。

"娜佳呢?"

日尔京还是不愿意回答。

"这里只有您一个人?"克拉拉·安德烈耶夫娜大声说，"您一个人怎么能行? 可怜的人!"

房间里看上去乱七八糟的，这让克拉拉·安德烈耶夫娜感到欣慰。她习惯以为日尔京家一帆风顺，因此而憎恨他们，并且把自己遇到的不幸都归罪到他们身上。

现在，日尔京倒霉了，克拉拉·安德烈耶夫娜心里的憎恨瞬间变成柔情，至于为什么，她仍然想都不去想。

"我现在就给您做饭!"她宣布道，"尤里，你看，他都站不住了!"她指着日尔京给儿子看，"他是勉强支撑啊。"她立刻开始收拾东西，好快点做饭。

日尔京迅速吃掉了一个大白面包。等他吃饱，克拉拉·安德烈耶夫娜小心翼翼地提了一个早就想问的问题:

"您知道鲍里斯现在在哪儿? 我从离开到现在一点他的消息都没有。"

"娜塔莎死了。"民族学家日尔京回答道，接着哭了。

克拉拉·安德烈耶夫娜想起了丈夫，也哭了。

他们哭了大约三分钟，各哭各的。然后克拉拉·安德烈耶夫娜再次重复她的问题:

"鲍里斯在哪儿?"

突然传来了敲门声。

克拉拉·安德烈耶夫娜跳起来，扑向门口。这一瞬间，她充满活力，似乎才20岁，根本没有刚刚结束疲惫的旅程。

尤里已经在书房的皮沙发上睡着了。

敲门的是来给日尔京做家务的女人，现在来做饭。克拉拉·安德烈耶夫娜赶走了她，回到日尔京身边。现在她看得一清二楚，在这个家里，再也没有谁能够妨碍她做主了。

"鲍里斯到底在哪儿？"她问道。

日尔京回答：

"鲍里斯是布尔什维克，他是克列什涅夫的秘书。"

克拉拉·安德烈耶夫娜不出声了，她还不知道怎么消化这个消息。

"这个克列什涅夫！"她终于大声说，"我都说过了，他是个恶棍。"

克列什涅夫，这个她刚刚听到的名字，瞬间成了她所有不幸的祸根，就像从前的日尔京一样。

日尔京又像以前那样，摊开手：

"他是个有坚强信念的人。很难说，他是好人还是坏人。要知道现在所有准则都改变了……"

"天啊！"克拉拉·安德烈耶夫娜叫道，"我明白，鲍里斯早就有过这样的见解，他早就是布尔什维克了，自愿参军，还受了伤。他早就憎恨德国人。可是这个克列什涅夫！为什么鲍里斯是这个浑蛋的秘书？他多么有才能！这太可怕了。"

日尔京没有捕捉到她话语的杂乱无章，他根本没心思听。他现在想讲讲儿子和女儿，不过，没讲出来，因为他又哭了。

然后，他站起来，从兜里掏出一个活领，往衬衫上戴。

"我应该去波罗的海舰队，"他解释道，"去上课……，从那儿去学校……这个……啊……"

他一出门，克拉拉·安德烈耶夫娜立刻感到疲惫不堪。活力从她身上溜走了，她又变成了干枯瘦小的老太太。她一动也不能动，手、腿、肚子、胸部、浑身哪儿都疼。

"尤拉奇卡！"她一开始声不大，接着大声喊："尤拉奇卡！尤里克！"

尤里没有回应，他睡着了。

攒足最后一丝力气，克拉拉·安德烈耶夫娜从椅子上站起来，拖动自己走到日尔京的床边，倒了下去。

四十一

每天早上，克拉拉·安德烈耶夫娜都让尤里去打听，鲍里斯在哪儿，在干什么。不过，尤里却真的没有时间去找弟弟。

尤里进入了档案馆工作。他在切尔内绍夫广场大楼里一直工作到深夜：给事件编号，做证明，做完这些分内工作，还要编写委托给他的档案材料汇编备注。他心甘情愿地做这一切，这比他在俄国游逛要愉快多了。他在单位的食堂吃午饭。

工作挣钱，耗尽了尤里的所有力气，让他极度疲惫。所以他一天天推迟寻找弟弟。他知道，找到弟弟很容易，不过，总要用掉三四个小时的时间。

这天，他终于拗不过母亲，不过，工作到八点钟了，他才想起找弟弟的事。他穿上大衣，戴上帽子，拿起了包，走到黑暗的广场上。他想走到喷泉大街和涅瓦大街交口的大楼。他不知道这栋楼里具体有什么单位，不过根据各种红色标牌，那里应该能打听到鲍里斯。即使找不到，也可以告诉母亲他去找过了。

他沿着喷泉大街堤岸走向涅瓦大街。他低头走着，不再想着鲍里斯。他腋下夹着公文包，思考着陀思妥耶夫斯基对屠格涅夫的憎恨。他一直在思索这个问题，准备就此写篇短评。不过他想在这个问题里发掘出新的观点，哪怕是一点小事。比如，今天一个档案员对他说了关于《斯捷潘奇科夫村》的有趣想法。这个档案员把福马的言论同果戈理给朋友的信进行了对比，证明福马是在模仿果戈理。尤里也要发现这样的观点！不过他还没有什么新想法可以放到短评里。要知道，比如卡尔马津的"恶魔"是模仿屠格涅夫已经众所周知了。而根据别人的著作编辑，不加入自己的观点，尤里是不会做的，他是一个自爱的人。可能他会在类似"塔拉斯·布尔巴"这样的经典著作文稿中找到些什么新文章？那样就好了！比如，《狂人日记》结尾是"阿尔及利亚老爷的鼻子正下方有一个肉瘤！"而在尤里的编辑下，果戈理的这个小说将有另外一种结尾，让所有人都震惊，尤里也将因此而出名。

后背突然遭到的一击，让尤里抬起头，想起他此刻在哪儿，活在什么年代。眼前，一个穿士兵服的高个子扯下了他的大衣。

右边是喷泉大街堤岸，空无一人，冰雪泛着冷光。左侧楼群毫无生气，窗户上一片漆黑，电站今天没送电。尤里还没弄清楚是怎么回事，就尖叫起来：

"救命啊！抢劫了！"

然后，失手扔掉了公文包，撒腿就跑。

城市并不是空无一人。最近的大门里跑出来一个穿皮袄的人，身后还跟着一个。下一个大门里也有一个男人走上了人行道。抢劫者冲向广场。

尤里看见人就停下了，他不再害怕。不过他突然发现腋下的包不见了。包里有从档案馆图书室借的书，无论如何不能丢。

穿皮袄的男人抓住了抢劫者，另一个人跑来帮他。警察来了，后面还跟着一些人。马车夫扔下了车和马，从广场拐到堤岸，一边跑一边挥舞着鞭子，兴奋地喊道：

"抓住他！啊呜！"

原来，城市只是假装沉寂着，到处都有人。

尤里挤到马路上。他一边往前挤，一边对人说：

"同志，我的包在那儿……"

"你别在这儿瞎嚷嚷。"一个人说。

没有人对谁被抢劫了感兴趣。

制伏抢劫者并没有那么容易。他把穿皮袄人的脸打出了血，又一脚踢到警察的肚子上，警察倒在了人行道上。

抢劫者周围没有人了，他喊道：

"都给我滚开！否则我杀死你们，浑蛋！"

"哎，畜生！"马车夫欢快地叫道，伸长鞭子抽到这个毫无罪恶感的人后背上。那个人愤怒地转过身，马车夫对他愉快地眨眨眼睛，用鞭杆指着他，又说："真是个畜生！"

马车夫非常乐意参与打架，就像来游泳一样。他给合作社运送食品，每天都吃得不错。

尤里挤到了他后面，看了看人行道：公文包就在抢劫者身后的墙角。包开了，露出一块书角。

抢劫者遇到了真正的对手。他和马车夫搂成一团，气喘吁吁，两个人都试图掀翻对方。尤里观察着他们的脚下，每次，当沉重的靴子靠近公文包，尤里的心就缩紧。他终于忍不住了，小心翼翼地迈步，一步步走到空地上，弯腰抓起公文包，立刻跳回人群。

又跑过来两个警察。

搏斗怎么也拆不开，终于，抢劫者的双手被捆到了背后。公文包已经紧紧夹在腋下的尤里，恢复了愤慨、兴奋和同情的能力。

穿皮袄的人在擦脸上的血，血还一直从他脸颊的破口流出来。被抢劫者踢到肚子的警察，正靠墙站着。他呼吸急促，不过看起来肚子已经不疼了。穿皮袄的人恶声恶气地讲述事情的经过。马车夫完成了自己的事业，走向了马车，他原来是个年轻人。

尤里走到了警察的跟前。穿皮袄的人转向他。

"就是这个公民被抢劫了，"他说，"因为他，我的脸都被打破了。"

警察问：

"是抢劫您了吗？"

"是的。"尤里骄傲地回答，感到自己是个英雄。

"又逃跑又尖叫的，像个小姑娘，"穿皮袄的人说。"帮这样的人真让人厌恶。不过，抢劫者还是应该抓住的，穿着我们士兵的服装，心却是强盗的心……"

"我是档案员，"尤里激动起来，"我是一个科学工作者，我的包里有书，我不明白……"

"姓名？"警察很不耐烦，打断了他。

"我是档案员，我在那里工作。"尤里指向切尔内什广场。

"先说姓名。"警察再次打断他。

"是的，说姓名，别闲扯。"穿皮袄的人随声附和着。

"这里都一清二楚，你不要再分析了。"人群里有人嘟囔着。

所有人，甚至包括警察，看向尤里的表情，就像是他打坏了穿皮袄的人的脸，踢了警察的肚子似的。

"什么是不要再分析？"尤里愤怒了。

他对这种鄙视自己的态度感到羞辱，"受攻击的是我，我还有罪了？"

"要知道大家都在保护你！你哪怕感谢一下也好！你看，有人因为你在流血！"

"这种人最好别上街，"有人说，"最好待在妈妈的怀里。"

"我的姓是拉甫罗夫，"尤里委屈地说，"我……"

"听清了。"警察一边写，一边又打断了他。

尤里感觉受到了侮辱。

"我是苏维埃工作人员，"他说，"我被抢劫，还……这太让人气愤了……"

抢劫者像野兽一样狂怒，盯着所有人。

警察记下尤里的地址后让他离开了。

尤里转身走开，心里只担心一件事，不要再有人拦住他。他紧紧夹着珍贵的公文包，拐到涅瓦大街上，他突然打了个寒战，摇了摇头，大衣还在身上！原来，大衣被抢，接着没钱挨饿，这全都是他想象出来的。他是多么不幸啊！人们不仅不可怜他，还在责怪他！这是多么残酷的年代！他非常可怜自己。

在花园街的街角，他加快脚步，提心吊胆地穿过天鹅林荫道，在过特洛伊茨桥之前，他站着等了一会儿，等到了三个同路的男人，其中两个也拿着公文包。

在卡缅诺奥斯特洛夫斯基大街上，尤里又想起了刚才的事情，不过他不愿意再想，被打断的屠格涅夫和陀思妥耶夫斯基重新回来。尤里想到，屠格涅夫在船上着火时会多么害怕，可是在描写火灾时，他一句也没提自己的恐惧，这样写出了无比精致的小故事，可以放进任何文选里。人们愉快地阅读屠格涅夫的《海上火灾》，谁会关心作者实际上是什么感觉。尤里没有发觉，他在替屠格涅夫说话，其实就是在替自己说话。不知不觉，他走到了家门口，他才想起来，又没有打听到鲍里斯的消息。

克拉拉·安德烈耶夫娜打开门后，叫道：

"你跑哪儿去了？你这样会把自己累坏的！再也不要这样了！"

尤里只是挥了挥手。

克拉拉·安德烈耶夫娜用南方带回来的面粉做了饼，尤里吃饼的时候，她说道：

"鲍里斯一点消息也没有，日尔京也不知道。我简直不能活了，他在哪儿？党把他安排在哪儿？你今天打听到了吗？"

"鲍里斯没在城里，"尤里说谎了，好让自己摆脱这件事，"他在省里。"

"这真的是你打听到的？"克拉拉·安德烈耶夫娜非常激动。

"我专门去打听的，"尤里恶狠狠地回答。"在街上有人攻击我，我好不容易才脱身。这都是因为你赶我去找鲍里亚。别担心，他混得很好，出门都有守卫跟着。他能发生什么事！你天天追着我去找他！我休息的时间那么少，还要满城找他，差点没被打死。这是什么生活！这是什么鬼日子啊！"

四十二

医生非常吃惊，鲍里斯活了下来。

"这太不可思议了！"医生简直无法相信病人能好转。

理发员给鲍里斯理发，刮脸。鲍里斯拿起镜子，摸了摸鬓角，说：

"您好像没洗净肥皂沫。"

"不关我的事，"理发员不高兴了，"哪儿有肥皂沫？"

的确，鬓角并没有肥皂沫，那是白发。

鲍里斯被部队免职了，他去了苏维埃机构工作。

一年后，尤登尼奇逼近彼得格勒的时候，鲍里斯参军的申请被回绝了。克列什涅夫去了前线，鲍里斯没被接收。看来，最后一次负伤让他彻底离开了部队，他的服兵役生涯结束了。

1919 年末，克列什涅夫从军队回来，进入区苏维埃文化教育部，鲍里斯来到他身边担任秘书。

鲍里斯有时候会有很奇怪的感觉，他觉得，玛丽莎只在梦中存在过。不过，玛丽莎的话却不是梦："不要怨恨。"

他听从了她的话。

鲍里斯永远记得那散开的大衣，灰色的棉帽，惊恐的脸……可是，生活还在继续，应该活着，继续工作。

他住在克列什涅夫家，这是莉萨安排的。她喜欢回忆鲍里斯第一次来他家的样子：

"你特别糊涂，连最简单的东西都不理解，你说的话很可笑……"

但是，莉萨不会说出她在玛丽莎死后，在医院看见鲍里斯时的心情。当时，她对自己说，从今以后，我绝对不会扔下他不管。

鲍里斯早上 8 点起床，9 点前上班。每天从 12 点到 16 点他作为克列什涅夫的秘书，在苏维埃接待来访者。找他的人像买面包那样排队。常常会有人请求鲍里斯职权范围之外的事情，人们也不相信他说的话：

"这件事不取决于我。"

继而，每一个来访者都努力向他描述自己的全部生活，来证实自己的请求。女人们跟他说自己故事的时候，看他的眼神跟杰莉莎，以及芬兰疗养院的年轻女士一样。鲍里斯尽量保持礼貌，认真倾听每一位来访者，尽可能详细地回答。到最后，到他这里来的人不是为了办事，只是来商量一下。他不得不听很多乱七八糟的事情。比如今天，一个三等文官来请求恢复官职。他这么说：

"对您来说毫无价值，可是对我却很重要。"

一个行政管理人员要求把所有区博物馆的财产分发给工人。

"那么多的画，挂在墙上也没有用，还有很多家具。对国家来说只是消耗，工人才是生活的主人。"

芭蕾舞演员给他带来了剧院票，请求返还她被征用的保险箱。她坐了很久，望向鲍里斯的目光表明，她愿意做鲍里斯希望她做的一切事情。

克列什涅夫走进自己办公室的时候，鲍里斯正在和芭蕾舞演员说话。他在接待室坐了一会儿，听了听，在要下班的时候把鲍里斯叫到了自己的办公室。

"你在给我制造什么故事？"他问。

"也不能直接撵出去吧，"鲍里斯反驳道。他立刻明白了克列什涅夫指的是什么。"这个演员来要保险箱，她拿不回去的，不过，该让人明白为什么，不留下怨愤。要知道人们常常不理解很多事情。"

"当事情涉及到保险箱的时候，就会更加无法理解，更加固执。"克列什涅夫忧郁地说。

鲍里斯发现，克列什涅夫的心情低落。

他们沉默了。

"可恶的阴谋开始了，"克列什涅夫低声说，"明天的报纸上，对了，其中一个参与者是我们的老熟人，格里戈里·日尔京，他在南方用一个别名发表文章。"他又沉默了，在房间里来回走着，然后停下来，问鲍里斯："你是不是在十月革命前就同他断绝关系了？"

午休时鲍里斯来到了马厩大街，他曾经同母亲、父亲和哥哥在这里生活过。现在，鲍里斯来这里吃饭，在彼得格勒最好的饭店之一，"黑熊"饭店里有食堂。

他走进了入口。宽敞的大厅里悄然无声，虽然人不少。

沉默中，每个人都在做着生命中最重要的事情：吃饭。

排队取餐具，再排队取汤。大家很想喝到两盘或者三盘豌豆汤，除了汤，午餐不能指望任何别的食物了。

鲍里斯拿到汤，坐到了一张桌子边。他穿着军大衣，戴着毛皮高帽。面颊和下巴边的胡须发白。他把帽子推到头顶，俯身对着盘子慢慢吃起来。他时而环顾四周，看看这个，看看那个。

一个没穿大衣，只戴着皮帽的男人，手里拿着木勺，小心翼翼地朝他挪过来。男人脸上长着杂乱稠密的须发，让人觉得他藏在破烂衣服和肥裤子里面的整个身体，也应该是毛乎乎脏兮兮的。

"请您允许我吃光。"他非常有礼貌，向鲍里斯请求着。

鲍里斯没听懂。大胡子男人说得更清楚了：

"请您允许我吃光？您的盘子里剩了……"

"啊！"鲍里斯回答道，"请吃吧，吃吧！"

男人迫不及待地抓过盘子吃起来，最后端起来舔干净，咂咂嘴，很享受。他满足地叹了口气，把盘子放回桌上，小声地说：

"非常感谢您。"

接着又突然说：

"布尔什维克真好！多么维护老百姓！"

鲍里斯突然想起了和杰莉莎相遇的市场。她现在在哪儿？也许还像以前一样，在罗姆日省的奥斯特洛夫市场卖咖啡和巧克力？可是，现在罗姆日省已经没了，杰莉莎大概也忘记了鲍里斯这个偶然出现过的俄国士兵吧。

鲍里斯从食堂里走出来，踏上熟悉的街道。他就像走在自家的走廊一样。他全心全意地热爱着彼得格勒，看着一栋栋脱皮的楼房，一排排早就不亮的路灯，没有电车车轮亲吻的轨道，被拆毁的马路……他的心里充满了疼惜。鲍里斯试着不去想格里戈里·日尔京，不过念头总是回到那个公开的阴谋上。那么老日尔京呢？要知道不可能……他突然想起了娜佳，她在哪儿？她知道这件事吗？

坐在接待室同来访者交谈的时候，他总是不由自主地想到日尔京一家，胸口一阵阵窒息。

九点之前，鲍里斯走进克列什涅夫的办公室汇报。克列什涅夫靠在椅子上，仰头向上，一动不动。看见鲍里斯，他立刻冒出了一句：

"老日尔京与此事无关，我刚刚得到的证实，娜佳当然也毫无关系。"

鲍里斯没说话，不过，呼吸顺畅多了。

"不知道具体情况的时候，我感到不自在。"克列什涅夫接着说，他的声音沙哑，"真是难熬的时刻。"然后，他俯向桌边，换了语调问："你那里的情况怎么样？"

四十三

次日傍晚，克列什涅夫来到了日尔京家，开门的是克拉拉·安德烈耶夫娜。日尔京像往常没课时一样，躺在沙发上，手里拿着契诃夫文卷。日尔京为了让自己不再胡思乱想，连续重读了所有收藏的书。

看见书房门口出现的老朋友，这位民族学家从枕头上抬起头，坐起来，脸上现出戒备的表情，似乎知道为什么克列什涅夫今天会来找他。

"您好，"克列什涅夫说，"很长时间没来看您了。您很忙，我也是事情太多了……"

日尔京费力地从沙发上站起来，让道："请坐，"他默默地站了站，眨了眨眼睛，没说一句话，就转身走出了书房。克列什涅夫看着他的背影，突然很可怜他。

日尔京自己也不知道，他出来要干什么。

他在餐厅碰见了克拉拉·安德烈耶夫娜，又不好意思地眨了眨眼睛，说：

"克列什涅夫来了，可以的话，请准备点茶……"

"这个克列什涅夫！"克拉拉·安德烈耶夫娜大声说，走向厨房。"这个克列什涅夫！"她又叫道。

日尔京回到书房。

"一会儿拿来茶。"他说。

"谢谢，我不想喝茶。"

日尔京似乎没听到这句话。

"我们很久没有下棋了。"克列什涅夫接着说。

日尔京轻轻地耸了耸肩，摊开手。这个克列什涅夫熟悉的动作，很明显和对话无关，是日尔京自己正在想什么。

克拉拉·安德烈耶夫娜烧热水时突然想起来，克列什涅夫应该知道鲍里斯的事。她急匆匆地走进书房，没有问候，直接就问克列什涅夫：

"请问，鲍里斯在哪儿？我是他的母亲。您同鲍里斯一起工作吗？您认识他吧？"

"当然了，我认识他。"

克拉拉·安德烈耶夫娜从后背拉过了夹鼻眼镜，想好好看看克列什涅夫，她问道：

"他还活着吗？他健康吗？看在上帝的分儿上，他在哪儿？"

"他就在这儿，彼得格勒。"克列什涅夫回答道。

克拉拉·安德烈耶夫娜两手举起，轻轻一拍，哭起来。

"保列尼卡！他就在这儿！他不知道，他的母亲天天睡不着，想着他！他就在这儿！"

克列什涅夫把自己家的地址给了她，鲍里斯住在他那儿。

"她现在变成这个样子了。"他心想，好奇地看了看克拉拉·安德烈耶夫娜。他一开始并没有认出她，那些旧日的不快记忆又重新浮现在脑海里。

"我告诉他，让他来找您。"克列什涅夫说。

"天啊！保列尼卡！"克拉拉·安德烈耶夫娜大声说着，转身快步走出房间，去告诉尤里这个愉快的消息。"尤里克！保列尼卡在这儿！你被骗了，他没离开彼得格勒！"

书房里安静下来，克列什涅夫对日尔京说：

"德米特里·费德洛维奇，我请求您一件事。水兵特别喜欢听您讲课，警察也请求，希望您抽出时间给他们讲讲课。"他小心地补充道，"报酬比舰队的多……"

日尔京打断了他：

"您为什么不直说？您是为那件事来的……"他看了一眼克列什涅夫的脸，似乎刚见到他，"您，当然知道……有人都告诉我了……那怎么办？这可怎么办？……当然，这种时候什么都不行……当然，当然，我明白……"

日尔京用手指拧着上衣上唯一的一个扣子。

"德米特里·费德洛维奇，"克列什涅夫坚定地说，"您需要重新找回自己的力量……"

"您走吧，走吧，"日尔京毫不理会他的话，"您同一个老人有什么好说的！我会去教课的，不用安慰我，我什么都明白……不用安慰我，不用，是他自作自受……自作自受……您走吧……"

克列什涅夫走的时候心情沉重，他觉得，他再也见不到这个老人了。

在门口，他撞到了端着托盘的克拉拉·安德烈耶夫娜，托盘上放着两杯茶，一个小碟子里有两块糖和两片黑面包。

"这是干什么！"克拉拉·安德烈耶夫娜生气地叫道，托盘差点滑掉了。

克列什涅夫给她让开了路。

克拉拉·安德烈耶夫娜把托盘放到了书桌上，喊道：

"您去哪儿？不喝茶了？我现在就去拿用筛过的面粉做成的面包。"可是克列什涅夫已经走出大门了。"他这是怎么了？"克拉拉·安德烈耶夫娜很困惑，"这个克列什涅夫！"

日尔京哭了，现在他总哭。克拉拉·安德烈耶夫娜坐到椅子上，也哭了。然后，她把一杯茶端给日尔京，一杯放到自己面前，他们开始喝茶。

"老人状态不好，"克列什涅夫回家后，对莉萨说，"妻子死了，娜佳不在，老人完全孤单一人……"他看了一眼鲍里斯，说："应该告诉你一声，你的母亲和哥哥回来了，他们住在日尔京家……"他在房间里走来走去，皱着眉头，"是的，老人家状态很糟糕，受了很大的打击……他的儿子还是……"停了一会儿，他说："可怕的悲剧——这样的父亲和这样的儿子！……摧毁！儿子几乎是摧毁了父亲！"

四十四

傍晚，鲍里斯从楼梯上来，看见了站在门口的母亲，他没有立刻认出这个矮小的老太太。

克拉拉·安德烈耶夫娜咧着嘴笑着，露出稀疏的牙齿，可怜巴巴地说：

"保列尼卡，我都等你三个小时了……"

"我上班呢。"

鲍里斯打开了门。

"你看见我一点也不高兴，"母亲说，"你怎么可以如此不爱自己的亲人！怪不得尤拉奇卡拒绝来看你。你的态度让他感到受侮辱，他是对的。"

"我很高兴见到你。"鲍里斯回答说，弯下腰，亲吻了母亲，他现在比她高半头了。

克拉拉·安德烈耶夫娜脱下大衣，搭到椅子上，走进了房间。鲍里斯带她走进自己的屋子，克拉拉坐到了床上。

"我们是怎么过的呀，"她说，"我们过得很糟糕。我们挨饿。尤里呢，完全虚弱了。他一边上班一边结束学业。他的才华让教授震惊，可是如果他的身体不健康怎么办！我说服他不要回来，留在哈尔科夫，他不听，回来了，我这个老太太，只好跟着他回来了。"她像往常一样编着没有的谎话。"你应该爱自己的亲人，"她接着说，"克列什涅夫对我说了你的事，你现在工作不错，吃得饱。你现在是很重要的人物。"

鲍里斯默不作声。她笑了，为自己的儿子骄傲。她从兜里摸出了一张纸。

"我写出来你需要做的所有事情，越快越好。"克拉拉·安德烈耶夫娜接着说，"也许，我现在就和你一起去办这些事。在哪儿？我的夹鼻眼镜在哪呢？……天啊，忘在家里了！"

这次是真的忘带夹鼻眼镜了。

"我自己看吧。"鲍里斯说着，拿过了纸。

纸条上这样写道：

"给尤里安排点别的工作，否则他会累垮的。归还马厩大街我们家所有的东西（下面是长长的物品清单）

请让格里沙（注：日尔京的儿子格里戈里的爱称）回到父亲那里，他为无产阶级服务足够多了，他有这个权利，

给我安排工作，专业是教师或者医护人员，"

标点符号很散乱，最后结尾用的是逗号，看得出来，克拉拉·安德烈耶夫娜还有什么请求，不过忘了。这些请求，特别像那些鲍里斯常常不得不接待倾听的胡言乱语。

克拉拉·安德烈耶夫娜坐直了身体，看着儿子，迫不及待地等着答案。鲍里斯说得尽可能温柔：

"那些东西，东西早都卖了啊……"

"这就是你的答复！"克拉拉·安德烈耶夫娜生气了，打断了他。"你是布尔什维克！我们的东西卖给了投机商，一个牙医。我当时在那儿，我知道。当时是革命时期，不能说是卖掉了！这些交易都被取消了，东西到现在还是属于我们的。你就是不想去办，你就这么说。你总是不爱自己的母亲。一点不爱！亲生儿子不帮忙，我找别人去帮忙！"

鲍里斯开始耐心细致地解释实际情况。克拉拉·安德烈耶夫娜尽力保持平静，偶尔点点头。等鲍里斯说完，她说：

"你就是不打算帮我。现在我看出来了，你是怎么爱自己母亲的。

好吧，"她接着说，"我什么都不求你。但是日尔京一家你有义务管。对他们你应该做一切能做到的，你应该救格里沙。"

"你不明白。"鲍里斯忧伤地说。

克拉拉·安德烈耶夫娜又开始找夹鼻眼镜，想起夹鼻眼镜忘在家里了，她停止徒劳的翻找。她说不出一句话，她被儿子的冷酷无情震惊了。

"保列奇卡（注，鲍里斯的爱称），"她终于说，"上帝啊，我不在你身边，你变成什么样的人了！"

她哭起来。

鲍里斯沉默不语。他知道说什么都没有用。

"亲儿子不想帮忙，别人会帮忙的，"克拉拉·安德烈耶夫娜擦擦眼泪，悲壮地说，"我自己同克列什涅夫说。不像话！有人利用日尔京一家人，以前靠他们活着，现在却折磨他们！"

鲍里斯想起他欠娜佳的钱，心里刺痛了一下。

"我自己和克列什涅夫说。"克拉拉·安德烈耶夫娜重复道，动了动身体，在床上坐得更舒服些。

看着她，鲍里斯心想，母亲这么多年没见到他，结果却连一句都没有问他自己的事情。是啊，她为什么要知道，他最亲的人玛丽莎死了？她为什么要知道，他自己也差点死了？她觉得他"工作好，吃得饱"才更舒心吧。

门外传来了克列什涅夫的脚步声，克拉拉·安德烈耶夫娜有点慌乱。她从床上站起来，整理下毛衣和裙子，走出了房间。鲍里斯跟在后面。

"您好！"克拉拉·安德烈耶夫娜说。

克列什涅夫礼貌地看了看她，问了好。

"保列尼卡让我找您，"她开始说，鲍里斯完全没有料到，他想反驳，但是克拉拉·安德烈耶夫娜狠狠盯了他一眼，接着说，"我想为鲍里亚感谢您，感谢您为他做的一切。我想，对您的关心和善意，他至少在用爱回报。"鲍里斯转头看向窗外，忍耐着，等待这难以忍受的场景结束。"可是对为他牺牲一切的亲人们，他毫不出力，"克拉拉·安德烈耶夫娜接着说。"他拒绝帮助我们，那么我自己找您。"

"发生什么事了?"克列什涅夫问道，他很平静，但是非常严肃。

"我都写在纸条上了。"

克拉拉·安德烈耶夫娜又开始找忘在家里的夹鼻眼镜。

"请给我，我自己读。"

"不用，先听我给您说，我先说。"克拉拉·安德烈耶夫娜说得很动情："您是年轻人，比我们这些老年人更多的关心自己。我的丈夫为了您这类人，曾经被判苦役，失去了健康，耗尽了心血，死了……"

"您的丈夫曾经是服苦役的政治犯?"克列什涅夫问。

克拉拉·安德烈耶夫娜的气势顿时消失，她想躲开这些正式和准确的词汇。

"他为您，为人民受尽苦难，"她接着说，"他还在研究所里……"

克列什涅夫平静地打断了她：

"您说有什么事情……"

克拉拉·安德烈耶夫娜严厉地看了他一眼：

"我丈夫的功勋众所周知。现在，他用崇高的生命遭受苦难获得的财产，被一个牙医，一个什么投机分子夺走了。我要求归还这些东西，我应该有这个权利。"

"卖这些东西的钱，您收到了吗?"克列什涅夫问道，"您大概在走之前卖掉的吧?"

"那是革命时期的钱！"克拉拉·安德烈耶夫娜生气了，"不，我们老一代人不这样讨论问题，我已经给鲍里亚解释过了。"

"明白了，"克列什涅夫笑了笑，说，"您又要钱又要东西。但是如果按照您丈夫的功勋计算，实在太多了！您想想！"

他发出的"功勋"两个音，让克拉拉·安德烈耶夫娜感到一种凶狠的暗示，她不由得紧张起来。她慌忙团起纸条，不准备给克列什涅夫看了。克列什涅夫语调里蕴含的什么让她害怕。突然，她转身走开，甚至没有告别。

克列什涅夫用手势示意鲍里斯送送她，鲍里斯已经抓住母亲的手，来到自己房间，克拉拉·安德烈耶夫娜坐到床上哭起来，哭泣微微转到歇斯底里病状。

"妈妈，不要这样，"鲍里斯严厉地说，他去门厅拿来大衣，"下次你应该相信我。"

他说得非常坚定，克拉拉·安德烈耶夫娜止住哭声，鲍里斯送她回家。

这是漫长和艰难的路程。克拉拉·安德烈耶夫娜走走停停，一直在哭。直到天黑透了，鲍里斯才把痛苦的母亲送到家。他把她交到尤里的手里。尤里像陌生人那样向鲍里斯问好，并没有邀请他进来坐坐，日尔京已经睡下了。

鲍里斯在黑暗的过道里站了一会儿。克拉拉的哭声消失了，门被关上，声音很大，似乎为了让人听见，然后锁上了。鲍里斯走到街上。他走得很快，日尔京家的房屋让他想起很多往事。记得那次在电车站被军事警察巡逻队抓住，那时他正准备同娜佳去看电影，娜佳在那里等他，找到他就哭了。娜佳现在在哪儿？

鲍里斯加快脚步。特洛茨伊桥让他觉得格外长，接着是马尔索夫广场，在这儿，他从一个士官身边逃开，那个士官叫什么名字了？

鲍里斯走得更快了，似乎想逃开记忆，他不喜欢徒劳的回忆。

可是没过一周，鲍里斯又来到了这里，因为日尔京病重。老人感染伤寒，奄奄一息。他异常消瘦苍白，鲍里斯勉强认出他。

日尔京静悄悄地躺着，没有呻吟，从知道得病的那刻起，他没有发出一点声音。他坚强地忍受痛苦，这让克拉拉·安德烈耶夫娜很放心。不过，尤里请来的医生已经看出日尔京不可救治。鲍里斯走进来的时候，民族学家看了看他，嘴角动了动，他吃力地说出：

"娜佳……"

鲍里斯点点头，回答道：

"是的，好，我明白……"

第二天他再来的时候，克拉拉·安德烈耶夫娜面容悲哀，民族学家已经死了。

葬礼上来了很多人，是听过老人讲课的水兵、警察、各种机关代表和文学家。出殡前，克列什涅夫发表了简短的送葬词：

"所有诚实的人们已经同布尔什维克站在一起，或者正在走向布尔什维克。"他说。

没有祭祷，日尔京是无神论者，在刚生病时就表示过不要祭祷。

鲍里斯回想起父亲坟墓前的"永远的记忆"：工程所拉甫罗夫已经完全并且永远被遗忘了，而日尔京老人不会被遗忘。鲍里斯看了看母亲哭泣的脸，他觉得她还在哭自己的事情……但是克拉拉·安德烈耶夫娜还是一如往常，分不清自己的感情，她以为自己是为日尔京而哭。

日尔京被埋葬在沃尔克夫墓地。

下葬前又有很多发言。一个水兵代表波罗的海舰队专修班讲话。他很激动，满脸通红，两个手指放到额头，似乎在回想应该说什么，然后向前举起手：

"日尔京同志珍惜水兵的心灵。他来到我们身边，播种理性……"

水兵很快说完，这样结束：

"你那颗无产阶级的心灵和我们一起跳动。我们的口号就是你的口号。你死了，但是我们会高高举起你的旗帜。"

鲍里斯听着水兵的发言，心想，已经安息的民族学家会对这样的话多么吃惊。鲍里斯还想到，他毕竟在日尔京家里学会了很多，正是在那里他遇到克列什涅夫。他也想起尼古拉·茹科夫，然后他突然又清晰地看见雪地上散落的大衣，灰色的棉帽，惊恐的脸……从墓地往回走的时候，他痛苦极了，几乎要失声痛哭。

尤里走到他跟前，说：

"妈妈希望你到我们那儿，不过你，当然了，不会去的。你是那么大的人物。我呢，说实话，也不坚持请你去……"

鲍里斯没有回答，尤里话语中那种怪异的排斥感让他说不出话。

四十五

克拉拉·安德烈耶夫娜从看门人手里接过信，信封上写着：给德米特里·费德洛维奇·日尔京，转交鲍里斯·伊万诺维奇·拉甫罗夫。她悄悄走进屋里，戴上夹鼻眼镜，看了看邮戳。她脑海里没有不能读别人的信的概念。这是给她儿子的信，而孩子在母亲面前是没有什么秘密的。

克拉拉·安德烈耶夫娜饶有兴致地读着信。她哭了，夹鼻眼镜摘下又戴上，陷入了沉思。信是娜佳写的，她给鲍里斯写道，她无论如何无法不爱他。她离开家和故乡城市，用工作填满时间，但是没有用，她还是忘不了他。她请求鲍里斯回复她几句话，无论什么话，只是要尽快回复。信封里还有一封给父亲的信，娜佳请求他原谅自己这么久没有联系他，并恳求他找到鲍里斯，把信交给他。她在沃洛戈德不知道，父亲已经去世了。

克拉拉·安德烈耶夫娜微微地笑着，深受感动。她很骄傲儿子被这样爱着。她认为是上帝亲手把这封信送到她手里，让她能够安排自己儿子的幸福。她会安排好的，她会给儿子带来幸福。她已经想象鲍里斯多么懊悔，至于为什么懊悔，她不知道，但是必须懊悔，然后，就是她同儿子们和他们的妻子们一起流淌的泪水和幸福生活，克拉拉·安德烈耶夫娜想象中尤里也同时结婚了。带着对未来美好的想象，克拉拉·安德烈耶夫娜出门了。晚上五点，她敲响了鲍里斯住处的门。

克列什涅夫走出来，告诉她：

"鲍里斯现在不在家。他过两个小时左右回来，再去找您，我让他去。"

"我很高兴您这样做。"

克拉拉·安德烈耶夫娜径直走进屋，就像进自己家一样，克列什涅夫皱着眉头，跟过来。

"读读这封信，"克拉拉·安德烈耶夫娜对他说，"读一下！她是多么爱保列尼卡！"

克列什涅夫接过娜佳的信，看了第一行就还给克拉拉·安德烈耶夫娜。

"这是鲍里斯的私事，"他说，"我一般不读别人的信。"

他很累，希望休息一会儿，他马上要奔波一晚，他的脑海里还盘旋着很多要处理的事情。

"但是鲍里斯对您来说就像儿子一样，"克拉拉·安德烈耶夫娜说，

"您应该愿意看到这封信。"

"为什么我要听这个疯癫癫的老太太胡言乱语?"克列什涅夫想。

"对不起,"他说,"我现在很忙……请您原谅我,如果……"

他突然想起来莉萨不在家,没有别人招待克拉拉·安德烈耶夫娜,就不再说话,不耐烦地看着客人。

"克列什涅夫同志,"克拉拉·安德烈耶夫娜把夹鼻眼镜戴上,开始说,"在我们那个年代是不能这样对待人和人类情感的。我们更加相互关心,表现得大不相同。我丈夫,当您还在襁褓中时,已经为……"

她说得很庄重,因为克列什涅夫的冷漠激怒了她。克列什涅夫礼貌地打断她:

"我认识您的丈夫。您知道吗,我和您早就见过面?"

克拉拉·安德烈耶夫娜立刻忘了自己的恼怒,笑着摇摇头。她想象克列什涅夫可能爱过她,追求过她,这真是太有趣了!

"不过我们家那么多人……"她说。

"是的,见过,"克列什涅夫说,"您把我从家里赶出来了。"

"是吗?"克拉拉·安德烈耶夫娜很惊奇。现在她已经确认,克列什涅夫曾经爱慕过她。这个人心里的醋意居然一直在!终归还是工人,真是天真的人,要是爱上,就永远不会变。"我非常爱自己的丈夫,"她说,"所以我……"

"我知道,"克列什涅夫平静有礼,打断了她。"我和您的丈夫在一个组工作过,他是唯一没有被捕的人。"

他说话的时候,克拉拉·安德烈耶夫娜摘掉了夹鼻眼镜,又戴上,又摘掉,喊叫道:

"我救了他!我直接去找省长。我禁止他参加所有这些事情,他的健康不允许他过这样的生活。他没有出卖任何人!"

"这是众所周知的，"克列什涅夫赞同。"您的丈夫不是叛徒，不过他是胆小鬼。流放结束后我去找他，而您呢，您大概都忘了，可是我直到现在还记得！您对我说：'我的丈夫不同流氓和囚犯打交道！'然后砰的一声，在我面前关上门。我那时才 17 岁，我非常饿，老实说，我还指望您能给我点吃的。您丈夫的表现鲍里斯也知道，对某些功勋的话题您应该彻底扔掉。"

克拉拉·安德烈耶夫娜安静下来，匆忙系好大衣。她的动作甚至可以说很麻利。她奔出门外，迅速走下台阶，只在入口稍停一下，喘口气，然后急匆匆地走开，小声嘀咕着：

"他怎么敢这样！上帝！"

尤里早就在门口等她，她带着钥匙。看见母亲，他恶狠狠地说：

"我等了一个小时了。"

"我的天！"克拉拉·安德烈耶夫娜毫无表情地回答，从兜里掏出钥匙。这时，娜佳的信掉出来，从栏杆上滑落，在空中摇摇晃晃，掉进了楼梯空。

"哎哟，"克拉拉·安德烈耶夫娜一边开门，一边说，"这是……哎呀！……"

他们走进屋。克拉拉·安德烈耶夫娜一下坐到最近的椅子上，大哭起来。她没有跟儿子讲述发生了多么可怕的事情。

克拉拉·安德烈耶夫娜整夜失眠。早晨她想再看看娜佳的信，但是大衣兜里没有，上衣兜里也没有。克拉拉翻遍了整个房间，信不见了。

克拉拉·安德烈耶夫娜明白，她弄丢了信。现在连娜佳的地址她也不知道了。她记得的只有城市，沃洛戈达。"不对，是沃洛戈达吗？也许不是，是喀山，好像也不是喀山，塞兹拉尼？或者是下诺夫哥洛德？"

"寄给德米特里·费德洛维奇·日尔京"，她想起来了，就是说，娜佳还不知道父亲死了。

尤里回来得很晚。给他吃完烤土豆，克拉拉·安德烈耶夫娜说：

"鲍里亚住在克列什涅夫那里很可怕，应该让他离开他。那是个十足的坏蛋！你知道吗，我很高兴这个娜佳·日尔京不在彼得格勒，她总是腐化鲍里亚……"

克拉拉·安德烈耶夫娜忍不住又哭了。她不想哭，可是控制不住眼泪。她身上的一切都倒塌了，那可以让她在彼得格勒街道上东奔西走的力量离开了她，她似乎筋疲力尽。这简直太恐怖了，这是死亡又近了一步，而克拉拉·安德烈耶夫娜在这个世界上最害怕的就是死亡。

"这个克列什涅夫！"她号啕大哭。

克列什涅夫对她来说，是毁掉她生命的恶魔。

哭够之后，克拉拉·安德烈耶夫娜感到新的力量。她不再痛苦，对尤里说：

"永远不要成为像鲍里斯那样忘恩负义的坏儿子。"

娜佳的信被打扫院子的人从楼梯空扫走，同其余的垃圾一起扔进了垃圾桶。不过克拉拉·安德烈耶夫娜很快忘记信丢了这件事。过了一天，她认为信已经交给了儿子，当然给了，她甚至能回想起她给鲍里斯信的时候，她跟他说的动情话语。

四十六

娜佳从沃洛戈达出差回来，从车站直接回家去看父亲。

克拉拉·安德烈耶夫娜一开始没认出她，然后很高兴，忙乱起来。娜佳的到来证明那封倒霉的信送到鲍里斯手里了，鲍里斯读过信，听从了母亲的建议，答复娜佳，现在娜佳回来了。如此简单，合乎逻辑。

"保列尼卡多少次对我讲起您！"克拉拉·安德烈耶夫娜激动地说，完全相信自己说的是真的。"他被您的信深深感动！请脱下大衣，我这就给您准备面包，茶……

娜佳问：

"他收到我的信了吗？"

"当然了，当然了，"克拉拉·安德烈耶夫娜说，没有听见她问的是什么，"他多么希望您能来。现在您会看到他。尤里奇卡没在家，他是鲍里亚的哥哥，也很聪明帅气。"她看着娜佳，动情地微笑着。"您应该给我带来一个女孩。"

"什么女孩？"娜佳不明白。

克拉拉·安德烈耶夫娜戴上夹鼻眼镜，开始说：

"嗯，是女孩！那您想要男孩？徒劳无益。男孩要上战场。男孩给你带来一堆麻烦。请相信我的经验，无论如何生个女孩，不要男孩。"

"可是我还没有出嫁呢。"娜佳反驳道。

"尤其这件事，"克拉拉·安德烈耶夫娜有点焦急，"应该早点决定。您不是要嫁给保列尼卡吗？"

娜佳脸红了，什么也没说。她微微有点慌，她第一次见到这样奇怪的女人。

而克拉拉·安德烈耶夫娜接着说：

"您对他说，我想要女孩。他会听我的，他没有一次不听我的话。您对他说，我不想要男孩。"

她从餐具柜拿出面包，放到桌子上，去厨房准备茶。喝茶的时候，娜佳问：

"爸爸没在家吗？"

"是的，"克拉拉·安德烈耶夫娜回答，"日尔京已经死了。"

她在那个时刻忘了同自己说话的是日尔京的女儿，这个姑娘对她来说首先是儿子的未婚妻。

娜佳沉默地接受了父亲死亡的消息，没有哭，也什么都没说。而克拉拉·安德烈耶夫娜除了眼前的结婚什么都想不起来。她特别想要一个孙女。她担心这个姑娘过分安静胆怯，不会和鲍里斯相处好。

娜佳终于下定决心说：

"鲍里亚没有回复我。所以……我也不知道，我们能不能结婚。再说，男孩还是女孩，这不取决于父母。"

"怎么不取决于父母?"克拉拉·安德烈耶夫娜生气了，她摘下夹鼻眼镜，很失望地。

娜佳很高兴终于摆脱了这个吵闹的女人。第一天她就完成了出差任务。第二天，她来到克列什涅夫住的房子旁边，久久等待着鲍里斯。当他终于出现的时候，她跟在他后面走，犹豫着要不要叫住他。

只有在这个时刻，她才清楚地意识到，她主动请求的出差只是为了见鲍里斯，根本不是为了公事，而且也不是为了父亲。她突然觉得很羞愧，要知道鲍里斯根本没有回复她的信。这不可能是偶然的。他的第一个动作，第一句话就会证明，他怎样对待她的信。她想要张口叫他，又害怕叫他，终于，她下定决心，碰了碰鲍里斯的胳膊肘。

鲍里斯立刻认出了娜佳，情不自禁亲吻了她的双颊。他真的特别高兴见到她。娜佳立刻觉得一切都是那么美好，对那封信的回答很清楚了。她迫不及待地等着鲍里斯说出最关键的话。可是，鲍里斯只是开心地看着她，问这问那，一个字都不提信的事情。他想到，娜佳是唯一的一个人，从他的旧日生活中走出来，现在能成为他的朋友和同志。日尔京临死前说出娜佳的名字，应该是把她托付给鲍里斯。

娜佳特别想把话题引到信上，可是无论如何不知道怎么说，她开始着急了。

鲍里斯无法理解，为什么娜佳突然不高兴了，她时而慢吞吞，时而加快脚步，回答他的问题总是心不在焉，答非所问。

谈话中断了，为了接着说点什么，鲍里斯开始回忆过去，提到芬兰疗养院。

突然，他一拍脑门：

"呀，我都忘了！对不起，娜佳。"

娜佳立刻容光焕发，充满期待，是不是他终于想起信了？

"我还欠你钱呢！"鲍里斯大声说，"你还记得多少吗？"

娜佳几乎要窒息了：这还不够吗！她开始心疼自己，心疼到要落泪。现在清楚了，这个人在见面时故意表现出快乐和活泼，故意不想提到信。还好，她没有先说出自己这个愚蠢的举动，要不她会更丢人，并且什么都得不到。

娜佳担心她忍不住全部说出来，需要快点告别和离开。她停下了。

"我很高兴见到你，"她说，"我今天晚上回沃洛戈达。你不要送我了，我很快会再回来，到时候再来看你。再见！"

"你生我的气了？"

"瞧你说的，哪儿的话？"

为了结束谈话，她亲吻了一下鲍里斯，告别后，迅速走开了。"现在还不晚，回去，都说出来，"娜佳想，"还不晚，可是为了什么？鲍里斯的回答已经很清楚了。"

她回头看了一眼，暗暗希望鲍里斯终于能怜惜她，懂得她，正悄悄跟着她。可是看不见鲍里斯的踪影，看来他很高兴这么轻松摆脱了纠缠不休的姑娘！

娜佳静静地走着。多么愚蠢！其他人在战斗中为了崇高的理想牺牲，而她却鬼迷心窍，因为区区小事，因为爱情而痛苦！

而此刻，鲍里斯也正在伤心。他真的非常高兴见到娜佳，为什么她对他这么奇怪？他不应该就这么放她走的。

回来后，娜佳对克拉拉·安德烈耶夫娜说：

"一切顺利，我去沃洛戈达，安排好工作再回来，然后我们结婚。我提前告诉您我回来的时间。"

当天，娜佳就同克拉拉·安德烈耶夫娜告别了。

在火车上，娜佳突然想到："万一这个疯疯癫癫的女人弄错了，鲍里斯没有收到信呢？"

不过，她立刻赶走了这个念头。娜佳习惯了自己的母亲，她总是把一切都处理得井井有条。

一周后，克拉拉·安德烈耶夫娜接到了信。看见沃洛戈达的邮戳，她高兴地打开信封。她张开嘴大声呼气，像用嘴吹热东西，这是她心情平静舒畅的标志。尤里没在家。

在窗前舒适的地方坐下，克拉拉·安德烈耶夫娜戴上夹鼻眼镜，开始读信。她预先就对信的内容一清二楚，所以没有立刻看懂第一行的意思。等她明白了，她试图躲开这些字，但是不可能。信的意思极其明确。

娜佳写道：

"亲爱的克拉拉·安德烈耶夫娜，非常感谢您的热情招待。我同鲍里斯的约会并不是像我跟您说的那样。无论是您，还是他，再也不会听到我的任何消息，再见。"

娜佳的字体不大，却十分清晰。

克拉拉·安德烈耶夫娜读完娜佳的信，呆呆地坐在椅子上。然后站起身，想尽快改变这种状况，重新安排一下。可是怎么办？信里可是写得很清楚:"再也不会听到我的任何消息",去沃洛戈达?万一娜佳上吊了呢?谁的责任?是不是弄丢信的克拉拉·安德烈耶夫娜的责任?不,不,最好忘掉,什么都不要做,不要去插手。

"这个克列什涅夫!"她嘟囔着,手里还攥着信,静悄悄的,像个凶手,走向厨房。她找了半天托盘,找到了,在上面放上插好蜡烛的烛台,从餐具柜里拿出火柴,点上蜡烛。然后开始在上衣兜里翻夹鼻眼镜,找了半天,没有。

"这个克列什涅夫!"克拉拉·安德烈耶夫娜嘟囔着。她觉得克列什涅夫是祸根,什么都是他的错。

她往餐具柜那里走,有什么东西在脚下碎了。是她的夹鼻眼镜,她找托盘的时候掉在地上的。克拉拉·安德烈耶夫娜哭了。没戴夹鼻眼镜,她眯着眼睛,把娜佳的信放到火边,火焰顿时腾起。

火烧到手指,克拉拉·安德烈耶夫娜才放下滚热的信纸。她熄灭蜡烛,坐在托盘前,一动不动,茫然无助。

克拉拉·安德烈耶夫娜再也不指望什么了,除了死亡,她对未来没有任何期待。她一清二楚,她赖以生存的,她亲手创造和支撑的一切,永远结束了。

四十七

在区苏维埃工作,鲍里斯每天接待几十个各种各样的人。每天,他这里都会出现越来越多的新朋友。他们来自各个工厂,找他寻求帮助。区里的工厂一个接一个开工。每周,鲍里斯都组织星期六义务劳动,清理厂区的垃圾和积雪,几次过后,鲍里斯赢得了优秀组织者的声誉。

这天,鲍里斯带队清理涅瓦河岸边大工厂的院子。高高的石墙内,各种车间、仓库、动力站、消防棚、车库、传达室和其他场所，构成了一个小城。这座小城的一条条街道上，工厂窄轨错综交叉，积雪连绵。

人们拿到铁锹和洋镐，开始挖掘冻结的积雪，装到板车上，拖到涅瓦河边，扔到冰上。劳动并不轻松，不过鲍里斯有能力合理安排，分配责任，大家各干各的，工作效率很高。

鲍里斯也和其他人一起劳动。他用力铲冻住的雪层，一个又高又瘦的人，穿着军大衣，戴着毛皮高帽，微微跛着脚，走到他跟前：

"你还记得我吗？"

"马力宁！"

这是鲍里斯在普斯科夫指挥作战的部队里的政治委员。

在前线，马力宁和鲍里斯一直以"您"相称，可是现在他们觉得可以，当然可以，一生都相互称呼"你"，他们一起经历的最后一场战斗永远鲜活在共同的记忆中。鲍里斯想起那散开的大衣，从短发上脱落的棉帽，惊恐的灰色眼睛，差点流泪了。

"唉，唉，"马力宁的声音温柔又严厉，跟当时一样。"我们又见面了。我昨天才回来的，受伤了，你看到的，有点瘸……我一看，那不是拉甫罗夫吗？我的长官！……"他们再次拥抱，"当时我们非常担心你，后来听说你活下来了，在工作……"

他撞了一下鲍里斯，似乎要试试他从前的指挥官能不能站稳。

鲍里斯笑得特别开心，看着瘦瘦的马力宁，他想起从前同克列什涅夫的谈话。

克列什涅夫问他，连队里有没有特别好的朋友，当时，鲍里斯回答不出这个问题……

"我在这里当车工，"马力宁接着说，"以前的主人是个大财主，真是浑蛋！和两个儿子逃跑了，现在我和你是这里的主人了，长官！我们将一起捍卫，一起工作！"他揽过鲍里斯的肩膀，用力摇了几下。

从工厂出来，鲍里斯直接把马力宁带到自己那儿。他们走在狭窄的沿岸街。白色的冰几乎要蔓延到电车轨道上，人行道被挤到低低的斜坡上方的木栅栏边。

街上驶过来面包厂的大卡车。一个个敞开的箱子里，褐色的大圆面包在摇摇晃晃。后面轰隆隆地还跟着一辆卡车，长长的干草像大扇子伸出了车厢。

"很快，我们土地上的敌人都会被清除，"马力宁说，"士兵们从前线回来，继续这样的生活，"他挥挥手，"不再需要死亡！……"

克列什涅夫在家。

"非常非常高兴，"马力宁说着，同克列什涅夫握手，看向他的目光充满善意。"早就想认识您了。而长官一直还是这样，有一颗炽热的心，"他指指鲍里斯，"用洋镐用力刨，在那儿……"

"谁，鲍里斯？"

克列什涅夫饶有兴趣地看了看鲍里斯。

"炽热，非常炽热，"马力宁肯定地说，"我在很多次战斗中也看到过。拦不住，总是冲在前面，有坦克也不怕！……"他摇摇头，"我当时在他的领导下，可以说，经受了战斗洗礼……"

他的声音里听得出深深的尊敬，鲍里斯突然意识到，当时他给马力宁的印象是富有战斗经验，久经沙场的指挥官，在战斗中可以向他看齐的将领……难道真的是那样吗？

"啊！"马力宁看到鲍里斯桌上的书，大叫道，"你在学习吗？"他读了几个名称，"这是考工程师的，"他肃然起敬，"你要当工程师吗？"

"能不能当上还不知道，不过很想当。"鲍里斯回答。

"考试难不难？"

"我一直喜欢数学。"

"嗯，真不错。我赞同。我去你的车间，听你指挥。"

"您是彼得格勒人吗？"莉萨问。

马力宁愉快地看了看她，看了看克列什涅夫，似乎他们是他的老朋友。

"彼得格勒人，"他回答，微笑着看看克列什涅夫，莉萨，鲍里斯。"那么，我们会一起工作，在一个车间，"他对鲍里斯说，"你的想法非常好，当工程师。"

"福马·格里戈里耶维奇建议我的。"

马力宁点点头：

"我多次听说您的故事，福马·格里戈里耶维奇，您记得卡什林吗？他常常给我讲起您。"马力宁沉默了。"卡什林牺牲了，我们一起作战，他牺牲了。"他又沉默了。"好了，现在可以畅所欲言了，整个时代都是我们的……"

"你们看看我，"莉萨突然如梦初醒似的，"一直听你们说话，谁给你们做吃的呀？"她走出了房间。

克列什涅夫也跟着出去了。

马力宁看看鲍里斯，与其说是疑问，不如说是确认：

"你现在是党员。"

"不是，"鲍里斯回答，"不过，我交申请了……"

有一次，同鲍里斯一起回家的时候，克列什涅夫问他："你为什么不申请入党？"

鲍里斯回答得很坦诚，像他们平常聊天一样。他不是回答，而是详细和诚恳地讲述了自己的生活。然后问："您了解我，福马·格里戈里耶维奇，如果是您，会介绍我入党吗？"

"会的。"克列什涅夫平静地回答。

听完鲍里斯的讲述，马力宁紧紧地握握他的手，拥抱了他。

"踏上正确的道路。"他说，他的声音里又透出鲍里斯熟悉的语调，又温柔又严肃。

他走后，克列什涅夫说：

"优秀的年轻人！"他不再言语，在房间里走来走去，不时看看鲍里斯，似乎这不是鲍里斯，而是另外一个人。"他尊敬你，在战斗中认识你，然后尊敬你。"克列什涅夫停下来，看着鲍里斯。"我也重新认识了你，在十月，在同尼古拉·茹科夫的工作中重新认识的。"

他说得很慢，那是来自心灵深处的声音。

突然，他问道：

"娜佳的信上写什么了？"

"我没收到她任何信啊。"

"怎么回事？一个月前来过一封信。"

"没有，我没收到。"

"奇怪了，"克列什涅夫很惊讶，"你妈妈把那封信送来给我，我没有读，但是她说……"他回想起同克拉拉·安德烈耶夫娜的最后一次会面，不禁皱起眉头，接着笑了："我担心，你母亲这次又给你添乱了……"

"娜佳来过……"鲍里斯突然沉默了。现在他才明白，娜佳一定先在信里写了对他们俩来说都很重要的什么事，随后来……"我怎么能知道她的地址？"他接着说，忧心忡忡，看了看克列什涅夫。

"这个我们能查到。"克列什涅夫笑了，回答道。

看着鲍里斯，他想到这个年轻人的命运，他已经有足够的能力走上唯一正确的道路。

克列什涅夫想到他属于那个把生活和人们改造一新的伟大的党，心里涌起了骄傲。

四十八

冬日清晨，阳光灿烂。鲍里斯在车站接到了娜佳。她站在一个车厢前，行李袋放在站台上，手里拎着手提包。

娜佳立刻表示，她不想去老房子，她想待在瓦西里耶夫斯基岛上，一个女朋友那里。鲍里斯拎起她的行李包，他们一起走上站前广场，商量着怎么去瓦西里耶夫斯基岛，要是朋友的房间锁着，东西放哪儿。那些信，娜佳丢失的信，以及克列什涅夫跟鲍里斯提过后，鲍里斯再给娜佳写的信，他们甚至都没想起来。

同娜佳并肩走在涅瓦大街上，鲍里斯时不时地看看她。她变化不大，鲍里斯却总觉得她是全新的，是另外一个人，完全不像过去的那个娜佳。

他们走到宫桥边，下到冰面上，朝大学走去。白雪皑皑的河面宽阔安静。

阳光下，冰面闪烁着耀眼的光芒，清冽的气息，让呼吸变得更加愉悦顺畅。

"你回想起过去的自己会不会觉得后怕？"鲍里斯问，"我很后怕，有时简直不能想象，我连最简单的东西都不懂。"

娜佳沉思着。

"生活改变了，"她说，"你现在比在军营时，更容易理解一些事情。"

"但是，生活不是自己改变的，"鲍里斯反驳道，"是人们改变了生活。娜佳，想一下，这是多么幸福：把生活变得更好，自己也同生活一起，变得更好。你懂我的意思吗？"

"我懂。"娜佳小声地回答，悄悄看了看鲍里斯。

鲍里斯小心地，温柔地拉起她的胳膊。

"我和你，是很老很老的朋友了，"他小声说，"对吗？我有很多话想对你说……"

1926 年完成，1948 年修改

译后记

作为一名译者，在翻译的过程中，我热爱着书里的每一个人，或者说，我是书里的每一个人。

这首先应该归功于作者的成文风格。作者的笔调谦逊朴素，整体风格简洁明快，流畅清爽，读起来毫无阻碍。阅读本书的感觉在生理上是舒适的，在心理上是自然的，如此，读者直通通抵达了书中的每个人。

弗洛伊德把人格分为三段：本我、自我、超我。我们每个人，无论身处哪个国家哪个年代，要解决的无非就是超越本能和自我，飞跃到超自我，在为国家和整个人类发展的奉献中，实现自己的人生价值。本书讲述的知识分子在战争和革命中的成长，蕴含的正是从本我到自我，最后到超我的成长。

这是一些历史特写，也是一幅生活画卷，更是一部心灵成长史。书中每个人，如天上繁星中一颗，在点亮历史天空时，发出不同的光芒。

成功的作品能引起读者的共鸣，觉得是在读自己，心中最隐秘的部分被拨动，抚摸，得到慰藉、鼓励，最后是确认和坚定。

小说《拉甫罗夫一家》便会带给你这样的阅读体验。